KEEP YOU CLOSE

［美］卡伦·克利夫兰 著　宋伟 译

KAREN CLEVELAND

伪装游戏

真相很少纯粹,也从不简单。

——奥斯卡·王尔德

序章

女人猛地惊醒,喘着粗气,心怦怦地跳。睡梦中,枪声总会不期而至,在她脑海中回荡。她伸手向床另一侧摸去,发现是空的。床上只剩下一处凹痕,已经没有了热气。

她下了床,穿上一件睡袍,光脚踩在冷冷的木地板上,轻声走向黑暗的走廊。她透过第一扇开着的门,向里面看去。一个男孩睡得正香,月光下看不太清面孔。她又来到旁边的房门前。彩虹色的房间里睡着一个小女孩,夜明灯柔和的灯光洒在她那纯真无瑕的脸上。她又来到第三扇门前。两张床上睡着一对双胞胎,其中一个把大拇指含在嘴里,另外一个依偎着一只破烂的毛绒玩具熊。

她隐约听到楼下传来一丝声音,便向楼下走去。是电视的声音,音量很低。她下到楼梯中间,瞥了一眼电视屏幕。电视上播着新闻,二十四小时不间断的那种,是关于俄罗斯的,宣称他们干预大选。她丈夫从来都受不了这类新闻,每次看到都会换台。

她又走了几步,整个房间尽收眼底。客厅里散落着塑料玩具和棋类游戏用具，壁炉架上摆满了家庭照片。房间中央有个人影，笼罩在电视闪烁的蓝光里。那人坐在沙发的一边，全神贯注地看着电视屏幕。诡异的光扭曲了他的面容。那一刻，他就像一个陌生人。

他似乎感到有人走来，转身面向她，脸上立刻挂上熟悉且令人宽慰的笑容。他把电视调到静音。"亲爱的，又做噩梦了？"他伸出一只手臂，邀请她坐到身旁。

她没有动，只是点了点头，应了他的问题。

他站起身，拿起遥控器对着电视按了一下，电视画面消失了。他们陷入沉沉的暗夜中。"我们回屋睡觉吧。"

他朝楼梯走去，朝着她的方向，但是她的眼睛还没有适应黑暗，眼中的他只是一团黑影。他伸出一只手，温柔地搭到她的背上。

她躲开身子说："我要在楼下待一会儿。"

他犹豫了一下，然后弯腰吻了她的脸颊，从她身旁经过，上了楼。她看着他，直到他的身影消失在楼上。

她在黑暗中独自一人，紧紧地裹了裹睡袍。她看着客厅，看向黑洞洞的电视屏幕。她感觉自己看到了他的表情。好似微笑，扭曲的微笑。但不可能啊，因为那根本不像她了解并爱着的那个男人。

她试图说服自己相信是光线的原因，是电视那令人不安的闪烁蓝光造成的。他们之间不再有秘密，不再有了。

尽管如此，她还是不禁打了一个寒战。她把双臂抱在胸前。

如果他不是她想象中的那个人该怎么办？

她到底有多了解他？

第1章

  我最喜欢夜跑。我喜欢那一片寂静。安静的街,空荡荡的人行道。当然,夜里出来不是很安全。不过,我穿着跑步装备,没什么可偷的。也不用太担心被抢劫,我可比看上去强悍得多。我受过自卫训练,可以自保。反倒是那些有组织的犯罪令我担忧。但是,如果有人盯上我,不管怎样他都会找到办法下手的。

  倒影池在我左边,水面如镜,幽深昏暗。我今晚准备跑十英里[①],已经跑了六英里,每英里都用了大约七分半钟。今晚我的步伐很稳,比平时更有力。是因为即将到来的暴风雨刺激了我。今年春天来得更早,已经一周了,天气异常温暖,光秃秃的树枝上开始萌芽,郁金香茎破土而出。但是,这一地区的天气瞬息万变,天气预报说还有一场寒流。风已经吹起来了。

[①] 1英里约合1.6093千米。——编者注(如无特别说明,本书脚注均为编者注)。

我经过"二战"纪念碑,上坡向华盛顿纪念碑跑去。我状态正佳,肌肉随着活动、拉伸,愈发有力,推着我向前。我穿着一件薄夹克,七分跑步裤。我没有戴帽子,头发高高地梳在脑后。入耳式耳机里播放着二十世纪八十年代的摇滚,但声音不大,使我能充分留意周围的环境,如果有人靠近,我也能够听到。

来到坡顶,我瞥了一眼白宫。白宫在我左边,发出明亮的光辉。虽然我在这座城市生活多年,但看到白宫,还是会一阵激动。它不停地提醒我,最高权力近在眼前。而有权力的地方,就需要我的工作。

此时,我已经跑过纪念碑,开始下坡,跑得也快了起来。国会大厦的圆顶就在前方,在夜空下发着光。

一段记忆划过我的脑海。多年以前,我身处那间木墙板的办公室。他从办公桌后面站起身,向我走来……

集中注意力,斯蒂芬。

都怪手头那个该死的案子,让我想起了过去。我迫使双腿更使劲,更用力,步伐也更快了。双脚拍打在路面上,发出断续的节奏。

国家广场展现在我面前。这是一条直线跑道,正好可以检验我的速度。

我的双腿很累,膝盖有些痛,但我还是忍了下来。现在不能放弃。

国会大厦的圆顶赫然就在前方。我的脑海中又一次浮现出他的面孔。我能感觉到他的手紧紧地抓住我的胳膊……

我继续加速,就像百米冲刺。

我无法改变过去,拿他没有任何办法,与他作对只会毁掉一切重要的东西。但是对于未来我可以做一些事情。我可以阻止其他人。

我低头看了看手腕。每英里五分半钟。我的脸上不禁露出笑容。
我能行。明天就要把权力关进牢笼。

下午四点,汉森已经来到酒吧。在匡提科训练营时,我从未注意到他是个酒鬼。或许他变了。或许他隐藏得比较好。

我打开酒吧的门,门铃响起,尖细的铃声四下回荡。这是一处地下酒吧,狭小昏暗,墙上挂着霓虹灯广告牌,空地里摆了两张台球桌,桌前都有人玩。音响播放着旅程乐团(Journey)的《不要放弃信仰》(*Don't Stop Believin'*)。我停下来,让眼睛适应一下环境。他在酒吧远端,身前放着一个玻璃杯,差不多是满的。

我向他走去,感觉有人注视着我,但我并不在意。我知道自己与这里的环境格格不入。黑色套装、高跟鞋、定制羊毛大衣。华盛顿特区有很多酒吧会吸引这类客人,可这间酒吧不是。

"嘿,汉森。"

他转过身。他的秃顶比我们上次见面时更严重了,四周的头发倒是浓密了一些。他脸上露出笑容。"马多克斯。哎,真见鬼。"

他半站半坐,俯身向前尴尬地拥抱了我。之所以尴尬,是因为我们已经多年未见,也因为我记得以前我们并没有拥抱过。在学校时,他一般会拍一下我的背,当作打招呼。

他脸红了,似乎觉察到自己的举动有些不妥。他似乎意识到,我们已经不是平级关系,也不再是同事,但已经晚了。我们只是曾经的朋友。

我将目光从他涨红的脸上转开,脱下了外套,坐到他身旁的一把高脚凳上。我刚坐下,一名侍者就走了过来。

"想喝点什么？"她将双手搭在吧台上，向前俯下身子，问道。她一只手腕的内侧有一处文身，文着一颗心脏，包裹在带着尖刺的铁丝网里。我的目光从文身转移到她的脸上，她看起来天真无邪。

"来杯水，谢谢。"

她走开了，我又转身面向汉森。

"好久不见。"他说道，这时已经缓了过来。

"确实很久了。"

"我听说你在总部，但我们一直也没有机会打交道。"

"现在有机会了。"

"你是班上第一个进高层的吧？"他端起酒杯，喝了一大口，双眼一直注视着我。

"可以这么说吧。"

有几个同学升任特工督察，和汉森一样。但我是第一个再升一级的。总部部门负责人，尽管部门很小。内务调查部。

侍者放下一杯水，也没说话，就走开了。

"你怎么样？"汉森问。

我呷了一口水，小心翼翼地把杯子放吧台上，转身面向他。过去的十年，他确实苍老了，但我还是能看到他过去的模样，那个刑事证据课坐我身旁、在健身房和我练拳的家伙。那个在我患流感时给我从餐厅带汤的家伙。妈的。

"你知道你遭到性骚扰指控，正在被调查吗？"

他愉快的表情消失了，惊得嘴都张开了，然后赶紧闭上。他的面色沉重，就好似电灯开关忽然关上了。"你是因为这个才来这儿的？"

"她是你的下属,汉森。"

"狗屁指控。"

"真相就是这样。你我都知道。"

他避开我的目光,下巴绷紧。我们沉默了很长时间。我能听到吧台后面的酒杯叮当的碰撞声。

"这事说不清。"他说。

我怒火中烧。"是吗?"

"你不能因为这件狗屁事就开除我。"

"那么出勤造假呢?"

他的嘴巴微微抽搐了一下。我能看出来,他在尽力保持神色平静。

"我手下有一名探员跟了你一周。我知道你的确切工作时长,也知道你的薪酬是按多少时长计算的。"

他眼里冒火,但是我能看出怒火背后的忧虑。

"我还知道你现在还带着。"我朝他屁股处的凸起努了努嘴,"我知道你来这儿是开的政府公车,还有现在已经在喝第二杯波旁威士忌了。"

"搞什么,马多克斯?"

我一个字也没有说。

"我们以前是朋友。"

"所以我才来到这里。"

他等待着。他的呼吸沉重,每次呼吸,鼻孔都会微微张开。

我靠向他说:"接下来这么办。你交出警徽、手枪和钥匙,明天一上班就去总部辞职。"

他轻蔑地哼了一声。"如果我不照做呢?"

我看向门口,努了努头。"看见那边的两个人了吗?"麦金托什和弗林特正站在门两侧,看着我们。"他们是我的手下。而且他们已经准备把事情闹大。就是现在,在这里。酒精检测器、手铐,还有工作的事。"

"狗屁。"

"想试试?"

他看了看门口,又低头看了看自己的酒。他的酒杯已经快空了,他的手指紧紧握住酒杯。他的左手什么都没有戴,但是我能看到以前戴戒指的地方留下的凹痕。

"你的职业生涯到头了,汉森。我来是给你一个机会安静地离开。担起性骚扰的后果,眼前这个"——我朝着波旁酒努了努头——"就可以一笔勾销。造假的事情也可以不追究。"

"我有家庭。"他说,"有妻子、孩子。我还要还房贷。你不能这么搞我。"

此时播放的恰是邦·乔维乐队(Bon Jovi)的《祈祷为生》(*Livin' on a Prayer*),正应景。"是你自己选择了这条不归路。"

他盯着我。然后掏出警徽,用力摔在我们之间的吧台上。

第2章

我的褐砂石房屋外，樱桃树的花蕾已经含苞待放，许多粉色的花骨朵紧闭着，像粉色的小拳头。几周之后，樱桃花将盛开，满城尽带粉装。大批游客也会蜂拥而至；潮汐湖周围平时安静的街道也会被他们挤满。而后，不知不觉中，花朵枯萎褪色，街道又会变得空荡荡。

我爬上通往房子正门的台阶，高跟鞋踏在砖石台阶上，发出嗒嗒的声音。我动作缓慢、沉重，感觉精疲力竭。

我用钥匙打开外层门，又打开内层门，走进屋内，关上身后的门，上了锁，在门厅里停了片刻。墙上的警报控制台显示的是绿灯。我这才放下戒备。房子里很安静。我留神听着有没有什么声音，但什么都没有听到。还是慢慢学着习惯吧。我自言自语道。

"扎卡里，"我朝着楼上喊道，"我回来了。"早几年，朋友就开始叫他扎克了。可是在我眼里，他永远都是扎卡里。我曾经说过自己不会这样，不会像我的母亲那样，她是唯一还叫我斯蒂芬妮的。但是，我看着他，眼中看到的不是一个十几岁的少年，而是我的小儿子。所有人都说时光飞逝，我开始还不相信。现在我才感觉到这句话简直是至理名言。

我又等了一会儿，留神听着，但还是一片寂静。我把外套挂了起来，把钥匙和公文包随手扔在门廊的桌子上，走进厨房，顺手开了灯。灯光从中岛台上方的灯具里射出，洒满整个房间，在深色大理石和不锈钢上跳跃。厨房是扎卡里上中学时，我们按照大厨的标准改造的。非常适合居家做饭。改好之后却很少用到。

我把手里的棕色纸袋放到中岛台上。里面是泰餐外卖，他的最爱。我会提前给他发消息，告诉他会带泰餐外卖回家，要不然等我回家时，他都吃完了。如今，大多数晚餐他都是自己解决的。"妈，我饿了，"他会说，"等不及了。"这样我回家后就只能站在他的房门口，宝贵的聊天时间只有几分钟。

这是贿赂。我心知肚明。我一个联邦调查局特工，用泰餐贿赂儿子。但是，我只有这样做才能有时间与他共处。那是非常宝贵的时光。

我来到冰箱前，将门打开。里面稀稀落落地放着几样东西，大多都是饮品。瓶装水整齐地摆成排。下面是琥珀色玻璃瓶，都是精酿啤酒。我拿出一瓶度数最高的，关上冰箱门，起开瓶盖，喝了一大口，感觉紧张的情绪放松了一些。汉森罪有应得。是非分明，没有任何疑问。权力，被关进了牢笼。

我听到扎卡里卧室的门打开了，楼上门廊里传来他的脚步声，然后是下楼的声音。他在几岁时总是疯跑着下楼，好像没时间让脚着地似的，好像很匆忙。他总是匆匆忙忙的。随着年龄的增长，他的步子变慢了一些，但走路的声音还是震天响。或许是因为他的身材吧，他的块头已经比我大了。又或许我只是记得他小时候走路的声音。

不管怎样，我都很怀念那种声音。他从楼梯转角处转过来，一只手扶着栏杆。他光着脚，穿着牛仔裤，上身一件脏兮兮的T恤衫。他的脸上已经隐约有些胡楂，并不多，看起来有些突兀，好似一个男孩在假装成熟。我得不断提醒自己，他已经是个男人了，至少差不多是了。

"嘿，亲爱的。今天怎么样？"我的声音听起来有些故作欢快，有点太刻意了。我真的太刻意了。

他听出了我的语气，带着一丝疑心看着我，意识到今天的外卖是强迫感情联络的借口。"还好。"

我真希望能收回刚才的话，说点别的。此刻却只能转移注意力，脱掉西服外套。我把外套整齐地对折叠起来，放在一把高脚凳的椅背上，又理了理衬衫前襟，调整了一下挂在腰后的枪套。

扎卡里小时候，每次我回家第一件事就是把枪锁起来，之后才会抱抱他，给他一个吻。我会小心地把格洛克手枪放进卧室壁橱的枪支保险柜里，因为我不想让他看到我配枪的样子，不想让武器成为我们生活的一部分。然后我会脱下面对不法之徒时穿的衣服，感觉这样就可以远离他们。

不过他现在长大一些了。他知道我配枪，但根本就不在乎。他对枪一点兴趣都没有。如果不法之徒想要闯进来，就算有再多的防御措施也没用；我自己不也有过类似的惨痛经历吗？

我从碗柜里拿出盘子，放在食物旁。"学校还好吧？"我问道，尽量让语气保持中性，随意一些。

他来到中岛台旁，翻看着纸袋子，从里面掏出一个透明的塑料盒子，然后又掏出一个。泰式炒河粉和娘惹咖喱。我们常吃。

"嗯。"

一个字的回答。现在他每次都是这样应付我。已经有些日子了。而当我们真正有些交流的时候，他总是沉着脸。

会好的。我总是这样自我安慰。这只不过是短暂的困难期；十几岁的少年都是这样的，对吧？我们曾经很亲近，未来还会再亲近起来的。或许做女孩的母亲，或者男孩的父亲会更容易一些。或许那样他在我身边时会更放松，不会那么戒备，也不会那么难受。

我观察过扎卡里和朋友在一起时的状态。这些孩子对我而言都很陌生，或许他们小时候我也认识。有的是在学校的停车场看到的，有的是在社交网站的照片上。和他们在一起时，我的儿子像变了个人。表情丰富，很开心，而且很投入。他是计算机俱乐部的主席、学生会代表，还是各种荣誉社团的成员。放学后会为一家科技创业企业努力工作，包办全部的编程任务。他很擅长编程。但是，单从他在我身边时的表现来看，我根本想不到他会有这样的一面。

他用勺子往盘子里盛了些米饭，随意地盛了三勺，然后抬头看向我。他的头发略微遮住了眼睛；他该剪头了，不过我也不会催他，至少现在不会。"你呢？工作怎么样？"

"嗯。你也知道，老样子。"我也努力显得轻松些，说话简短一点。他根本不想知道我一天的具体工作，我也不想讨论这些。我想聊聊他的生活，听他说说话。我往盘子里盛了些河粉，他则往米饭里加了些咖喱。然后，我们默默地换了菜盒。我们早就熟悉这一套流程，多年来一直如此。

"今天有什么消息吗？"我问道。他的大学申请都已经递交了，正在等待回应。我也在等待。等待着看他最终会离家多远。我很害怕这一天的到来，那时我将成为一个三十七岁的空巢母亲。

"没有。"他放下盛泰式炒河粉的盒子，手里端着盘子和两把叉子，绕过我，向饭厅走去。

我从冰箱里拿出两瓶水，跟着他也进了饭厅。"随时都可能来消息。"我坐到他对面的椅子上，把工作用手机放在身前，两人就默默地吃起了饭。

我们只有两个人，餐桌显得很大，空出很多地方。餐桌很好，实心红木的，配了八张椅子。尽管已经买了好几年，但看起来还像是全新的。我也不知道当时为什么会坚持买这么一张大桌子。这一刻，我忽然怀念起那张旧桌子，布满刮痕、千疮百孔的橡木桌。我还能回想起来以前的景象，桌上摆满了艺术课作品和作业，塑料卡车和足球被扔在这片地上，椅子总是歪歪斜斜的。

他小时候，我们的生活总是很混乱，我过去很讨厌那样的状态。无尽的混乱，吵闹，到处都乱七八糟。总有一天你会怀念这些的。母亲提醒过我。而我只是翻了个白眼。哎，她是对的。我怀念起那些日子了。因为那时这所房子里充满生气。我拥有了一直梦寐以求的房子，和杂志上的一样漂亮，但如果可以，我会毫不犹豫地换回以前的房子。

他吃得太快了，狼吞虎咽。我应该说些什么，让他坐直身子，提醒他注意仪态。这是作为母亲的责任，而且照着这个速度，没几分钟他就吃完了，然后回到自己的房间，整晚都不再出来。但是这一段相处的时光似乎很脆弱,我不想让责骂打破这段时光。

我吃了一口咖喱,想着还有什么可以问的,有什么可以让对话继续——或者说现在该聊些什么。"你觉得会最先得到哪所学校的回应?"我问。

"马里兰。"他满嘴的饭,嘟哝道。他没有抬头正视我的双眼。马里兰大学。如果他去那里上学,我会很高兴,离华盛顿特区不远,离家近。但是,我们都清楚,他申请马里兰大学只是为了让我开心。伯克利是他的首选。伯克利。在国家的另一头。他想逃离这里,找个地方重新开始。我也不是怪他——我只是无法承受,他可能会留在那里,再也不回来了。

读完大学之后,他想去法学院,做辩护律师。这在我看来是站在了法律的对立面,不过我还有时间说服他。不管怎样,看到他或多或少追随了我的脚步,我还是很高兴的。

又是一阵沉寂,我们各自悄悄地咀嚼着食物。我得试试别的话题,能够聊得起来的,不是一两个字就能应付过去的。

"计算机俱乐部怎么样了?"我一直也没搞懂这个俱乐部是做什么的。明明是一件需要独自完成的事情,为什么要成立个社团?

"编程俱乐部。"他有些恼怒。不过说真的,他们这个社团的关注点一直都在变。高一在鼓捣机器人,后来又转做编程。他曾提过黑客行为之类的事情。道德黑客行为,也不知道那到底是什么。"根本就没有这种事——黑客行为就是错的。"我记得当时这样对他说。"这是个灰色地带。"他忽闪着眼睛应道。

"那就编程。编程俱乐部怎么样了?"

"我退出了。"

"什么？"我惊讶道。我一定是听错了。

"我退出了。"

我的叉子还悬在嘴边。"今天？"我问道，除此之外也不知道该说些什么。我无法理解他的话。

"几个月之前。"

几个月之前？我怎么不知道？"你为什么不告诉我？"

"你没问。"

我怎么会知道要问这个？我盯着他，但他并没有看我。他专注于自己的食物，又胡乱塞了一口。我感觉大脑毫无目的地转着，没有任何思路。"可是你喜欢那个俱乐部啊。"

他嘴角露出一抹扭曲的笑容，甚至有些得意。"我是个好演员。"

我心底涌起一阵莫名的情绪，感觉好像不认识眼前这个人了，尽管他是我心中最重要的人，比其他任何人都重要。我看着他又吃了一口饭。"为什么？"

他耸了耸肩，令我怒火中烧。这件事不是耸耸肩就能糊弄过去的。

"为什么，扎卡里？"

他抬头看了看。"我参加俱乐部只不过是为了申请大学。现在申请都递交了……"他又耸了耸肩。

我意识到手中的叉子还悬在盘子上，于是慢慢放了下去。我都有些不敢问接下来的问题。"那么其他的呢？学生会呢？"

他耸了耸肩，躲闪着我的目光，但是答案已经很明显了。

"扎卡里。"我气愤地说。我可不是这样教他的。这我可以保证。

"你不能就这样退出。你有责任,有义务。"

"妈,没什么大不了的。"

"这件事非常不得了。"

他的盘子已经基本空了,我从他的姿态能看出,他已经准备从椅子上跳开,逃到自己的房间里去。他用不了几秒就能吃完。晚饭基本结束了。

"如果大学调查怎么办?"我轻声质问。

"我没有撒谎。递交申请的时候,我确实还在俱乐部里。"

"扎卡里,这是很严肃的事。"

他直视着我的双眼,目光甚至有些挑衅,什么都没有说。

"你可能会因此被拒。"我说。

"马上就要毕业了。"

"你这样做可能会毁掉之前一切的努力。"

我们两人都沉默了,气氛剑拔弩张。最终他转过头看向别处,在他转头的那一刻,我似乎看到一点驯顺的表情。在我心里,他又变成那个学龄前的孩童,我看到他在厨房里爬上高脚凳,打翻了厨房操作台上的一个纸杯,牛奶洒得周围到处都是。我能回想起那双圆溜溜的眼睛,露出伤心的眼神,下巴颤抖着。我能听到他细小的声音。"对不起,妈妈。"

"我们去找辅导员谈谈,请求他们恢复职位。"我语气坚决地说。我的反应就和他小时候一样,当他捣乱,弄坏了玩具,或是忘记写作业的时候,那时他会因犯错不知所措。"没事的,扎卡里。我会解决的。"

"他们会答应?"他的目光又投向我的双眼。我已经看不到目光里的驯顺。他有过驯顺的目光吗?或许只是我一厢情愿?此时我看到的是沮丧,就好像他不需要我的帮助,但是知道自己别无选择。

"我们会竭尽全力。"

"我要去做作业了。"他向后推了推椅子,准备离开饭桌。

"好的。"我低声说,但是没等我的话说完,他就已经离开了饭厅。

我听到厨房里的水龙头被拧开,还有他把盘子放进洗碗机里的叮当声。过了一会儿,他匆匆上楼的脚步声传来,然后是房门关上的声音。

整座房子又归于一片沉寂。

第3章

一小时之后，厨房已经被清理干净，洗碗机轻柔地嗡嗡作响。我脱下了西裤套装，换上运动服，回到客厅。客厅是浅色调的，白色的大沙发和双人小沙发，长毛绒地毯铺在硬木地板上，上面是玻璃咖啡桌和茶几，角落里摆着一台跑步机。咖啡桌上摆了一套古董国际象棋，是我祖父留下来的。棋盘上还有一盘残局。该扎卡里走了——至少，当时该他走了。棋盘像这样摆着已经有两周了。

我们过去经常一起下棋。这差不多成了我们的专属游戏。但是我们下得越来越少，两次棋局间隔的时间越来越长。过去的六局都是我输了。他则失去了兴趣。他说还是更喜欢玩网络游戏。他不停地讲着编程的事和电脑游戏的优势，各种专业术语弄得我晕头转向。

这一局我一定要赢。

我踏上跑步机，启动了机器，做了惯常的设置。最开始是慢跑。我盯着棋盘，过去几周一直这样。我料定他会走"车"。尽管他会丢掉这个"车"。他的"象"所处的位置更好。反正我会这么走。

我拿起遥控器,打开挂在壁炉上方的电视。电视上播着新闻,是关于俄罗斯的。自从几年前大破潜伏特工网络之后,新闻里总是播报关于俄罗斯的故事。这一次是说他们干预未来的大选。这好像是当下非常热门的话题。

镜头转到听证会会议间。哈利迪主持听证会,杰克逊做证。我看不得这个,至少现在看不得。我调快了跑步机的速度,换了电视频道。这回播放的是烹饪节目。我又换了台,这回是某个相亲节目。我索性关了电视,又调快了跑步机速度。房间里只剩下电机急速转动的呼呼声和我的双脚踏在跑步机上的声音。

晚餐时的对话又浮现在我脑海中。扎卡里应该能辨明是非,我教过他的。我的心头隐隐有些担忧。如果他到现在还没有学会,那么是不是太晚了?我也没什么别的能做了。他很快就要离家去读书了。

我又调快了速度,使自己跑得更努力、更快。我知道自己对扎卡里就要离开这件事处理得不太好。孩子总要离家去上大学的,家长都会变成空巢人。不应该这么难的。如果我有个伴侣,有人能给这个家增添些人气,或许情况会不同。要是我有其他可信赖的亲人或朋友,或许也会不一样。母亲是我仅有的亲人,但我也不能让她知道这件事,不能让她知道我过得很挣扎。我都能想象出她不满意的表情。我就知道你做不好,斯蒂芬妮。

那些局里本该成为朋友的同龄女人,我也从未亲近。有孩子的都还是年轻母亲,整天被孩子闹得焦头烂额,我早就过了这个阶段。另外一些纵情于情侣生活,也不太欢迎我这个单身女。另外我负责调查探员,其他特工也都对我避而远之。

几年前，我很信赖玛尔塔。她是老朋友了，是中情局的分析师，极少几个我能信任的人之一——她是唯一一个让我差点分享了一生最大秘密的人。但那已经是过去时了。我坚持做正确的事，却得到了这样的结果。失去了最亲近的朋友。别想了，斯蒂芬。我迫使自己不去想这些事情。

我也想过寻求专业人士的帮助。坐在心理医生的办公室里，某张沙发上，身旁放着纸巾，把一切倾诉出来，而她则一边跟着点头，一边在拍纸本上做着笔记，告诉我说，有这样的感觉没问题，教我一些应对方法。但是，我在工作中听过一些类似的故事，寻求心理医生帮助的特工，事业很快就会停滞不前，甚至遭受重创。看心理医生无异于牺牲事业。而且我是断然不会服用抗抑郁药物的。如果在听证会上承认我受了药物影响，即使药物是合法的，那场景该多难堪？

不过也无所谓。我很清楚地知道心理医生会怎么说。我有时会玩这样的游戏；我想象自己坐在沙发上，对面是心理医生。她与我交谈，给出建议，说一些无关痛痒的话，比如"你也不是永远失去了他""你和他的关系会得到改善""还有很多值得期待的"。

我把注意力集中到脚步上。步伐的节奏可以预知，令人舒心。最近，跑步一直是我的避风港，是把我不安的思绪拉回来的最好办法。看来今天效果并不好。扎卡里就要离家去读书了。

我按下停止键，跑步机哔的一声停了下来。电机逐步降速，我的步伐也跟着慢下来。先是转成慢跑，然后变成快步走。跑步机彻底停下来时，我从上面跳下，用手巾擦去额头的汗。一股熟悉的感觉涌上心头，一股焦虑不安的情绪，害怕一切都会失控。

新闻里那张面孔。扎卡里得意的笑，那个让他看起来像是陌生人的表情。我懊恼地摇了摇头，但那个形象还是牢牢地刻在我的脑海中。

我来到厨房，打开水槽下面的柜子，里面有个方形盒子，整整齐齐地装着清洁用具。我够到装消毒湿巾的小罐，抽出一张湿巾，开始擦拭操作台。操作台当然是干净的，但是再擦一遍也没有什么坏处。

然后是擦家用电器，里里外外都擦干净。然后是地板。先清扫，再拖干净。每当生活有些失控，我就会打扫卫生，把家整理得井井有条。心理医生肯定会对这种方法大加赞赏。

而后，我手里拿着抹布，向客厅走去。在入口处，我又看到那张棋盘，于是停下脚步。这里最需要擦拭灰尘的恐怕就是那张棋盘了。

我可以叫他下来，下完这盘棋。他或许会答应。但是，我怕他说不。我不想让他以为我在逼他。最好等他来找我，告诉我说他准备好了。

但是，他不会主动找我。已经过去两周了。是不是该我主动找他了？要是他拒绝该怎么办呢？

至少我尝试过。

我把抹布放到咖啡桌上，上了楼，免得一会儿又改变了主意。

他的卧室门开着，但是从外面能看到浴室的门关着。我听到了淋浴的声音，忽然感到一阵失望。他淋浴要花很长时间。多年前，我们为这件事争了很久，最终还是我认了输，不再敲浴室门催他。

下棋的事要泡汤了。或许本来也不是什么好主意。

我转身准备下楼，透过开着的房门，瞥了一眼他的房间。洗衣篮里的衣服都冒了尖，地上还扔了一堆衣服。床也没有铺。麦当劳杯子放在书架上，没有杯垫，很可能留下圆形水渍。

杯子会留下水印。我走进房间，闻到一股淡淡的、少年特有的臭气。我来到书架前，拿起杯子，用另一手擦掉圆形的水珠。这样至少不会留下水渍。又有一样东西吸引了我——一个皱巴巴的墨西哥烧烤店的袋子被丢在地上，就在他的床边。我又抓起那个袋子，塞到腋下。

我最后又看了房间一圈。我还能听到淋浴声，谁知道这堆乱七八糟的东西里面有没有别的快餐垃圾。我弯下腰，检查了一下床底。没有垃圾。我从地上捡起几件衣服，看看下面有没有压着什么。谢天谢地，什么都没有。

然后，我又来到衣帽间。里面挂了一排衣服，有领子的衬衫、带衣领扣的衬衫和一套西装。一边的架子上乱糟糟地摆满了各种各样的衣服。最顶层是他常穿的——牛仔裤、几件纯色T恤衫、卫衣——都没怎么叠。下面几层略整齐一些——一层放着夏天的短裤和泳衣，再下面一层放着太小不能穿的衣服。

衣架最底层吸引了我的目光。上面堆着他的旧T恤，足球队的、少年棒球联盟的和篮球队的。之前有一次，他把这些衣服扔进我们准备捐赠的旧衣服堆里；我注意到了，又把它们拿出来，放回到衣帽间里。我也不知道自己为什么会那么做。或许我不想承认那些时光一去不返，我们再也无法回到过去，无法弥补我错过的那些比赛。

在某一堆衣服上面有一样东西，一个棕色的纸袋子，看着像是快餐袋，可能更小一点——以前我经常用这种袋子给他装午餐，那一年他不喜欢用午餐盒。袋子被藏在架子的深处，几乎靠着墙，不仔细看发现不了。

我弯下腰，仔细看了看。袋子有折痕，皱巴巴的，里面有东西。

我也没多想，就伸手拿了过来。袋子很有分量；不是垃圾。

摸上去的手感，还有它的形状——我立刻就知道里面装的是什么。

我心底一阵恐惧，就好似我知道要发生什么，却无力阻拦。就好像我的整个世界都要支离破碎。

我打开袋子，手指都在颤抖。

我撑开袋口。

我看向袋子里面。然后我看到了——

一把枪。

第4章

这是一把格洛克26。和我的一样,不过略小一些,微型款,更容易隐藏。

扎卡里在衣帽间里藏了一把手枪。

一段尘封多年的记忆又在我的脑海里浮现。扎卡里和我两人在一个公园里,那时他还没上学。我坐在一张长椅上,读着一篇报告,时刻盯着他。他穿着一条灯芯绒裤子和一件亮蓝色的衬衫,正在排队等着坐大螺旋滑梯,他很喜欢玩那个。这时,一个梳着马尾辫的小姑娘插队站到了他的前面。瞬间,他很用力地把小女孩推到一边,小女孩摔倒在一堆枯枝烂叶上,放声大哭。我从长椅上跳起来,抓住他的胳膊,把他拉到一边。"以后不准这么做!"我厉声喊道,声音里充满恐惧和绝望。我回头看了一眼,小姑娘还倒在地上,啜泣着,好似心都要碎了;她的母亲在她身旁,安慰她,掸去她膝盖上的腐叶。我弯腰对着扎卡里,对他大发怒火,自己心底也非常害怕。你竟敢伤害那样一个小姑娘?而后,他面露痛苦，眼中充满了泪水，下唇打着战。"对不起，妈妈。"

另外一段记忆又涌了出来。那时扎卡里六年级，我冲进校长办公室，看到他坐在那里，面无表情，脚后跟踢着椅子。他身旁是另外一个男孩和他的母亲。男孩的鼻子流了血，一只眼睛肿得都睁不开了。那位母亲瞪着我。发生了什么？我倒吸一口凉气，注意力完全落在我儿子身上。他耸了耸肩，脸上没有显出一丝情绪。而我满脑子想的都是他的父亲。如果他和他父亲一样该怎么办？

我浑身一阵颤抖。

为什么扎卡里的衣帽间里会有一把枪？我十七岁的儿子在衣帽间里藏了一把手枪，这件事完全没有道理。

他被人欺负了？他觉得要保护自己？

我又低头看了看枪，这次看得更仔细。找到了枪膛装弹指示，那个小小的方形凸起，从手枪套筒上微微突出来：枪上膛了。我的双手都颤抖了。

他最近确实和我比较疏远。就像个陌生人。但这个？这个？

如果是我不再了解他了呢？

我颤抖着喘了一口气，又喘了一口，努力梳理混乱的思绪。

我必须告发他。

我必须给当地警察打电话，告诉他们，我在儿子的衣帽间里发现了一把手枪。我还能有什么别的选择？

我的儿子要坐牢了。

淋浴声停了。声音忽然之间消失，我愣住了。

我折起纸袋的顶端，尽可能快速、安静地离开他的房间，下楼来到客厅,走进我的卧室,轻轻关上门。然后走进我的衣帽间,又关上门。

我打开保险箱,把袋子扔进去,锁上门,然后瘫坐到地毯上。

扎卡里有一把手枪。

一把上了膛的手枪。

我渐渐由震惊和疑惑开始变得愤怒。

我盯着保险箱的键盘,眼睛都迷离了。然后,我突然站起身,离开我的卧室,茫然地走向他的房间。我敲了敲关上的房门,比平时要更用力,拳头握得很紧。

他怎么敢做这种事?

"哎。"他应了一声,低沉的声音透过房门传出来。每次我在走廊里都是听到这一个字,语气的意思是我可以进去。

我打开房门。他盘腿坐在床上,身前一本教材打开着。他穿着蓝色法兰绒裤子和蓝色T恤,光着脚,头发湿湿的。

"扎卡里,我得和你谈谈。"

他看着我,面色平静。他在等我接着说下去。

"妈,谈什么?"他终于开口说。

"你觉得呢?"我能听出自己话里的挖苦语气。我非常担心,害怕自己无法思考。

又顿了一会儿。他细细打量着我,满脸疑惑。

他的眼睛和他父亲的一样。

这个想法就像一记耳光。从他还是婴儿时起,每次这个想法在我脑海中浮现都会像一记耳光。因为他是我的。我养大了他。

在我心里,他又变成了一个孩子,看见我走进托儿所时,满脸喜悦。

他会跑过来,小小的胳膊抱住我的脖子,猛亲我一通。我回想起过去,他从我们后院的草地里摘来一束蒲公英给我。回想起他给我的母亲节贺卡,一张皱巴巴的彩色硬纸,上面用彩笔涂了一些心形。

那才是我的扎卡里。可爱的孩子。

他不会藏枪的。

但是他的衣帽间里有一把枪。

"你有什么事瞒着我,扎卡里。"我心里调查员的一面说出了这些话,尽管内心母亲的一面很怀疑这些话。如果不是他的错呢?如果有别的原因呢?

如果这把枪不是他的呢?

他一直直视着我的双眼,用毛巾擦起了头发。

"而且我知道你瞒着什么。"又是调查员的一面在说话。我内心母亲的一面等待着他露出疑惑的表情,断然否认。

因为,那把枪肯定不是他的。不可能是。

他的脸色煞白,转头看向别处。

不。

等他回头看向我时,满脸都是愧疚。

糟糕。

我内心调查员的一面感到满足,觉得自己的怀疑得到证实。而母亲的一面悲痛欲绝。

我盯着我的儿子。

扎卡里,你都做了些什么?

第 5 章

我看到他眼中愧疚的神情逐渐变成反抗,非常生气。他说:"我不知道你在说什么,妈。"

别对我撒谎。"不,你知道。"

一阵沉默。他迎着我的目光,什么都没有说。他毫无表情,那张脸和他父亲的一样。

我伸手扶住门框,站稳一些。"告诉我,你为什么需要它。"

他眉头紧蹙。"什么?"

"那把枪。"

他眨了眨眼。"你在说什么?"

"你为什么需要枪,扎卡里?"

"我不知道你在说什么。"

"胡说。"虽然这么说,但是我心里还是有些拿不准。这时的他看起来真的很困惑。但是我的脑海中又浮现起他在饭厅里露出的得意的笑。

我是个好演员。

"你是在害怕什么人吗?"我问。

"没有!"他的眉头皱得更厉害了。他躲闪着我的目光,向房间里四处打量。他的样子很无助,好似在搜寻着答案,搜寻着回应我的方式。就好似他真的很困惑。

他的目光一直没有落到衣帽间里。如果他知道枪在那里,是不是就不会向那边看?这不正是反射性行为吗?正是本能反应?

我是个好演员。"告诉我为什么。"我坚持道。

"你为什么不相信我?"他扔下毛巾,重重地合上教材。狠狠地瞪了我一眼。

这个问题刺痛了我。他一脸遭到背叛的表情刺痛了我。我是他的母亲,我当然应该信任他。

但是他隐藏了某件事。我看到了他愧疚的表情。

"扎卡里,给我讲实话。"

他摇了摇头。"我真的不知道你在说什么。"他的表情很真诚。他的语气很真诚。

但是,他说过自己是个好演员。从最开始我质疑他到现在,他有足够的时间恢复情绪,为接下来的问题做好准备。我审讯过很多专业骗子,我知道他们的假话是多么有说服力。

关键问题在于,扎卡里的衣帽间里有一把武器。如果武器是他的,如果他计划伤害某人,我就得报警。我需要阻止他。

但是,如果不是他的呢?

如果他的确不知道枪在那里呢?

如果是别的什么人把枪放在那里呢？我都不认识他现在的朋友。我甚至都不知道他邀请谁来过夜。

如果他要隐藏的恰恰是这个呢？隐藏交友不慎的事。还把狐朋狗友带回了家。

"妈。"他叫了一声。

我们对视着。我真希望能读懂他此刻的心思。我真希望能更了解他一些。

"你为什么会觉得我想要一把枪？"

想要一把枪。不是有一把枪。我注意到他的用词。往往就是这类用词的选择暴露出说话人的真面目，帮助我们辨别他们有罪还是无辜。我经过训练，能够注意到这类细节。

"扎卡里，告诉我，你为什么会有一把枪，否则别想离开这个家门。"

"我没有枪。"他惊异地大笑起来，以为我疯了。他一直正视着我，瞳孔没有变化。

我相信他。

我通过本能，结合经过的训练，认为他是诚实的，相信他不知道衣帽间里有一把武器。

他隐藏着什么。他对我撒了谎。至于那把枪，他似乎真的很疑惑。

指纹。我会把格洛克手枪带去办公室，用撒粉刷显法，弄清它是谁的——

三下敲门声使我一惊。每当有人来家拜访时，我都会非常紧张。或许是因为我的职业，或许是因为我的过往。敌人真的存在，这一点我非常清楚。任何地方都不是真正安全的。

一个形象在我脑中闪过,转瞬即逝。我在那间木墙办公室里,那双手抓住我的双臂,手指抠进我的肉里。

这时,另外一段记忆闪过,挤走了之前的一段。我坐在一辆车里,车子在杳无人烟的公路上高速行驶,我注视着后视镜,双手紧紧抓住方向盘。我听到后座上扎卡里细小的声音。我们安全吗,妈妈?

楼下又传来三下敲门声,这一次声音更大,更急促。我没有约人。扎卡里应该也没有。他正在赌气,耸了耸肩。

"待在这儿。我们的事还没完。"

我离开他的房间,走向我的卧室,来到衣帽间的保险柜前。我打开保险柜,拿出我的格洛克手枪,确认手枪已上膛。我拿着枪下了楼。或许有些风声鹤唳了。今晚,我比平时更紧张。

又一个形象在我的脑海中浮现。一只手按着女人纤弱的背,引她走开,就好似女人属于他一样,一切都笼罩在红蓝的闪光里。

我透过猫眼向外看去,是一张熟悉的面孔。斯科特。我舒了口气,恐惧消散,转而又有些紧张。斯科特是一名特工,扎卡里上小学时,我们曾交往过,我一度认为自己爱上了他。我们交往了几年,这是我经历过的最长的一段感情,唯一一段我希望没有结束的感情。我们分手后一年,他和一位老师结了婚,现在有三个可爱的孩子。而且他是一名非常优秀的特工。

我按下安全面板上的黄色按钮,打开门锁,开了门。"斯科特。"我说。他曾经乌黑的头发,现在变得花白,令我有些伤感。我对着他笑了笑。

他没有笑。

我看出他的表情很不自在，我也会有这样的表情，带着坏消息拜访某人的时候。准备开始一段对方不太情愿的对话，将会改变他们生活的对话。我忽然想到扎卡里，心里一阵惊慌。他就在楼上。他是安全的。但是那把枪。那把枪。

"斯蒂芬。"斯科特点头向我打了个招呼。他换了一下支撑脚，我从他的眼中能看出他很不自在。虽然不知道他要说什么，但那肯定不是我想听的。

"什么事？"我问，脑中盘算着他现在的职位。华盛顿特区办公室。国内恐怖主义专案组。

"斯蒂芬——是关于扎卡里的。"

第 6 章

是关于扎卡里的。

我揣摩着他的话,想要弄清话里的意思。

那把枪。斯科特知道那把枪。

他打量着我的四周,我则靠在门框和门之间,挡住他看向屋内的视线。这真的是本能。斯科特的目光又投向我,这一次我看到的不仅仅是不自在,还有评判的意味。

我很熟悉这个表情。我知道这个表情背后隐藏的情感。我转入内务调查部之前,在刑事调查组工作。我站在某些孩子的父母面前时,总会庆幸,虽然我也有很多缺点,生活中也做过错事,但至少没把孩子带入歧途。

此刻斯科特脸上的表情就像在说:至少我的孩子还像个样子。至少我对他们的教养还比较好。

我抓着门框的手握得更紧了。我留神身后的声音,却只有一片寂静。

扎卡里还在他的房间里。千万不要出来。

"扎卡里怎么了？"我问斯科特。

他的目光转向我身旁通向屋内的小空隙。"他在家吗？"

我清楚地意识到，他随时都可能从楼上下来。"在。"

"斯蒂芬——能先让我进去再聊吗？"

我怎么能拒绝？如果扎卡里没有做错任何事，我有什么理由拒绝他的要求呢？

虽然感觉到危险，但我还是把门开大了一些。冷风吹来，我打了一阵寒战。斯科特迈步走进屋里。他注意到我身旁的枪，盯着看了许久，然后看向我的面庞。

我直视着他的目光。他了解我的过去，多少了解一些。我不需要解释，他也不会问。

他从我身旁经过，我闻到他身上古龙水的味道，不是我们交往时用的那种。可能是他妻子为他挑选的。

我跟着他来到客厅，把枪放到茶几上，坐到沙发上。

"最近怎么样，斯蒂芬？"他没有脱外套，就坐到我对面。

"还好。"

我应该给他拿点喝的。一瓶精酿啤酒——他以前也喜欢喝。我真希望自己穿的不是运动服。希望能想出些别的聊一聊。希望自己能不去想儿子衣帽间里的那把手枪。

"你想聊些什么？"我竭力保持语气平缓，努力克制着不让目光瞟向茶几上的格洛克手枪。一定和枪有关。要不他来这儿做什么？

"听我说，斯蒂芬，我想不要那么正式，暂时先私下沟通，所以才一个人来了。"

"你想怎么样?"话说出口,比我预想的火药味更重。我注意到他脸色略微一沉,虽然不明显,但我知道这个表情背后的心理状态。那是意识到这些人不会合作时的表情,意识到他们有所隐瞒。

"斯科特,"我说,"我们要聊的可是扎卡里啊。"但是,我的声音流露出担忧。我相信我的儿子,但是,他的衣帽间里有一把手枪。现在一名联邦调查局特工找上了门。

"你了解他的。"我又补了一句。我记得扎卡里为了看国庆日游行,趴在他的肩膀上,还记得两人穿着金莺队的球衣,肩并肩大步走进坎登球场。

"你来做什么?"我问。我想要一个答案,需要一个答案,但是我很害怕。我不能对斯科特撒谎。我不会对斯科特撒谎。但与此同时,扎卡里的表情在我脑海中一直挥之不去。当我提及枪的时候,他那一脸的迷惑。面对我的指责时,他爆发出的惊愕大笑。我的儿子不知道枪放在那里。

"听我说,斯蒂芬,我们是朋友……"斯科特清了清嗓子,我则希望他痛痛快快地说出来。我紧咬牙关,默不作声。"扎卡里是个好孩子。"这些话显得苍白无力,好像是故意说给我听的。其实他不相信,根本就不信。"但是,他犯了错,斯蒂芬。非常严重的错误。"

犯了错。是的。所有孩子都会犯错。天知道是什么错。

斯科特在国内恐怖主义专案组工作。国内恐怖主义。

"犯了什么错?"我问。

斯科特扭头看向别处,看着远处的棋盘,研究了一番。

"你得告诉我发生了什么。"此时我的语气已经有些不耐烦,但也顾不上那么多了。

他又转头面向我,打量了我一番,我敢肯定他在权衡后果。我注视着他,忽然想通了。他一个人来的。没有搜查令。他为我破了规矩,没按流程走,事情肯定没有我想象的那么严重。

"你了解自由团结运动(Freedom Solidarity Movement)吗?"他问。

自由团结运动。我根本没想到他会说到这个。他的表情令我不安,感觉就像在审问我。审问我总好过审问扎卡里。

"了解不多。"我在脑中预想着回应,琢磨着这样答是否合适。真相本来就是这样的,难道不应该这么回答吗?我决定再细化一下回答:"应该和局里其他人知道的一样多吧。"

我听说过这个群体,是主权公民的一个分支,但更激进,这些人分散在全国各地,认为自己不受国家法律约束。多年前,曾有机密线人通报该组织策划袭击政府官员,自那以后,联邦调查局就密切关注自由团结运动的动态。一旦线人通报的线索得到证实,该组织就会从无政府主义团体变成恐怖主义团体。在我们圈内,二者的差异显著。无政府主义团体是受保护的,符合言论自由之类的规定。恐怖主义则不受保护。但是,那项策划至今仍未得到证实。该组织一直在敏感名单中。联邦调查局之外的人对自由团结运动普遍不是很了解。

"那么你知道这是一个极端组织。"

"是的。"这时我才弄清他的意图。但是扎卡里不会加入那个组织。不可能的。

他目光锐利,看着我说:"如果我们的情报准确,这个组织正在策划袭击。"

我努力保持神色平静,因为我知道,此时我的举止和言语一样重要。"这和扎卡里有什么关系?"话刚出口,我就后悔了,可是覆水难收。

"扎克牵涉其中,斯蒂芬。"

"不可能。"确实不可能。但是,我的大脑还是飞快地转了起来。因为我知道,没有证据,斯科特不会来这里的。"扎卡里是个诚实的学生。他没有'牵涉到'极端组织中。天啊,他可是计算机俱乐部的主席啊。"

话说出口,我自己也有些心虚。他已经不是那个俱乐部的主席了。不再是了。我端详着斯科特的表情,搜寻着蛛丝马迹,想要弄清他是否知道真相。他去没去过扎卡里的学校?想到这里,我的心跳也加速了。我看不透他的表情,说不好。

反正也无所谓。扎卡里退出课外兴趣小组是不明智的决定,但也不能因此就说他是一个无政府主义者,一个恐怖分子。这里面有误会。

我的双耳嗡嗡地响,感觉血流加速了。他交友不慎。肯定是这样的。误入歧途,交友不慎,他衣帽间里的手枪也好解释了。是某个无政府主义者放在那里的。

"告诉我,你都知道些什么。"我说。

"你知道我不能说的。"

车上的那段场景又在我脑海中闪现。我们开车行驶在公路上,汽车引擎嗡嗡响着。我注视着后视镜,观察着后面的路况,确保没有人跟踪。车后座上传来细小的声音。我们安全吗,妈妈?

"他是我的儿子。如果他参与到那个组织中,我会知道的。"

斯科特又带上了评判的目光,就和我刚开门时他的目光一样。至少我的孩子还像个样子。"他是个十几岁的少年,斯蒂芬。你对他能有多了解?"

这个问题我也扪心自问过,一遍又一遍,每过一年,问得就会更频繁。但是,扪心自问是一码事,别人质疑我和儿子的关系就是另一码事了。我立刻辩解道:"你找错孩子了,斯科特。"

"斯蒂芬——"

"找错孩子了。"我打断道。

斯科特的表情有些怜悯,但是没有一丝惊讶。当然不会有。我也曾处在他的位置。我也面对过其他母亲,质疑她们的儿子。回应都是一样的。不是他干的。他没有参与。我儿子是个好人。你们弄错了。

"抱歉。"斯科特说。我摇了摇头,因为我不需要他的道歉。我需要他相信我。

"他不会参与到那件事里的。"

"听我说,斯蒂芬,我了解你是怎么调查案件的。"他换了一种方式,换了一种策略,想要说服我。

你不了解我是怎么做调查的,我想,你不知道我调查过谁。

"如果某件事有问题,你就会去追查,即使没有足够证据提出指控也不会放弃。"他说。

我们陷入尴尬的沉默中。他在等我回应,而我则盯着他。他的表情渐渐变得严肃。

"你是他的母亲。"他提醒我,"但同时也是一名联邦特工。"

我心头涌起一阵怒火。"我没有包庇他,斯科特。我发誓,他没有牵涉其中。他肯定不会参与暴力事件的。"

虽然这么说，但我还是回想起扎卡里六年级时打过的那个男孩。我的儿子在校长办公室里，面无表情。我偶尔能从他的目光中看出一丝他父亲的影子，那种冷酷无情令我不寒而栗。

斯科特勉强点了点头。算是同意暂时不会找扎卡里谈。想谈，我也不会答应的。"我们换个时间接着谈。"

我什么都没说，他看清了我的态度，便起身告辞。他走到门口，我跟在他身后。他打开门，一阵寒风吹来，我克制着没有退缩。"我知道你只看到了他的好，斯蒂芬。"他说，"但是，你一定要小心。"

第7章

这间无窗的办公室色彩也很单调。米黄色的墙、土灰色的地毯、黑色的电脑屏幕。就连相框里的单张照片——四个咧着嘴笑的孩子在海风拂过的沙滩上——也是黑白的。一张蜡笔画用图钉固定在软木板上，成为房间里唯一的亮色。六张带笑脸的人物线条画站在一座四四方方的房子前。

女人坐在一把转椅上，专心地盯着屏幕，看着闪烁的光标。文字随时都会出现。他们侵入了这个通信频道。这个频道是绝密的，极少被用到，只在极个别的情况下才会被使用。

今天，这个频道被启用了。他们设法破解了通信密码。她是总部里第一个阅读这些消息的人，也是仅有的几个获准追踪这个频道的人。

软件正在将信息翻译成她可以阅读的文字。她能听到处理器在运转，发出低沉的旋转声。她的脉搏跳得很快。词一个个地出现在她的电脑屏幕上。

行动启动。我们将以未曾想象的方式夺权。

她浑身颤抖。她看着闪烁的光标,这时又出现一行字。

障碍呢?

光标跳到下一行。她屏住呼吸,等待着回应。

很快就会解决。她的儿子已加入我方。

屏幕上的字消失了,又变成了黑屏。消息发送完成,对话结束。

她舒了口气,惊讶地盯着黑屏。而后,她的目光转向蜡笔画。一种似曾相识的恐怖感笼罩着她。她为这个女人,这个障碍,备感担忧。

她是谁?他们要对她做什么?

他们要对她的儿子做什么?

第 8 章

斯科特走后,我关上门,上了锁,然后走进厨房,身子瘫软地靠在操作台上,呼吸凌乱。

斯科特认为扎卡里被牵涉到一个暴力无政府组织中。这个组织策划发动袭击。

这时记忆又回到我十九岁时。我在那间办公室里,坐在电脑前工作,努力完善一份报告,力求完美。参议院处于休会期,办公室到了晚上已经清场。所有人都走了,只剩下参议员。

我就要完成报告的最后一页了,这时他的私人办公室门开了。哈利迪走了出来,他将衬衫袖子卷到胳膊肘处,解开了领带。作为参议员,他很年轻,相貌更是英俊。他还单身,尽管花边新闻经常传他和诸多女演员的绯闻。

"你还在呢,斯蒂芬?"他问道,露出电力十足的招牌微笑。让人意乱情迷,另外一个实习生这样描述他的笑容。她确实意乱情迷了。我来这里工作的第一周就听说,至少有三个实习生因为哈利迪的样貌、魅力和声名而申请了这个办公室的岗位。我申请是因为他的政治观点与我相同,还因为他大有前途。

我没太注意他的笑容,更在意他的用词。斯蒂芬。他知道我的名字。对一个实习生而言,这是莫大的赞美。这意味着我走上了成功之路,努力工作得到了回报。我承担的工作比其他所有实习生加起来还要多,但是我还想承担更多。而且,我会努力把工作做得完美无瑕。

"快做完了,参议员。"

他顿了一下,端详着我,然后开口说道:"你家是哪里的,斯蒂芬?"

"圣路易斯。"

"圣路易斯拱门——西方门户。"他又露出了笑容。他的牙齿白得炫目,整整齐齐。

"独一无二。"

"你现在上……大一,还是大二?"

"大二。"

"毕业后呢?"他倚靠着门框,双手揣在口袋里,摆弄着里面的硬币,发出叮当的声音。

"读法学院。"

"啊……又是一位未来的律师。世界正需要这样的人。"他使了个眼色。

"我猜这种观点在耶鲁法学院不太流行。"我笑着说。

他向后仰了仰头,大笑道:"当然不。我的真实感情隐藏得很好。"

我在和哈利迪参议员聊天,还相谈甚欢。参议员依然靠在门框上,盯着我,脸上挂着笑容。我鼓起勇气主动出击。"说到法学院——我正在选学校,不知道——"

"我能不能为你写一封推荐信?"

"能不能请您给一些申请流程方面的建议。"我大笑道,"不过,如果您主动要求……"我故作轻松的语气,内心其实紧张得要命。这个人是党内冉冉升起的新星,在全国都很耀眼。如果哈利迪参议员为我写一封推荐信,我觉得申请任何法学院都不会有问题。

"给我十分钟完成一些文书工作。"他又对我露出招牌的笑容,"然后到我办公室来。我们聊聊。"

我低头看,才意识到双手握成了拳头,指甲抠进手掌里。我松开拳头,能看到手掌上留下了一排半圆形的指甲印。有两处皮肤破了,血珠渗出了皮肤。我根本没有感觉。

我环视四周。我的厨房。我的家。那已经是过去的事了,过去很多年了。

我深呼吸,吸气、呼气。与斯科特的对话又回荡在耳边。

扎卡里。

我向楼上走去,在扎卡里的门口停了下来,透过房门听里面的动静。屋内回响着音乐声——姑且算作音乐吧。砰砰作响的深沉男低音,咆哮着喊出一串愤怒的歌词。咒骂警察的。不能依靠这个男人。正义掌握在我们手中。我讨厌他听这些垃圾音乐。

我举起拳头准备敲门,临末却改变了主意。刚才我进屋质问他完全是一时冲动。我没有足够的弹药,既不能证明他在说谎,也不能证明他在讲真话。这一次我最好耐心一些,最好先搜集证据,然后再审问我的儿子。

我收回胳膊,然后向卧室走去。迅速换好衣服,收拾好公文包。我在楼下拿起自己的那把格洛克,揣进枪套里。随手在厨房的记事本上给扎卡里留了个字条。要去办公室。很快回来。万一他下来找我,就能看到字条。我现在不想和他过多接触,最多也就留下这张字条而已。随后,我出了门,随手上了锁。

虽然夜已深,但是门前台阶的光线依然很好。是安全灯,扎卡里和我刚搬到这里的时候,我自己装上的。这片街区很安全,但是我的工作不安全。

我坐进公务车里——一辆无标识的警车——向东驶去,开得很慢。我们住在杜邦环岛附近的一个安静街区,道路两边绿树成行,褐砂石房屋都精美雅致。过去,如果有人在我们的街道上超速,我都会非常抓狂。现在这里已经没有小孩子了,但是,我开车仍然远低于限速。我想是积习难改吧。

开到街道尽头,我向左转弯,加大了油门。副驾驶座位上传来一阵响声,是我的手机在振动。我伸手从包里拿出手机,瞥了一眼屏幕。妈。

我把来电转到语音信箱,把手机扔回到座位上。现在不能接。我知道她能从我的声音中听出我有压力。我不想应付她提出的问题。

我需要弄清发生了什么。

扎卡里肯定是犯了错。交友不慎。他向我隐瞒的正是这件事。

那把枪不是他的。他是这样对我说的,我相信他。

我抓着方向盘的双手抓得更紧了。

联邦调查局总部大楼是一个巨大的盒子结构,成排的窗户均匀地深深嵌入到混凝土框架里,就像微型的牢房。

停车场基本都空着,各处零星停着几辆车,有成排的空位。柱子投下长长的影子,在一大片混凝土结构的尽头有一盏闪烁灯。

我把车停在入口附近,包挎在一侧肩上,匆匆进了大楼。包感觉很重。本不该这么重。我强烈地意识到包的深处放着什么。

我走进大厅。调查局的印章悬在墙上,两侧挂着美国国旗。还有两个西装男人的镶框大头照,我每天早上和下午都会经过这里。碧眼肃穆的局长J.J.李和笑容灿烂的副局长奥马尔·杰克逊。

我乘电梯上了四楼,沿着走廊来到安全区。我们部门在楼层的一块封闭区域办公,限制通行。我们的档案里有调查局内其他雇员的各种信息,只有这样,我们才能工作。

我亮出证件,通过两道重重的保险门,迅速通过一片黑黢黢的空工位,来到我的办公室。我打开门锁,走进办公室,打开灯。

办公室很大,中央有一张桌子,一面墙是落地书架,装满了法律卷宗;另一面墙边摆了一排带锁的文件柜,上面还摆了一台咖啡机。对面墙上挂了一台电视。座位前面是一扇宽大的窗户,可以看到窗外大屋里各个工位的情况,我手下的特工都在那里工作。

电脑启动之后,我双击了线上案件卷宗系统。我的大脑在不停地转。搜索与亲属相关的卷宗是禁止的,属于严重违规。但是,我熟悉这个系统,知道其中的漏洞。我知道有些特工利用这些漏洞,找到自己想要的信息，但严格讲并没有违反任何规定。我们根本无法证明他们犯了错，也看不出他们有任何不当的行为。

自由团结运动，我在搜索栏里输入这几个字。无非是采用迂回路径，毕竟没有任何规定禁止我搜索这个组织。

点过最上面的几个链接之后，我登入标签系统，启动了实体搜索。我点击人物选项，屏幕上出现了一长串人名，与自由团结运动相关的一个案件中提及的所有人都列在里面。我按首字母排序，向下拉到M一栏。扎卡里·马多克斯。找到了。3-7659号卷宗。

我把光标挪回到导航栏，又使用了另一种实体搜索，这回是按主题。我下拉到3-7659号卷宗。浏览了案件卷宗的标签词。电邮。网络。激进。招募。

"好的。"我自言自语道。我竭力梳理着思绪。系统里没有针对扎卡里本人的公开调查。他的名字在另外一个案件相关人的长名单中。情况还不算太糟。但是，因为某种原因，斯科特特意登门。他手里掌握了我儿子的什么信息？

我又读了一遍案件卷宗的标签。哎，我真希望能打开文档，看一看里面是什么内容。我的目光在搜索栏上徘徊。这件事并不难做。

但是我不能。我转开目光，又读了一遍标签。电邮。网络。激进。招募。恰好和我想的一样，对吧？扎卡里交友不慎。

某人把那把枪放进了他的房间。

我需要弄清是谁。

我伸手打开办公桌最下面一层抽屉，从里面拿出一个法医用工具包，又拿出一副手套。我戴上手套，然后伸手从公文包里取出那把枪，枪还用纸包包着。我小心翼翼地打开纸包，取出格洛克手枪，放到身前的办公桌上，开始往枪把上刷粉。

我一边刷粉，一边快速思考。如果扎卡里的指纹在这把枪上，如果他对我撒了谎，那么一切都完了。我会向当地警方供述发现，让他们接手。我的儿子要是有一把手枪，就没有什么可解释的了。没有任何借口。

我把毛刷挪到枪膛处，继续刷着。

但是，我直觉认为不会找到他的指纹，扎卡里没有撒谎，这不是他的枪。

我刷完了整把枪，至少把外壁刷过了粉。我戴着手套，小心翼翼地举起这把枪，翻转着，查看外表。

上面一个指纹都没有。擦得很干净。

我感觉胃里一阵难受。我放下枪，取出弹匣。弹匣里装满了子弹，枪膛里还有一颗。枪膛里还有一颗——和我的习惯一样，其他执法警官也都会装上枪膛里的这颗子弹。在街头混的那些人，把枪放在枕头下的那些人，他们不会这样。

我刷过弹匣，然后刷了子弹，全部十一颗。我们总能在这些地方找到一些隐藏的指纹，极少有人会想到擦掉这些指纹。但是老练的罪犯懂。专业人士也懂。

我把弹匣举到灯光下，确保看得清楚。

什么都没有。没有指纹。

我一阵寒战。不管是谁把枪放到我家里，这个人都很清楚该如何隐藏他的痕迹。

第 9 章

我回家时已经很晚了。我站在门廊上,像往常一样听了听有没有声音。我只听到地下室里传来洗衣机轻柔的嗡嗡声。我径直来到客厅,习惯性地瞥了一眼棋盘;没有被动过。然后,我的目光落到茶几上。扎卡里的平板电脑在那里,外面套着结实的黑色保护壳。我顿了一会儿,又听了听楼上有没有声音,但还是一片寂静。

我伸手拿过平板电脑,唤醒了屏幕,然后输入了他的密码:1-4-7-8-9-6,我的手指在屏幕上逆时针地点了几下。我之前用余光瞥见过他输入密码,这更多的是一种习惯,本能地想要去调查。我从未用过他的密码。以前也不需要用。

但现实是,联邦调查局的斯科特手里有某种证据,可以证实扎卡里被牵涉进这个极端组织中。否则斯科特也不会来家里。他下次再来时,手里肯定有搜查令。他会翻遍我们家的每一个角落。我需要先下手搜寻一遍。

如果能找到些什么东西，我一定要先找到。

我一边留意着有没有下楼的声音，一边浏览着应用程序。社交软件、新闻网站、游戏。我打开他的电子邮箱，找到已发送邮件，打开最近发送的几封，浏览着，心底隐隐有些愧疚。但这也是不得已而为之，而且看看这些邮件也无伤大雅。邮件不多。如果他在线上与他人沟通，一定是通过社交媒体。

我打开他的 Facebook，浏览了他收到的信息和发出的信息、公开的帖子、好友动态。有些用语粗俗，有些评论不当，有点令人不舒服。这样看来，我那平时安静、含蓄的儿子，在屏幕前完全变了个人。

然后是 Instagram。里面有几张他在学校的照片，和一些我不认识的朋友。在一场华盛顿首都队的比赛现场，他搂着一个非常漂亮的黑发女孩——这是约会吗？下一张照片还有她，吻着他的脸颊。标题写着：我和我的女孩莉拉。莉拉。是他的女朋友吗？我从没听他提起过这个女孩。

我又翻到一张照片，他和三个十几岁的少年在酒吧，这几个人我都不认识。扎卡里咧嘴笑着，手里拿着一个琥珀色的瓶子，照片上的瓶子大部分都被裁剪掉了。

他才十七岁，老天啊。我的胃里一阵难受。我对他关心得不够，是不是？

我打开浏览器，找到历史记录。他搜索过大胸女孩。我浏览着他的其他搜索记录，其中有一些不堪入目的网站，我感觉我的脸都羞红了。不过他是个十几岁的男孩，这也算正常吧？我把平板电脑放回到茶几上，摆回原来的样子。

我又回想起案件卷宗里的标签。电邮。网络。激进。招募。

平板电脑上没有任何可疑的内容。这让我感到些许宽慰，但同时又更加紧张。因为斯科特手里肯定有一些把柄。扎卡里的手机呢？他的笔记本电脑呢？他的背包呢？这些都在楼上。在他的房间里，在他身旁。

我得看看。

你觉得能找到什么？我脑中心理医生的声音质疑道。我能想象她坐在椅子上，脸上挂着自鸣得意的微笑，看着我。我不知道该如何回答她。

斯科特的话又回荡在我耳边。你一定要小心。

你对他能有多了解？

多年之前，在参议院的那个办公室，我等了整整十分钟。我用这段时间回顾了和哈利迪的对话，构思着可以问他的问题，可以显得我好学且有洞察力的问题，理清如何能尽力突出我所做的工作和所承担的责任，这样他就能给我写一封高度赞许的推荐信。想过这些，我合上电脑，敲了敲他那开着的门。

"进来。"他喊了一声。

我走进门。参议员在办公桌后，又冲我露出了笑容。"能关上门吗？"他说。

我犹豫了一下，但还是关上了门。他或许没有意识到，外面的办公室已经没人了，可能他只是想确保我们的私人对话不被打扰。也可能只是他的习惯。

我坐到办公桌对面的椅子上。"您的文书工作完成了？"

"是的，做完了。"他向后靠到椅背上，双手扣在脑后，"话说，法学院。"

"法学院。"他的办公桌上有一个杯子,里面有半杯深色的液体。波旁威士忌?白兰地?

"你想听听我的意见?"

"是的。您建议我关注哪些学校……"

"嗯,那取决于你想要从事哪方面的法律工作。你做好决定了吗?"

"还没有。"刑事、民事或是公司法——我想了解一下各个方向的优劣。所有的大门都还敞开着。我喜欢的是法律。所有人都需要遵守的规则。犯法就要承担后果。法律是非黑即白的。是公平的。

"你的日子还长着呢,斯蒂芬。"他微笑着耸了耸肩说,"那么,你空闲时都做些什么呢?"

"呃……读书吧?"我一直都很讨厌这个问题。我没有什么值得说出来的兴趣爱好。说实话,我感觉自己没有那么多空闲时间。总有做不完的作业。

"你多大,十八?十九?"

"十九。"

"你肯定爱出去玩吧?聚会?"他喝光了杯里的东西,转身走向身后的柜子,拿出一个瓶子和一个杯子,"想喝点吗?"

想喝点吗?我才告诉他我十九岁。"不了,谢谢。"

他耸了耸肩,又给自己倒了一杯。

"之前说到申请流程……"我尝试着回到正题。他的推荐信能给我带来很多机会。

"说这些感觉太生分了。"他说,"就好像师生一样。你不用这么拘束。"

我心里拉响了警报。不过他是参议员啊,是我的老板。

他站起身。"我们去那边坐吧。"他向我们身后的沙发努了努头。我犹豫了一下,但是他已经绕过办公桌,来到了我身旁。

我站起身,有些疑惑。而且他看我的表情——我心里的警报声更响了。

"说来,我觉得我该走了。"我说。我的心怦怦跳着。

"噢,别这样,斯蒂芬。"他又露出了招牌笑容。

"我这就出去。"

"说了这么多,你还要走?"他的笑容僵住了。

这么多什么?

"你的推荐信呢?"

我根本不在乎推荐信了。至少那个时候不再关心。我只想赶紧离开办公室。"我得走了。"我转身向门口走去。

这时,一只手抓住我的胳膊,拦住我。一只手,紧紧地抓着,把我从门口拉了回去,拉到他身旁。

我知道自己本能地离开是正确的。

"为什么不再待一会儿呢?"他的脸上又挂上了笑容。他的声音很友善,有些挑逗。

"我要走了。"我甩了甩胳膊,想要挣脱他的手。他的手却一点都没有放松,反而抓得更紧了。他脸上的笑容消失了。我心底一阵惊慌。

"别着急。"他另一只手也伸了过来,抓住我的胳膊。这时两只手都抓住了我的上臂,紧紧地抓着。我能闻到酒的味道。他把我拉进怀里,嘴唇吻到我的嘴唇。

"住手。"我大喊着,想要挣脱。这不是真的。不可能发生这种事。

他更用力地抓住我的双臂。他的手指抠进了我的皮肤。

"住手。"我又喊道。但是,我知道他不会停手。然后,我的双腿撞到了沙发,我失去了平衡,摔倒了。

"不要!"我努力挣脱,却惹得他更暴力。他一只手捂住我的嘴和鼻子,弄得我不能呼吸。

另外一只手伸到我的裙子底下。我努力反抗,想要逃走,但是他更强壮。他用身子压住我。我无处可逃。无法还击。

我被困住了,非常无力。

刚过午夜,我终于上了楼。我在扎卡里的房门口停下来听了听。没有声音。我慢慢打开门。月光透过百叶窗,在屋子里投下条纹状斑驳的影子。我看到他在床上睡着了,蜷着身子,盖着海军蓝的羽绒被。在他还要晚安吻的年纪,我经常帮他盖好被子,当时便是这一床被子。

他深深地呼吸。他睡觉一直很沉。我走进门。墙还是淡蓝色的,和我们刚搬进来时一样,墙上还挂着同样的金莺队队旗。橡木梳妆柜上摆了一些塑料盒子,每个盒子里都装着一个签名棒球,书架最顶层放着几个旧奖杯,是他高中之前打球时赢下的。我扫视了书架上的书。大多是非虚构类的。棒球、科学、编程。没有什么激进的书。我是不是应该多关注一下他在读些什么?

我为什么要多关注?他是个好孩子。我的好孩子。

我不应该这么做,我对脑中想象的心理医生说,她正坐在沙发上。

不应该这么做?她把问题抛了回来。还是害怕可能会发现什么?

他的背包靠在墙上。我悄声拉开拉链，拿出里面的笔记本电脑。我打开电脑，屏幕在黑暗中投射出一片诡异的蓝光。我翻看了他的文档。一切都看似无害。

接着，我又打开浏览器，迅速浏览了他的搜索记录，他访问过的网站。大学网页、招生日历、关于编程的博客、网页设计、娱乐体育节目电视网、棒球数据。他在谷歌上搜索过毕业舞会攻略，然后是一个人名——莉拉·温特。莉拉——和 Instagram 照片上的是一个人。他准备邀请她参加毕业舞会？还有另外一条搜索记录：华府私家侦探。我儿子为什么要搜索私家——

扎卡里呻吟着，重重地翻了个身。我愣住了，心怦怦地跳。我合上笔记本电脑，保持身体一动不动，感觉有些酸痛。如果真做了什么违法的事情，他会隐藏起来的，对吧？加密之类的。扎卡里懂这些。如果他和极端组织或任何不应该有联系的人在通信，他肯定会隐藏起来的吧？

很有可能。但我不知道该如何接入这类东西，除非把设备带到局里的实验室分析，可是我又不能这么做。扎卡里是家里的电脑奇才。我有问题总是找他，家里的设备出了问题也总是他解决。他对这类东西一直都很在行。

我又翻看了背包里的其他东西。笔记本、一本教材、一个充电器。我又往里翻了翻，听到袋子的沙沙声。薯片。我的手继续摸索着，快摸到背包底部了。一台电玩。惩罚猎捕（Punishment Hunt），这是最近新闻里提过的一款游戏，显然是一款逼真的杀戮游戏——射击、爆炸和下毒之类的。从扎卡里开始对暴力游戏产生兴趣的年龄，我就一直严禁他玩。我感到一阵不安。但这不过是一个游戏。而且很流行。属于主流。

他的手机接着电源线，正在充电。我蹑手蹑脚地拔下电源线，又走开几步。我输入了密码，1-2-3-6-9-8，这次是个顺时针的圆，也是我偷看到他输入的。然后我开始浏览信息。和莉拉有很多聊天记录，大多是闲聊。还有一组充满污言秽语的群聊，群里还有四个男孩，名字我从来都没听他提过。我看了看，大多是在发泄对老师的不满，抱怨家庭作业，吹牛，还有关于微积分课上的一个女孩的八卦，看着他们聊的内容，我真高兴自己早就高中毕业了。

我继续翻看不同的聊天记录，一直往下翻着，突然停住了。

联络人是无名氏。我感觉脖子上的汗毛都要竖起来了。

本地号码。内容大多比较隐晦。比如"周三 4:30？"和"到时见"。没有闲聊。不管两个人聊了些什么，肯定都是当面聊的。

我翻到两人对话的开头。大概两个月前。第一条信息是，这是我的号。扎卡里发给无名氏的。对方回复：今天很高兴见到你！

我继续往下翻。看起来他们每一两周会见一次面。

我脖子上的汗毛彻底竖起来了。扎卡里隐藏了一些事情，我敢打赌肯定与这个无名氏有关。

我已经翻到对话的最末。今天的消息，无名氏发来的。消息的内容是：明天 3:30？

扎卡里回复：到时见。

"还有我。"我喃喃自语道。

第 10 章

六点钟,我听到扎卡里的闹铃响起,微弱的嘟嘟声响个不停。我一夜没睡,几个小时一直在等他的闹铃响。过了十一分钟,我才听到他下楼的声音。他伸手去开冰箱门时,才注意到我。他站着一愣。

"嘿。"他漫不经心地打了个招呼。

"早。"我应道。

我看着他从冰箱里拿出一罐橙汁,给自己倒了一大杯。他大口喝着橙汁,冰箱门还开着。他的双眼透过玻璃杯与我的视线相接,看起来很生气。他喝完橙汁,把杯子放到操作台上。

"扎卡里。"我开口说道。

他没理我,关上冰箱门,就向食品贮藏室走去。我看着他从架子上取了一把蛋白棒,塞进牛仔裤的后兜里。

"扎卡里。"我又叫了他一声。

他从食品贮藏室里走出来。"什么事?"

"给我讲讲自由团结运动。"

"什么？"他目光中透出的怨气令我震惊。

但是，从他的眼神里看得出他根本没听说过这个组织。这点我敢保证；我有能力辨别。他以前从未听说过这个名字。我又换了个问题。"扎卡里，你有没有参与哪个无政府组织？"

他略微瞪大了眼，眉头皱起。"什么？"

尽管我脑中有无数问题，但是我什么都没有说。我需要观察他的整个反应过程。观察他如何恢复情绪，接下来说什么，观察一切。

他微微摇了摇头，好似要摆脱某种令人不悦的东西，好像真的很困惑。"天啊，妈！你是认真的吗？"

我点了点头。他的下巴向下垂，嘴巴惊成了一个圆。"最开始你说我想要一把枪，现在又来这么一出？该死，你要我吧。"他的下巴紧绷。

我努力控制住自己，没去纠正他的用语。"如果你犯了错，让我来帮你解决。"

他露出难以置信的表情，盯着我。

"如果你交友不慎——"

"我没有。我要给你讲多少遍？"

没等我回应，他就气冲冲地离开了房间。

我听到他在大厅里抓起背包。我听到开门的声音，然后砰地关上了。

我本想跟着他，却低头看了看我的马克杯。剩下的咖啡早已凉透，不能喝了。奶油已经分离开，在上层打着旋。

我很困惑。因为某人撒谎的时候,我是能看出来的。这是我工作的一部分。我受过训练,能够辨别谎言。

我敢确信,扎卡里没有撒谎。

第 11 章

手机在操作台上嗡嗡振动时,距离女人只有一臂的距离。有短信。

她正在往面包上抹葡萄酱,身前摆着四个打开的亮色午餐盒。孩子坐在早餐桌前,争吵着,她的丈夫正在给他们评理,语气平静克制。手机是他的,但是他没有听见响声。

一周之前,她不会在意来信,会接受他有隐私。但是今天,她不禁探身偷偷瞥了一眼手机屏幕。

来信联系人标注着"O"。

游戏时间。终于来到这一步了。

"亲爱的?"

她猛地转过头,心跳加速。她的丈夫看着她。

她抓起手机,递给丈夫。他接过手机,看都没看,直接塞进了后兜。她的脸颊倏地红了。

"消息有啥有趣的吗?"他会心一笑,问道。

她被逮了个正着。"'O'说是游戏时间了。"

"奇才队今晚比赛。重要比赛。"他的回答没有丝毫迟疑。

"是吧。"她又拿起一片面包，把餐刀蘸到果酱里，然后一边在面包上抹着果酱，一边回想着他们结婚的这十二年里，丈夫有没有提到过奇才队。

第 12 章

我来到办公室,外面的开放式大办公区还是一片黑暗;和平常一样,我又是第一个到的。我走进私人办公室,开了灯,坐到电脑前,打开电脑。

我查看了电子邮件,回复了紧急邮件,另外一些做了标记,等回头再处理。我又查看了待处理报告,浏览了新报告,记录了一些要点,准备安排手下特工办理。整个过程中,我的脑子一直在飞快地转着,苦苦地想要弄清当前的情况。

我瞥了一眼外面一片黑黢黢的工位,然后看向电脑,双击了虚拟档案系统的图标。我把光标挪到搜索栏里,输入了档案号。3-7659。我犹豫了,光标停在搜索按钮上。

我不能这么做吧?

我放开鼠标,转身向身后的桌子走去,打开咖啡机,感觉整个人都木了。然后,我回到办公桌前,盯着电脑屏幕。3-7659。

我能吗?

我把档案号留在搜索栏里，又打开一个新的标签页，导航到联邦调查局内部百科，搜索了自由团结运动。我搜索到一篇文章，文章很长，比我在网上找到的更长。这篇文章中有些信息取自联邦调查局的案件档案。

我浏览起文章。自由团结运动，一个由激进无政府主义者组成的神秘组织，成立于五年前。其成员分散于全国各地，通过网络论坛取得联系，有时会使用暗网。领导层结构不明；负责组织运营的人通过加密的方法，保持组织在网上的隐秘性。有单一保密线人通报称，该组织领导层拟对政府目标发动袭击，但是，目前并无证据佐证，且无细节描述。现有信息足够调查局对该组织进行监控，并派特工调查特定电子邮件账户和电话记录，但暂无足够证据起诉任何人。

我找到针对密谋袭击的情报报告。很简略，没几个字，几乎没有任何细节。如果有过任何细节，肯定会记录在案的。线人肯定被问过很多问题。他知道的都在报告中。内容着实不多。

调查局没有任何证据，能够证实某个具体的袭击密谋已完成筹划阶段。没有选定指示目标。汇报这一威胁的线人是个新人，可信性有待评估。分析师评估自由团结运动的威胁性较低。我感觉有点如释重负。

我正准备读一段关于招募的介绍，这时外面大办公区的灯突然亮了。我吓了一跳，抬头向外看，看到韦恩来了，正慢步走向办公桌。在我来这个部门之前，他就在这儿工作很久了，他是因为无法通过局里的体能测试才转岗到内务调查部的。他透过窗户看向我，挥手打了个招呼。我也向他挥了挥手，勉强笑了笑，然后注意力又回到那篇文章上。

大多数自由团结运动成员是自发通过网络联络加入该组织的。他们在极端主义者论坛上找到招募电邮地址——每周都会变化——随后开始联络。如果自由团结运动的招募人决定回应——大概半数时候——就会指示潜在新成员加入一个加密论坛，进一步讨论。此时，联邦调查局便无法继续跟踪双方的交流信息。

而且该组织招募的队伍愈发壮大。我又看了看屏幕上显示的数字。一年前，联邦调查局估测自由团结运动的成员有两百人左右。六个月前到了三百。现在已超过五百。

电邮。网络。激进。招募。

我又看了看电脑屏幕上打开的另外一个窗口。3-7659。

不会么糟糕吧？我也没有妨碍调查，也没有尝试越权查看一些文件之类的。我只不过是要看一份文档。想要弄清他们手里掌握了哪些关于我儿子的信息。

我把光标挪到搜索按钮上。

最差无非是一份纪律报告。我会承担后果。如果我能搞清发生了什么，还有那把枪为什么在扎卡里的房间里，那就值得。

我点击鼠标，屏住呼吸。

无权访问。

几个字是红色粗体，我满脑子只有这几个字。我以前也见过类似的屏幕，当时在办一个特别敏感的案子，与中央情报局有关，涉及外国敌对势力。但这是国内恐怖主义；肯定是斯科特登入系统，手动移除了我的权限。他一定知道我会试着查看。

妈的。

我抬头看见帕克已经到了。他是我们部门里最年轻的，精神抖擞、很卖力气。加西亚也到了——她是我认识的五十几岁的人里面，唯一一个戴鼻环的，性格也一如装扮。他们都在电脑前，正在登录系统，一边闲聊着昨晚的篮球赛。最早到的基本都是他们三个。再过五分钟左右，加西亚浏览过电子邮件之后，就会和韦恩一起去打一杯咖啡。那时办公室就只剩下帕克一个人了。

我关上搜索窗口，盯着屏幕。无权访问。

我逮住机会就立刻从哈利迪的办公室逃了出来，身子颤抖如筛糠，脸上布满了泪水。我离开的时候，哈利迪很镇定，太镇定了。"这件事你敢说出去一个字，小姑娘。"他就说了这么多。他的语气中带着警告的意味，面露凶光。随后，他又走近一步，一只手按在我纤弱的背上。他的触碰给我带来一股恐惧，蔓延我的全身。我退缩了，断定他又要伤害我。

但他只是伏在我耳边。"没有人会相信你的。"他轻声说，声音令我毛骨悚然。

我蹒跚着走过参议院办公大楼的大厅，想赶紧逃走，离他越远越好。我的脚步声在高高的穹顶下回荡着；他的奚落在我脑中回荡。他说的是真的吗？这可是参议员哈利迪。他身边从来都不缺女人。漂亮的，有权势的。说出真相就如说了疯话。

没有人会相信你的。我能感觉到他的手在我背上，他触碰那一刻，我感到迷茫和恐惧。

办公室里值夜班的是龙尼，是一张熟悉的面孔，很友善的一个人。我来这里实习的第一周，就撞见他在警卫室的便携电视上看著名的智力问答竞赛节目《危险边缘》。我很喜欢这一档节目,我对他说。孩子,你还太年轻。这是老家伙才看的节目。他嬉笑着说,从那以后还总拿这个调侃我。那天晚上,他在出口处的金属探测器旁,坐在惯常的折叠椅上。看见我走过来,他露出了微笑。

"我要举报。"我在他身前停了下来,用手背抹着眼泪,努力克制着不再流泪。"我……"我支支吾吾地说。话在脑中,却说不出口。我不停地颤抖。没有人会相信你的。

"你还好吗?"他友善的双眼一下子充满了担忧。

"我——"这时我听到了脚步声。男人的脚步声。我转过身,看到哈利迪,他正向我们走来。

他经过我们时,没有放慢脚步,甚至没有丝毫的犹豫。招牌笑容一闪而过。"晚上好,龙尼。晚上好,斯蒂芬。"他的声音轻快,很平静。

就好像什么都没有发生过。我惊呆了,看着他推开门,消失在门后。他甚至都没有回头看一眼。

"亲爱的?"

我抑制住啜泣,转向龙尼。他关切地看着我。

我需要这样做。我要说出真相,虽然真相很丑陋。

"我被强奸了。"

龙尼眨了眨眼,似乎根本没想到会听到这样一句话。他本能地瞥向我身后的走廊,好似在搜寻强奸者,然后伸手去拿无线电对讲机。

告诉他,斯蒂芬。

"哈利迪参议员干的。"

龙尼伸向对讲机的手收了回来。他转身瞥了一眼大门,哈利迪刚从那扇门出去。等他再看向我时,眼神发生了一些变化。关切变成了怀疑。

"哈利迪。"他用了一个陈述语气,并没有疑问。

"是的。"

这时他的目光中又多了些什么。当然有评判的意味。或许还有些许的怜悯。

"哈利迪参议员。"他把手收了回来,搭到膝盖上。他的语气充满怀疑。

"是的。"我忍着泪水,一旦泪水再流下来,我肯定会止不住的。我必须挺过去,把真相讲出来。之后我可以蜷缩起来大哭。

他上下打量着我。大厅远处,传来关门声。"我不知道在上面发生了什么。或许……情况……有些失控。不过,如果我是你,孩子,我不会像那样指控他。"

他不相信我。

"龙尼,我——"

他举起一只手,拦住了我。"随他去吧。"

我眼里又涌出了泪水。我以为可以信任他。我以为他会帮我。

但哈利迪是对的。

没有人会相信我。

终于,我看到加西亚坐在椅子上向后靠了靠,和韦恩聊了几句。韦恩点了点头。然后两人都站起身来,加西亚伸展了一下身子,开心地笑着,两人一起向门外走去。这时,办公室就只剩下帕克一个人了。

我的机会来了。我走过去,他看我走来,把椅子向后推了推。"早,头儿。"他说。帕克和我年龄相仿,但是我手下大多数特工都比我大十岁以上。这就是内务调查部,做着些死气沉沉的乏味任务。但帕克是个异类,总是很热情,乐于助人。再想到马上要做的事,我心里更加愧疚了。

"早,帕克。"我犹豫了一下,然后继续说道,"今天早上,我的电脑出了点问题。能帮我打印一份文件吗?"

我发觉他有一丝犹豫,但一闪而过。我们在匡蒂科训练营时都学过不能做这样的事。任何时候都不能先入为主地认定其他人有权限。但我是他的上司,权限肯定比他高。而且我们的电脑系统声名狼藉,我遇到这样的问题也不算异常。"当然可以,头儿。"

我告诉他档案号,屏住呼吸看着他搜索。他们有可能会取消我们整个部门的权限。如果那样的话,帕克就会怀疑。

看到档案内容显示在他的屏幕上,我微微舒了口气。他向上把光标拉到打印按钮上,双击。"好了。"他愉快地说。

"谢谢。"我尽可能保持语调平和,表情淡然。然后便向办公室后面的打印区走去。

我听着机器嗡嗡的响声,努力不去想刚才的行为。不过,我不会让帕克惹上麻烦。我会承担全部责任,任何纪律处分我都会接受。现在重要的是找出真相。

打印机停了下来。我从出纸口取走打出来的一沓纸,回到我的办公室。我关上门,读了起来。

报告语言专业,很简练。我花了几分钟熟悉里面的术语。读到第三页的时候,就变得简单了。

有人用我们家的 IP 地址,给自由团结运动的招募电邮地址发送过一条信息。十五天前,一个周三。

发送消息使用的电邮地址是我从未见过的,其中包含我儿子的全名。**ZacharyMaddox345**。

我翻到下一页,心怦怦地跳。有一张发送信息的截屏照片。

上面写着:我愿意加入。我能接触到目标。

签名是扎卡里。

第 13 章

我能接触到目标。

我又读了一遍，盯着这行字看，直到眼前变得模糊，好似这样盯着看，这行字就能讲得通了。但是并没有。根本不行。我无论如何也想象不出我的儿子发出这样一条信息，就像无法想象他拿着一把枪。

扎卡里不是这样的人。

我心事重重，不过还是努力集中注意力，转换成调查员模式，从整件事中抽离出来。我继续浏览文档。这封邮件没有回复。没有更多内容。

好吧。我需要理性思考一下整件事情。这封电子邮件本身不足以作为证据定任何人的罪。这属于言论自由范畴。邮件里要求加入一个政治团体，而且该团体没有任何暴力案底。此外，一个句子可以有多种不同的解读，至少一位优秀的辩护律师可以做到。接触，目标——可以有很多种含义。这算不上明确的威胁。

扎卡里并没有威胁要诉诸暴力。

我的目光又回到这几个词上。我能接触到目标。依此确实足以启动调查。难怪斯科特会来我家。

我的思绪回到昨天晚上，发现扎卡里衣柜里的枪的那个时候。

三下急促的敲门声吓了我一跳。我本能地翻过纸页，藏住正在看的内容。"进来。"我喊道。

办公室门开了一条缝，刚好能看到帕克站在门外。"抱歉打扰您了，头儿。"他的脸颊红红的。

"没事，帕克。什么事？"虽然我已经知道是什么事，或者说，是哪个人了。斯科特。他肯定在文档上设置了警报。难道我不应该预见到吗？我也会这么做的。

"有位特工打来电话。华盛顿特区办公室的斯科特·克拉克。他想知道我为什么会下载那个文档，我为您打印的那一个。"

"你怎么对他说的？"

"我让他先别挂断。"

"把电话转进来。我和他讲。"

帕克站在那里，紧张地搓着双手。

"别怕，帕克。"我对他勉强一笑，希望能让他放心，"你不会有麻烦的。我保证。"

他退了回去，门刚关上，我就把纸页翻回来，继续读下去，这次更加急切。IP 地址指向我家，这一点毫不奇怪。那天早上我们有些上网活动；扎卡里和我分别查看了各自的电子邮件账户、社交媒体账户和新闻网站。然后一日无事，直到下午 4:34，这个新的电子邮箱账户被建立。下午 4:36，那条消息被发送出去。我能接触到目标。之后直到下午 5:21，扎卡里查看了他常用的电子邮箱和社交媒体账户。

我的电话铃声响起，声音刺耳。我没有理会，继续浏览文档，速度更快了。

那个电子邮箱账户是新开的。只有一条已发送信息。没有收信。只登录过一次。

扎卡里为什么要发送那样一条信息，却不查看回复呢？他究竟为何要发送那么一条信息？

电话又响了一声。我瞥向窗外，看到帕克睁大了眼盯着我，肯定在疑惑我为什么不接电话。我拿起电话听筒，贴到耳边。"我是马多克斯。"

"我是斯科特。为什么安排下属获取一份你无权访问的文档，你要给我解释一下吗？还是想等着向纪律委员会解释？"

他如此愤怒，让我非常意外。"我想给你解释一下。"我还击道，尽管心底根本不知道该说些什么。眼下发生的事情根本没有道理。"我一小时后到。"

"给你二十分钟。"说着电话就被挂断了。

我总不告诉妈妈是谁把我搞怀孕了，她因此恨死了。没关系的，我对她说，他不会来打扰孩子的生活。最初，我怕她不相信。后来，我怕她真的信了。她当时已经对我失望透顶。如果知道了真相，她会怎么看我？以为总归是我的错？和我一样觉得我受到了伤害？我不想知道。虽然这件事造成了我们两人之间的隔阂，但最好还是不要作声。

我反复想象着去找警察，再尝试一次。但是，龙尼当时的反应在我脑中一直挥之不去。哈利迪是对的，是吧？到时我们要互相对质。他是参议员，而我是实习生。时间过去越久，就越没人相信我。因此，我没有对任何人说。

但是，扎卡里几周大的时候，有一天深夜，真相不小心露了出来——部分真相吧。我坐在电视前，扎卡里在我怀里。电视上播着新闻，是哈利迪，正在激情演讲，讲的什么主题我也没心思听。听到他的声音会把我带回那一晚，我一直苦苦想要忘掉的那一晚。当时的恐惧感仍然历历在目，一阵熟悉的恶心感蔓延全身。我的记忆又回到那间办公室，可怕的一夜又在脑中重演。

"是他吧？"母亲轻声说，好似能读懂我的心思。我的双眼满含泪水。她懂了。我终于能说出来了，有人能与我共担重担，我可以与人诉说真相。

我点了点头。

"那段感情……彻底结束了？"

感情？

唉，她没懂。她当然不会懂。她以为那是一段感情，一段不雅的风流韵事。我又点了点头。

"他知道扎卡里出生了吗？他知道自己是他的父亲吗？"

父亲。这个词令我恶心。

"不知道。"我说。我低头看了看扎卡里。我未曾想过，我对这个小人儿的爱会超过一切，从我第一次看到他便是这样。

我最初知道怀孕的时候，想过堕胎。我预约了诊所，做好了一切准备。但我心里还有些犹豫，不知道余生是否会后悔。如果说哈利迪给了我一生的痛苦，那么堕胎岂不是二次打击？就好像他又赢了一次？

我想，留下孩子，可以算作我勇敢面对他的一种方式，证明他无法再伤害我。

扎卡里在我怀里扭动了一下，张开小嘴，打了个哈欠。我看着他的双唇蜷成笑容，昏昏欲睡的样子，母爱泛滥，我下定决心，愿为这个孩子做任何事情。我的孩子。

我在新闻里听说过，类似哈利迪的人，依靠某种方式获得了孩子的抚养权。无论如何，我也不会让那个禽兽打扰我儿子的生活。

而且，我也不能让扎卡里了解全部真相。那样他会怎么看待自己，怎么看待身体里流淌的基因？那样会不会使他质疑我对他的爱？我不能那么做。我不会的。

我站起身，用扎卡里的毯子把他裹紧，关上了电视。哈利迪消失了。

"我从来都不想让他知道。我从来都不想让任何人知道。"

我决定留下孩子时，以为自己是在勇敢地面对哈利迪，以为自己在反抗并赢得了胜利。

直到那一刻，我才开始犹疑，是不是又让哈利迪赢下了一局。因为，即便可能有人相信我，即便我决定必须将真相公布于众，我也不能。我不能让他知道扎卡里的存在。

我将儿子抱在怀中，那一刻，我知道自己将永远沉默。

联邦调查局华盛顿特区办公室有一片独立的街区，大楼阴森古板，扎卡里曾经很恰如其分地将其比作一个大乐高玩具。这里距离总部有一英里，在拥堵的华盛顿特区，走路都比开车快。要不是我们随时都可能用车，我就走过去了。

我在给定的二十分钟时间里，卡着时间赶到了大楼，匆匆跑向反恐部门的分区，然后来到斯科特的工位。斯科特的工位在办公室后部一个靠窗的角落里。他坐在椅子上，在电脑前。看到我之后，他站起了身。

"会议室。"他没有废话。他从我身旁擦肩而过，我跟在他身后，来到办公区尽头的一个无窗房间。我们进了屋，他关上门，坐到主位上。我坐到他斜对面的位置上。

"好吧。"他一点都不友善，"解释吧。"

气氛令人窒息。我扭身脱掉夹克，放到身旁的座位上。斯科特看着我，眼睛一眨不眨。我搜肠刮肚，思考着该说些什么，能说些什么，但脑子里空荡荡的。

"获取那份档案是严重的违规，这你是知道的。"斯科特说。

"我别无选择。"

"为什么？"

我缓缓地吸了一口气。"你来到我们家，提出指控，但却什么都不告诉我。我需要弄清发生了什么。"

"好吧，现在你知道了。"

他向后靠到椅子上，冷冷地看着我。"我能接触到目标。你觉得他这么说是什么意思？"

"可能性太多了。"我紧盯着他的目光。

"该死，这可不是游戏！这很严肃，斯蒂芬。"

"我明白。"

"他说自己能接触到目标。"

"我读过那封电子邮件。"我反驳道，语气比我想象的火药味更重。

他面带怒容。"你觉得扎卡里有什么理由策划一场袭击吗?"

我想起那把枪,装在纸袋里,藏在衣帽间里。我看过档案里的那封电子邮件:我能接触到目标。我想起扎卡里把那个小女孩推倒在操场上,面无表情地盯着那个脸被他打破的同学。

然后,我想起他小时候,眉飞色舞的开心模样,勉强能够到我的腰,用尽力气给我大大的熊抱。晚上给他盖被子时,他睡眼惺忪地对我说我爱你。我想起他听到我提及极端组织时,脸上露出的迷茫神色。当我指责他有枪时,不可置信地否认。

"没有。"我对斯科特说。我觉得没有。我不能说。

"如果你觉得有什么值得怀疑——"

"他是个好孩子。"

"那是个反政府组织,斯蒂芬。一伙憎恨政府的人。他们对做我们这行的恨之入骨。"他是在表演吗?缓和我的情绪,引诱我犯错?我会这么做。"你不觉得扎卡里可能会心怀怨恨吗?"

第14章

我等了很久的联邦调查局聘书终于拿到了，当时扎卡里五岁。聘书函投递到邮箱里，我没等进门，就在邮箱旁迫不及待地撕开了信封。我看到有压花图案的信头，看到了亲爱的斯蒂芬妮，还有祝贺，脸上露出了灿烂的笑容。我等待这一天已经很多年了，终于等到了。

我继续读着这封信，目光落到信里的日期上，脸上的笑容随之消失。匡蒂科训练营要求集中训练数月，不允许带家属。我知道这个要求。我没想到的是训练营开始的时间。

几分钟之后，我拿起了电话。"总有别的办法吧。"我坚持道，"或许我可以参加下一次训练营？"

"要么接受，要么退出，没有别的选择。"电话另一头的人答道。

那天下午，我带着扎卡里来到妈妈家。扎卡里冲到后院，我则陪妈妈待在厨房。我坐到一把高脚凳上，看她在操作台上切着蔬菜，时刻留意窗外的扎卡里。他捡起一根棍子，当成剑在空中挥舞着。

"我拿到了一份工作。"我说。

妈妈抬头看向我,满脸喜悦。"那太棒了,斯蒂芬妮。"

"我就要成为一名联邦调查局特工了。"

妈妈脸上的笑容消失了,手中的刀停了下来。"联邦调查局特工?真的?"

"是的。"我没有告诉过她,这是我的目标。我谁都没有告诉过。我怎么能告诉别人这个目标,却不说理由呢?

"你读了法学院。可以有很好的事业,稳定的事业。"

"这份工作是我想做的。"

妈妈眉头紧蹙,一脸困惑。我转头看向窗外的扎卡里,他正在草坪上奔跑。她无法理解我的选择,我早就知道。

妈妈并不了解关于哈利迪的全部真相,没有人了解。她也不知道我在法学院读书期间,做了一个决定:我要做一番事业,能够阻止像他一样的人,像他那样滥用权力的人,像他那样折磨、迫害他人的人。我要为受害者战斗,我会相信他们。

那天晚上的经历让我明白,沉默是错的,让哈利迪一直身居高位是错的,这样发生在我身上的悲剧就可能在其他人身上重演。我对自己说,如果不是扎卡里,我肯定会做些什么。和盘托出,最终说出真相。即使没有人相信我,即使他会玷污我的名声,即使我会成为花边新闻主角,我也要去试一试。

但是,我不能这样对扎卡里。不能让那个男人再次进入我们的生活,不能让我的儿子知道他父亲的丑恶嘴脸。

妈妈小心翼翼地把刀放到菜板上。"为扎卡里想想。如果你有什么三长两短，他该怎么办？"

妈妈的问题刺痛了我。我在为扎卡里着想。我一直都在为扎卡里着想。但是，这件事我必须做。这是我选好的路，是我内心认为正确的路。我的注意力落在一片蹦出菜板的胡萝卜片上。

"训练营两周之后开始。"我用两指搓弄着那片胡萝卜，"我不能带他去。你能帮我照看他吗？"

"多长时间？"

"四个月。"

"噢，斯蒂芬妮。你不是真的吧！"

"我知道时间有点长——"

"他下个月就要上幼儿园了！"

"我知道。"我当然知道。扎卡里和我一直不停地聊着这件事。他让我向他保证，他上幼儿园的第一个早上，我会去公交车站送他。他让我发誓，他找到座位之后，向车外看就能找到我，就可以向我挥手告别。我说，等他放学乘大巴车回来时，我会在那里等他，我们会一起吃冰激凌，他可以把一天发生的事讲给我听。"我试过协调训练营的开始时间，但没有成功。要么接受，要么退出，没有别的选择。"

妈妈皱了皱眉头，准备说些什么，却欲言又止。她拿起刀，准备继续切菜。"我会照看他。为了他，也为了你。"她又切起了菜，目光不时地瞥向我，满眼的责备，"因为这是母亲该做的。"

这句话刺痛了我。我看着窗外的扎卡里。他把棍子放到草地上，扭动着身子爬到一架秋千上。"只不过四个月而已。"

"只不过四个月而已？"妈妈摇了摇头，"之后的工作要不停地深夜加班。经常身处险境。说真的,斯蒂芬妮。是我一手把你养大,你不应该做出这么糟糕的决定。"

我眨了眨眼,忍住了泪水。"这就是正确的决定。"

"对扎卡里,还是对你自己?"

我既愤怒又伤心。我能说什么呢?我没精力吵架,现在不行。我需要她的帮助。我什么都没说,出门来到院子里。

扎卡里正晃动双腿,努力地想要荡起秋千。他看到我走出门,给了我一个大大的笑容,令我心绪难平。"你看我,妈妈!"

我对他笑了笑,心里却很悲伤,只希望笑容不那么难看。我妈妈说的对吗?我是不是犯了大错?我怎么能离开他那么长时间呢?漫长的四个月啊。

我坐到他旁边的秋千上,用脚蹬地,荡了起来。我看着他竭力荡到空中,双腿伸直用力。试过几次之后,他放松了双腿,靠着惯性荡起来。他对我露出心满意足的笑容。

"扎卡里,我有件事情要告诉你。"我开口说道,"你说过长大后想要成为消防员,还记得吗?"

"记得。"

"嗯,我一直想成为一名联邦调查局特工,已经很久了。"

"什么是特工?"

"特工是帮助他人的人。保护人们。有点像警察。"他表情认真,好似完全听懂了。"我准备做这份工作,扎卡里。"

他对我露出了笑容,而我感觉心都要碎了。

"但是,我要去学校学习如何成为一名特工。我需要在学校住一段时间。"

他脸上的笑容变了形。我只能迫使自己说出下面的话。"我去学习的时候,你要在这里和外婆住在一起。"

他瞪圆了双眼。他面色严肃,看起来比实际年纪要大了一些。但是,我必须把剩下的话说完。我全说了出来。"还有,亲爱的,我的学校开学正好比你的早一点。你上学的第一天,换外婆去公交站对你挥手道别,行吗?"说出这些话令我心痛。想哭的冲动难以自持,我努力克制着。

"可是妈妈,你保证过了。"他声音很轻,我差点没有听到他说的话。

"我知道。"我低声回道,"对不起。"

他看向别处。我看到他眨着眼睛,努力忍住泪水。然后,他又伸直双腿荡了起来,这一次带着脾气,更加用力,在空中荡得很高,我从未见过他荡那么高。他再也没有看我。

我看着他高高地荡起来,很伤心。我暗暗下定决心,如果再给他许诺,一定不会违背。

我摇了摇头,赶走了记忆。斯科特的话又在我耳边响起。

你不觉得扎卡里可能会心怀怨恨吗?

"你不觉得自己的孩子也可能会心怀怨恨吗?"我说。我不能让斯科特把这件事怪到我身上。我不能一味防守。我要主动出击。

"斯蒂芬——"

我向前探了探身。"他们会因此加入恐怖组织吗?"

"他说他能接触到目标。"他坚持说,"抱歉,斯蒂芬。我需要启动正式调查,你应该明白的。"

眼前的威胁令我不寒而栗。我克制着没有颤抖。正式调查。针对我儿子启动刑事调查。"斯科特——你不能这么做。"

"我别无选择。"

"给我一点时间。让我弄清发生了什么。"

他表情坚定地看着我,我的心沉到谷底。还有别的事,不好的事。我自己在审问的时候也这样做过——等到恰当的时机,透露某项关键信息,某种致命的证据。

"之前他一直在逃课。"斯科特语气平静地说,"他在做些什么?"

逃课?他在说什么呢。我竭力保持神色平静,但肯定没有控制好。

他拿起一支笔,又丢到一旁。"你好像不知道这件事啊,斯蒂芬。"

我什么都没有说。

"过去两个月缺课六次。逃课次数太多,被警告一次。"

这是真的吗?斯科特拿到了扎卡里的学习报告?上面真是这么说的吗?

"你知道吗?"他追问道。

"不知道。"我回答道,因为事实如此,因为我知道斯科特从我的表情中肯定看穿了真相。

"这就有意思了。纪律报告需要带回家由家长签字确认。而这上面有你的签名。"

扎卡里逃课,伪造我的签名。撒谎。我不知道该说些什么,不知道该想些什么。

"你并没有想象中那么了解他,是不是,斯蒂芬?"

第15章

　　扎卡里的高中校园就像缩小版的大学，校园很漂亮，有砖石建筑，草坪绵延起伏，四周绿树成荫。初中时发生了一些意外事件——各种口角和打斗——之后，我觉得全新的开始或许会有所帮助。和以前交往的孩子分开。于是，我决定送他去读私立学校。一直以来，这个决定似乎都是很正确的：不再有争吵和打斗，而且他对上学也提起了兴趣。可是现在，他是不是又和不良少年混到一起了？

　　我找到一个空车位，正对着他的车子——那辆破旧的福特金牛座，以前是我的——坐在自己的车里，等待着。遮阳板挡在仪表盘上方，略微向一侧弯曲，恰好留出空隙，能透过前风挡玻璃看到外面，同时不被发现。没有阳光需要遮挡；天空是灰的，风怒号着吹过杂乱无序的停车位。车外面天气寒冷，校园里静悄悄的。孩子都在教室里上课，免受寒风折磨。

　　我从斯科特的办公室出来就径直来到学校。他的话令我心绪不宁，因为我知道他说的都是真的。我并没有想象中那么了解扎卡里。我不知道儿子的时间都被用在哪里,也不知道他都与谁交往。

不过,或许马上就能清楚了。我的脑中浮现出那两条信息,和无名氏交流的信息。

明天 3:30?

到时见。

我忍不住去想那把枪,现在它被锁在我办公室的保险箱里。想起我提到那把枪时,扎卡里的反应,我真的很困惑。和我提起那个极端组织自由团结运动时的表情一样。

但是,如果他只是个厉害的演员呢?一个极好的骗子呢?

我仍然认为,自然的反应应该是看看那把枪是否还在原处。至少应该是瞥向衣帽间的方向。他没有那么厉害,是吧?他只是个孩子,天啊。一个好孩子。

是不是呢?

事实上,他确实在隐藏某件事。这一点我还是知道的。而这个无名氏——我感觉他肯定牵涉其中。

我用手指揉捏着太阳穴,想要驱散袭来的头痛。斯科特的面容又浮现在我的脑海中,他的声音在我耳边回响。

你不觉得扎卡里可能会心怀怨恨吗?

我职业生涯的首站抽到了芝加哥。芝加哥。哈利迪的家乡。上天好似开了一个残酷的玩笑。

我想过拒绝。退出。我妈妈是对的;我依然可以在律所找到一份工作。在圣路易斯定居。远离哈利迪的世界,一劳永逸。

但那样他就赢了。我又一次放弃了,投降了,让哈利迪赢了。

于是,我带着扎卡里收拾行装,搬了家。妈妈不停地提醒我,说半路离开幼儿园是个错误的选择,说扎卡里会很不好过。但是,这件事我必须做。

我们在芝加哥没有亲人。没有任何支援。我找到一家日托中心,是这个地区营业时间最长的一家。还联系到几个临时保姆。其中一个女人叫帕蒂,住在几个街区外,半夜我被叫出去执行任务时,可以把扎卡里送到她家临时照看。我们最初来到这个城市时,我以为这只是特殊情况。但很快它就变成了惯例。

我被安排在处理有组织犯罪的部门,负责调查芝加哥的黑手党。对我而言,这项任务很完美——有关注度,有意义,有机会将真正的坏人绳之以法。我工作第一周就意识到,这种想法简直就是天大的笑话。

"黑帮控制着这座城市。"负责训练我的特工尼科尔森说,"这种情况,我们也无能为力。"

"别啊。"我抗议道。这里的情况似乎与我在匡蒂科学到的完全背离,与我信仰的真理完全背离。

他摇了摇头。"可恶的狡诈政客。黑帮买通了他们。那个参议员,哈利迪,他是最坏的。"

那感觉仿若时针突然停摆。我没料到自己会在此时此地听到那个名字。"哈利迪?"

"你见过那个家伙筹措了多少资金吗?"

我怒气上涌,气得浑身冰冷。"那我们为什么不做点什么呢?"

"钱洗得很干净。"

"别这样,尼科尔森。你不是知道发生了什么吗?"

"我刚才已经说过了,他们控制了这座城市。"

"那么就想办法做点什么。"

他对我露出一脸苦笑。"现在你负责这件事,马多克斯。你来想办法做点什么。"

当然,我也没必要去做。我本可以像尼科尔森一样,像其他人一样,静待时机。过着朝九晚五的日子,低调一些,等着调到其他部门。

但是,我没打算再让哈利迪赢。

朝九晚五变成了朝七晚八。必要时,我还会工作更久。鬼知道怎么会有那么多工作。想要工作的人永远都有干不完的活。我就是这样的人。我决心要干出点名堂。

一连数月,几乎每周都是007的工作模式,我终于找到了一些线索,可以打入地下世界。考虑到我投入的时间,取得的成效并不显著,但是,这已经比整个部门数年的成果还要多了。

我彻查了每一条线索,监听通信,梳理成一个有坚实基础的案子。我在芝加哥办公室占据了一面墙,把所有目标人物的大头照按在墙上。各个人物之间用纸胶带连在一起,标记他们之间的联系。没过多久,整面墙都满了。

等我在芝加哥工作满一年时,手里在办的已经是部门最大的案子,甚至总部都在密切关注。阴谋,腐败,所有相关的事情。

我成为局里冉冉升起的明星,有着无比光明的前途。而我也不怎么能见到扎卡里了。每天一两个小时。我很想多花一些时间和他相处,但是部门里所有的特工都在夜以继日地轮班工作,支持这个案子——我的案子。所有人都在努力工作,我也没法偷闲。

大多数时候,扎卡里都在日托中心过夜,还有很多晚上会在帕蒂家。有时,如果需要凌晨工作,我就会半夜抱着他上车,开车到帕蒂家,把他放下。他还穿着睡衣,睡眼惺忪的,在帕蒂的怀里打着盹。我很讨厌这样做,但是又能有什么办法呢?

我差点自己退出。我曾经考虑过。那时我正在调查黑帮分部首领托里诺,手里已经拿到了他的一些证据。我们有机会策反他的得力助手,至少我们以为有机会。我审讯他,试图说服他反水,承诺只要他指证托里诺,就给他豁免权。我们以为他会就范。随后,在那个审讯室里,当他准备回答我时,他越过桌子向我探过身来。他的衬衫袖口向上卷起。他向前探身时,我看到他的前臂上有一处文身。两把交叉的刀,组成了一个 X。

放手吧。他一字一顿地说,眼神令我不寒而栗。

我想过放手,找一些理由,从案子里脱身,似乎这么做更安全。但是,我不能让犯罪分子赢。我不能把这个案子扔给别人。这是我的责任。我要将他们绳之以法。

三个月后,到了收网时间。我们从周边地区请来特工协助。我们对托里诺提出十五项指控——违反联邦诈骗法、敲诈勒索、洗钱——并计划逮捕他的十九名同伙。我们拿到了搜查证,可以搜查三十二处住宅和企业。这将要成为那段时间最大的一个案子。

行动的前天晚上,我回了家,偷得几个小时陪扎卡里。我们吃了意大利面和冰激凌,一起玩拼图,直到他的眼皮开始打架才停下来。他穿上睡衣，我收拾好过夜包，然后我们一起上了车，两人都沉默了。

我们来到帕蒂家时，他已经睡着了。我把他从安全座椅上抱出来。他还没有彻底清醒，双臂抱住我的脖子，双腿夹住我的腰。他有些重，块头已经很大了。我抱着他来到前门。

或许是因为天冷，或许是因为走动，又或许是别的什么原因，反正他被闹醒了。"我不想走。"他轻声说，脸埋进我的肩膀里。这是他第一次拒绝，第一次抱怨。

"我知道，亲爱的。"

他的胳膊抱得更紧了，似乎不打算放手，似乎要等我掰开他的手。"求你了，妈妈。"

"亲爱的，这个案子非常非常重要。"话刚说出口，我就后悔了。

"那我呢？"他轻声问道。

三点钟，我听到一声铃响。我在车里坐着，身子挺得更直了一些。过了一会儿，孩子从教学楼里涌出来。他们走向停车位，我则躲在遮阳板后面观察。

终于，我看到了他，和一个苗条的黑发女孩一起走来。我想那应该是莉拉。他穿着牛仔裤和灰色连帽衫，外面套了一件黑色短夹克，背包挂在一侧肩膀上，微笑着，闲聊着。他们两人在一辆白色的吉普车旁停了下来，轻轻拥抱了一下。她坐上车子的驾驶位，他则径直走向自己的车，头微微低着。他打开车门，钻进车里。根本没有抬头，也没有注意到我。

汽车尾灯亮了起来，车子从车位里挪了出来。我也扭动钥匙启动点火器，小心翼翼地取下遮阳板，跟着他，中间隔了几辆车子的距离。我跟着他离开停车场，来到马路上，小心翼翼地保持着两车之间隔着几辆车。

明天 3:30？

到时见。

我追踪了发来信息的号码，是个空号。对方想要保持匿名状态。无名氏。扎卡里想要保护这个人的身份不被泄露。

我们开出越远，就越感觉不真实。我跟踪自己的车，监视自己养大的孩子，试图更多地了解这个人，而他本应是我在这个世上最了解的人。这似乎有些不道德。

他错过了通往华盛顿特区的出口，继续开车行驶在马里兰州，往远郊开去。路上的车渐少，我注意保持着距离。

福特车驶入一片道路蜿蜒的街区，这片街区的住宅车道都很长，从街上几乎看不到住宅。

我胃里一阵恶心。因为我来过这里。我来过这片街区。我知道谁住在这里。我开车经过这里，坐在外面，监视这座宅子。当然从来没进去过。但是，他离得这么近，我还是没能忍住。当我知道有罪犯逍遥法外的时候，还是不能袖手旁观。

扎卡里放慢了车速，驶过一个又一个弯道。我也放慢了车速，保持着车距。我们从一个推着婴儿车的女人身旁经过。一位老年男子遛着一只胖白狗。

一切都感觉不真实。因为我知道他要开向哪里。我知道他要和谁见面。

他驶入一条熟铁门拦住的车道。我有些犹豫，把车停到街边，待在那里，隐蔽在树木后面。随后，我从后座取来一个背包。我的监视背包。我打开背包的拉链，从里面摸出一副双筒望远镜，对准了扎卡里。

他摇下车窗，往窗外探出头，对着扬声器说了些什么。过了一会儿，大门开了，扎卡里等着门完全打开，就开车进到里面。大门在他身后关上，然后车子沿车道驶远，从我的视野中消失了。

从我的位置连宅子都看不见。我愤怒地颤抖着，把双筒望远镜摔到副驾驶位上。

这是哈利迪的宅邸。

扎卡里要见哈利迪。

第 16 章

我耳朵里响起一阵奇怪的嗡嗡声。

扎卡里知道哈利迪是他的父亲。

他一定知道了。他们见面不会有其他的原因。

他了解全部的真相吗?

我浑身发抖。

不。他不可能知道的。哈利迪也不会承认。

但是,哈利迪会说些什么呢?

扎卡里是怎么找到他的?我一直守口如瓶。这件事一直是我们之间的痛点,两人经常因此关系紧张。我记忆中,他一直在问父亲的事情。他年纪越大,这件事给我们之间的关系造成的裂痕就越大。我有权知道,他总是这样坚持。

我总是拒绝。那是大学时的一段感情,草草结束。我总是用类似这样的话回答他。了解真相对他没有什么用。真相只会给他带来伤害,使他怀疑一切。我不能这样对他。

只有一个人知道哈利迪的事情，虽然她也不了解全部真相。

我怒火中烧，伸手拿起手机，在快拨键里找到她的号码，把手机贴到耳边。我的手都在颤抖。

"嘿，斯蒂芬妮。"妈妈几乎秒接了电话，高兴地应道。我听到电话另一头有轻柔的电台音乐声，播放着二十世纪六十年代的歌曲。

"你为什么要告诉扎卡里？"

"什么？"

"为什么？"

"告诉他什么？你说这话没头没尾的，斯蒂芬妮。"

"别废话了，妈。关于哈利迪。你告诉他了。为什么？"

"哈利迪？他自己发现的，亲爱的。"

他自己发现的？"那不可能。"

"他是通过基因检测结果发现的。你应该懂的，就是那种要你把唾液寄去的地方。"

她怎么会知道这件事？她怎么会知道这件事，而我却不知道？

"他没有发现他父亲的名字，而是找到了一些其他亲属。他是根据这些信息推测出来的。他是个聪明的孩子，扎卡里——"

"这些都是他告诉你的？"

"是的。我猜他是想和别人分享一下——"

"那你是怎么说的？"

"我告诉他，他是对的，亲爱的。"

我之前感到震惊，此刻又觉得遭到背叛，最初并不强烈，随后，难以遏制的愤怒一波波袭来。"你怎么能那么做?"我能听到自己的声音都颤抖了,"你为什么不告诉我?"

"他让我不要说出去!我以为他会自己告诉你。这件事已经过去很久了。他一直没对你说?"

她的话就像是挖苦。好似在强调儿子和我是多么疏远。"多久之前?"我现在转换成了调查员模式。我需要了解细节。

"我也记不清了。一年?"

一年之前?扎卡里已经知道哈利迪一年了?但是,这与我了解到的信息对不上。他从最近几个月才开始和哈利迪会面。这些都说不通。"不该由你告诉他这些。你也不该瞒着我。"

"斯蒂芬妮,没事的——"

"怎么没事!你根本不知道自己做了什么。"

"我或许不该——"

"你以为?"我奚落道。

"斯蒂芬妮——"她的声音颤抖着。我看到一辆车从车道上驶来。是扎卡里的车。我看着那辆车,心怦怦地跳。

"听我说,亲爱的,我真的很抱歉。我真的——"

我按下红色按键,没等她说完,就挂断了电话,然后就把电话扔到副驾驶位上。我不想听她道歉。光道歉是不够的,永远都不够。

大门慢慢打开,那辆金牛座慢慢地开到街上。我看到扎卡里坐在驾驶位上,不过他没有朝我的方向看,没有发现我。

副驾驶位上的手机振动起来。我伸手拿过手机,按下红色按键,拒绝接听。

哈利迪知道扎卡里。他和我儿子见了面。和他交流。影响着他。

我看着马路。又等了几秒,然后驶入主路,在他后面保持着安全距离。

我跟着他离开了这片街区,回到大路上。他上了高速,向华盛顿特区的方向开去。我继续茫然地跟着他,思绪如一团乱麻。过了一会儿,他的车兜兜转转来到城市的西北,向我们家开去。

他在家门前的路边停下了车,我把车停到他的后面。他下了车,向我招了招手。

我猛地关上车门,走上通向家门的砖路,嘴里呼出的气凝成白雾。他跟在我身后。我眼角余光看到他正在偷瞥着我,神色焦虑。

我们走进屋里,脱下外套。他关上身后的房门,上了锁,我则输入密码,关上了警报。

"坐下。"我一边向客厅走去,一边说。他跟在我后面,坐到双人沙发上。

"告诉我发生了什么。"我说。

"你跟踪我?"他脸上没了血色。

"告诉我,扎卡里。"

他的目光中透着尴尬,好似知道自己做错了事。但是,他的表情很快又变了,变成反抗的神色。"我想去了解他。"

我竭力控制着情绪,勉强平静地说:"他不值得你去了解。"

"到底值不值得,不应该由我决定吗?"

"他有什么反应?你见到他的时候。"我小心翼翼地问,感觉如履薄冰。

"他很惊讶。"

"他不知道你的存在。"

"是的。"

我们两人都沉默了。我努力思考着如何问下一个问题。"但他记得我?"

"是。"

"他说了什么?"

"你为什么想知道?"他反问道。

我无助地耸了耸肩。

"他说,你们有一段感情,后来结束了。"我的儿子直言道。

他凝视着我,死死地盯着我。我不敢看向别处。"那都是过去的事了,扎卡里。"我真心希望自己能知道他此刻心里是什么感受。我希望能知道他在想些什么。

我希望能知道自己在想些什么。我的思绪如一团乱麻。

哈利迪知道扎卡里的存在。

哈利迪又回到我们的生活里。

我盯着棋盘,脑海深处萌发出一个想法,这个想法才刚萌芽,不知道会变成什么样。但是,我能感觉到它的存在,好似鞋子里的一块碎玻璃,令人恼火,本不该出现在那里。

"说说逃课的事吧。"

扎卡里眨了眨眼,好似话题突然转换令他非常惊讶。或许只是惊讶于我会知道他缺课?"只不过是英文课。每周最后一堂。"

"多少次?"

"不多。五六次吧。"

这时他的语气有些局促不安。他说的是真话，至少我认为他说的是真话。不过，他告诉我的也都是我已经知道的事情，在他的学习报告中都被明明白白地记录了下来。"为什么？"

"周五是'阅读日'。我们只需要坐在桌前，完成阅读作业就行。完全是浪费时间。"

他的回答没有丝毫犹豫。尽管如此，我还是认真端详着他。"所以你就逃课了。"

他点了点头。

"你逃课去做什么了？"

"去健身房，举重。然后骑自行车，运动时完成了阅读作业。"

他的解释合情合理，像是扎卡里的作风。换成是我，我也会忍不住这样做。"学校难道不应该通知我吗？"

他眨了眨眼。"他们通知了。我代你签了通知。"

"你是说，你模仿了我的签名。"

他什么都没说。这是接受审讯时的典型反应：不愿看我，不愿接受现实。但至少他没有撒谎。

"为什么？"

他耸了耸肩。"那样做似乎更简单一些。"

我斟酌着如何回应，尽量不在话语中掺杂怒气。"你犯了一个错误。"

他终于抬头看向我。"是。"

"你没有承认错误，请我帮助，反而又犯了一个错误。"

"或许吧。"

那个想法开始成熟，在我脑中扎下根。我试图忽略这个想法，挤压它的成长空间。因为,我知道这个想法会压倒一切,有了它就无法思考任何其他的可能性。此刻,我还需要再确认一下。

他瞥了一眼钟,但是,我还没打算结束这次谈话。

"扎卡里,你有没有给一个无政府主义组织发送电子邮件,申请加入?"

"无政府主义组织?你为什么要问我这个?天啊,妈——最开始是枪,现在又说起什么疯子恐怖主义者,你是疯了吗?"

"如果你犯了错——"

"我没有!"

我盯着棋盘,轻轻摸了摸"象"上面的帽子,苦苦地梳理着思绪。扎卡里和哈利迪见了面。他对我隐藏的就是这件事。因此,在我第一次质问他时,他才会看起来那么愧疚。我内心一阵忧伤,我的儿子竟然会对我保守这样的秘密,过去了这么多年,哈利迪还在荼毒我们的生活。

"我得去做事了。"扎卡里说。

我点了点头,目光依然落在棋子上。我听到他抓起钥匙,听到前门砰地关上。

那个想法的萌芽此时已经长成了丑陋的杂草,恣意生长,无情地占据了我大脑的每一点罅隙。

那把枪不是扎卡里的。那封电子邮件不是扎卡里发的。我的儿子没有牵涉其中。

但是,是谁制造了这些假象呢?

第 17 章

一个男人从国会大厦方向走来，双手揣在羽绒夹克的口袋里，低着头，抵御寒风。他戴着一顶帽子，帽檐拉到眉毛处，下面戴了一副反光墨镜。谁都不会特别注意他。

他身上斜挎着一个黑色的邮差包，从肩膀悬到屁股上。他步伐矫健，在通往华盛顿纪念碑的斜坡上快速走着，嘴里哈出一点点白雾。

来到坡顶，一阵寒风吹过。数十面国旗迎风招展，星星和条纹在灰色天空的映衬下格外显眼。他看着国旗剧烈地摆动，然后向右拐，来到尽头的一张矮长椅前，背对着纪念碑，坐了下去。长椅的另一头也坐着一个人。一个年长的男人，身穿长款羊毛大衣，衣领立着。他头戴一顶毛皮衬里的飞行帽，将护耳拉下来盖住了耳朵和脸颊。他没有转向新来的人，也没有动，而是盯着前方。

年轻男人取下邮差包，放在长椅上两人中间的位置。长椅上已经放着一个包，几乎一模一样的黑色邮差包。两个包靠在一起。

"越来越冷了。"年轻男人说。

"确实。"

一家人走过。母亲、父亲和两个身穿羽绒服蹒跚行走的孩子。两个男人看着一家人向下往"二战"纪念碑走去,直到他们走远,听不到他们说话。

"你来多久了?"年轻男人问。

"需要的时候我就在了。"

远处传来一阵低沉的隆隆声,音量迅速升高。一架直升机从头顶轰隆隆地飞过,飞得很低、很快。军用绿。或许是陆战队一号。年长的男人看着直升机飞过,面露轻蔑之色。

声音渐渐消失。远处传来一只狗的吠叫声。

"出了一个问题。"年轻男人说,目光望向前方。

听到这句话,年长的男人终于转过身。他那淡蓝色的双眼中满是责备。"我注意到了。"

两个人都沉默了。又吹过一阵冷风,呼啸着,旗子随风飘动起来。天边乌云集聚。纪念碑广场上的人渐渐散去。

年长的男人费力站起身,伸手去拿包,离他较远的那一个。他瞥了一眼长椅上的另一个包。"你需要的东西都在这里。"

年轻男人伸手把包拉到身旁。他的手微微颤抖着。

年长的男人转身离开,没有再说一个字。也没再回头看。

第 18 章

我上了自己的车,恍恍惚惚地开着。感觉好似一副重担从肩上卸下。然而,另外一副更重的担子又压了下来。我的儿子没有犯下任何严重的错误。他没有参与到任何刑事犯罪中。

他被人陷害了。

这句话在我脑中回荡。我能听出这句话给人的感觉。疯狂。妄想。

但是,我对自己眼见的事实心里有数。扎卡里从未听说过自由团结运动。他从来没有发送过那封电子邮件,从来没有参与到任何无政府主义组织中。

那么还能有什么别的解释吗?

或许你看见的只是自己想要看的。我脑中一个诡秘的声音说。是那个心理医生。

我摇了摇头。不。我了解我的儿子。

她对我揶揄一笑,让我想起我们在晚饭间交流时,扎卡里的笑。或许他是个好演员。

我感到一阵寒意。

我把她从脑海中赶走,取而代之的是我的形象,我还是新手特工时的模样。我站在门口,告诉一些母亲她们儿子犯的罪。最初她们都会否认,迅速而果断。我们会聊一会儿,然后从目光中就能看出,她们多少认清了事实。

随后,她们会想尽办法为孩子辩护。

辩护的第一步往往都是类似的。算是一种反控。这是个圈套。他被人陷害了。

谁会陷害他呢?我总会这么问。为什么要陷害他呢?

这两个问题她们根本无法给出令人信服的答案。

谁会这么做呢?我脑海里的声音嘲笑道。心理医生又回来了。我抓着方向盘的双手握得更紧了,但是这样也丝毫无法驱散她嘲讽的语气。

哈利迪。一定是哈利迪。他知道扎卡里的存在。他知道有证据——

一阵汽车喇叭声把我的注意力拉回到公路上。我及时回过神,看到了迎面高速而来的车前灯和引擎盖。我驶入了逆行车道。我猛地向右打了方向盘,及时回到了正常的车道。那辆车快速驶过。

我把车停到路肩上。我坐在那里,吓得浑身发抖。

哈利迪知道我有证据,可以证明他多年前的所作所为。扎卡里就是证据。

哈利迪在警告我不要声张。

"有什么可以帮您吗?"一个模糊不清的细小声音说道,是个女人的声音。

我在摄像头前亮出了证件。冷冷的空气从打开的车窗涌了进来。"联邦调查局的斯蒂芬·马多克斯。"我怒视着小小的玻璃镜头,想象着他也在看我。

我听到风拍打在车上。冰珠开始落下,砸到车的风挡玻璃上。

"进来吧。"我在杂乱的静电声中听到对方说。大门吱呦呦地开了,我开车进到里面。

车道很长,蜿蜒曲折,绿树成荫。我踩足了油门。来到坡顶才踩下刹车。这里差不多是个小型停车场,有几辆豪车停成一排。我把车斜着停在一排豪车后面,挡住了它们的出路。我下了车,向大门走去。我敲了敲门,很用力,拳头上集聚着怒火,敲打在门上。

开门的是个女人。他的妻子。我之所以知道,是因为我总会特别留意所有与他相关的新闻。还因为我在他的宅邸外面监视过。她比他年轻二十几岁。已经结婚五年了。她穿着紧身运动装,金发做了造型,脸上妆容齐整。她的眼神中流露出惊讶。

没等她开口说话,哈利迪就从她身后的拐角处出现了。

这么多年,我每次在新闻里听到他的名字,瞥见几段他的演讲,都会把我带回到那个可怕的晚上,迫使我在脑海中又经受一遍煎熬。刚刚经历过那件事后,我一直以为再次和他面对面时,我会害怕,虽然后来这种想法有所缓解,却一直挥之不去。但是,此刻他站在我面前,皮肤晒成了棕褐色,身材匀称,他那副自鸣得意的样子令人愤怒,而我却一点都不害怕。我有的只是愤怒。

他伸出一只手搭在妻子的肩膀上,双眼盯着我,对她说:"这里由我来处理，亲爱的。"

　　肩膀被他触碰的那一刻，她略微缩了一下，很难察觉。但是她知道我注意到了。她和我对视着，莫名地久久没有转开目光，之后双臂抱住苗条的身子，慢慢走开了。

　　"进来吧。"他对我说。

　　"我们在这里就可以解决。"门口很冷，但我却没有感觉，"你到底在对我儿子做什么？"

　　他眼睛都没有眨一下。"他来看我。"

　　"你想要我们怎样？"

　　他皱起眉头。"他来看我。他找到了我——"

　　"你在陷害他。"

　　"你到底在说什么？"

　　我知道他是个说谎高手。"你肯定知道我在说什么。"

　　他盯着我，然后疑惑地摇了摇头。"说实话，我不知道。"

　　我向前走了一步，伸出一根手指，指着他的脸。我能闻到他身上的须后水味道，和多年前那个晚上他身上的味道一样。这种味道令我愤怒到极点。"你现在知道扎卡里的存在。你害怕了。但是，如果你认为能以此要挟我保持沉默，你就大错特错了。"

　　他没有丝毫退缩，反而露出了微笑。"我早就知道扎卡里的存在。好几年了。"

　　我听到这些，惊得说不出话来。我想象出他坐在我家外面，用双筒望远镜偷窥我家窗户内的情况。我感觉自己又被侵犯了。

　　"我一直关注着你的事业发展，斯蒂芬。"

这是他第一次说出我的名字。我听了恶心得想吐。

"如果我想勒索你,为什么要等到现在呢?"

他知道。他一直都知道扎卡里的存在。

但是,我一直没有声张。或许他认定我不会告诉任何人。认为我不是威胁。

是不是扎卡里出现在他的门前改变了一切?

"我没有担心,斯蒂芬,因为没有人会相信你的。"

"基因检测可以证明。还有亲子鉴定。"

"我们有一段感情。感情结束了。"他平静地说,没有丝毫掩饰。他的语气令我不寒而栗。

"的确,你当时是实习生。"他耸了耸肩,"但你已经是成人了。感情是相互的。我当时单身。而且你辞去了实习工作,离开了这座城市。也没告诉我你怀孕了。"

"你做过什么事情,你我都心知肚明!"

"你告诉过别人吗,斯蒂芬?还是过了十八年,现在才突然想起来了?"他向我投来质疑的目光,我知道他在面对镜头时也会流露出同样的目光。

我血气上涌。那将是我们互相对质。

没有人会相信你的。

"如果你宣扬这个谎言,如此诽谤,无异于自掘坟墓。"他警告说。

"你不会赢的。"

他歪了歪头。"你说有人陷害扎卡里,真的吗?为什么?"

我直直地盯着他。

他得意地笑着。"你确定这个孩子和你想象的一样乖巧？那么无辜？"

"去死吧。"

他的嘴角又闪过招牌的笑容。"嗯，不是我，斯蒂芬。我向你发誓。"

"狗屁。"我厉声打断他。但是心底还是有了一些疑惑。

"或许你调查过的什么人。你往这方面想过吗？"

我回想起昨天在那个酒吧里，坐在汉森身旁。我有妻子，孩子。还要还房贷。

有多少人因为我失去了所有重要的东西？

"又或许是因为你在芝加哥太成功了。"他甚至都懒得压低声音，"或许你惹了不该惹的人。"

行动在凌晨开始，整个街区都静悄悄的。我们在夜色的掩护下各就各位，包围了房子。我站在那里，心怦怦地跳，呼吸急促，双手紧紧地握着枪，等指挥官下令动手。

命令下达之后，特警队用夯锤砸门，第二下就砸开了。更多的特警队员蜂拥而入，准备扫清障碍。我紧跟在他们后面。这是我的人，是我的案子。针对托里诺的指控，足够关上他几十年——这些还是可以保证的。我想成为那个给他铐上手铐的人，想要看看他那时的表情。这已经变成了私人恩怨。

我穿过房门的时候，里面有些骚动，客厅里出现了一些情况，势头似乎有些不对。屋里只有托里诺和他的妻子。我们已经监视这座房子多日。而且当时是半夜，他们本该在楼上卧室里。

托里诺坐在椅子上,面对着没有生火的壁炉。两名特工拿枪对着他。他的妻子穿着一件法兰绒的睡衣,脚上穿着拖鞋,在沙发上啜泣。

我向前走了一步。他穿了一件带领衬衫,和一条熨得笔挺的裤子。他一动不动地坐在那里,平静地观察着周围发生的一切。观察着我。他似乎已经预料到我们会来。

我快步走过去。告知他被逮捕。宣读了他的米兰达权利。他没有动,表情高深莫测。"你听明白了吗?"我宣读完米兰达权利之后逼问道。

他歪了歪头,眯着黯淡的双眼看着我。"你叫马多克斯是吧?"他说。从他口中听到我的名字,这令我不寒而栗。"你应该听人劝,马多克斯特工女士。你应该放手的。"他的嘴角露出丑陋的阴笑。

"你会为此付出代价的。"他发誓说。

第 19 章

工作时,我总感觉自己处于主动。我自己负责出现场,直奔目标,逮捕罪犯。而现在,我总感觉自己处于被动,这令我很不安。我要坚守底线,守护重要的东西。

我把车开进停车场,停进我的指定车位,下车向办公楼走去。今天肩上的背包感觉轻快了一些,我不禁想起那把格洛克手枪,我昨天上班带着的那一把,现在它被锁在了办公室的保险柜里。

我走过大厅,看见墙上挂的照片:局长李和副局长杰克逊。我放慢了脚步,目光被他们的照片吸引。一时间,我的脑海中又浮现出那个场景。一只手按在她的背上,一切都笼罩在红蓝的闪光里。我转过身,继续向前走去。

我来到布满隔断工位的大办公区时,大部分人都已经走了。我向自己的办公室走去,沿途碰到的几位特工向我打招呼,我也和他们打了招呼。一切都好似一如平常,但现实却暗流涌动。

我以为，去哈利迪家就能把一切搞清楚。肯定是他捣的鬼。现在我也搞不清了。

我心里认定就是他。否则也太巧了。扎卡里找到了他。如果真相被揭露，他将失去一切。他的事业、婚姻、名誉。一切。

但是在内心深处，我又不太确信。扎卡里并不了解全部真相，哈利迪肯定看出来了。如果把那把枪藏在我儿子的房间里是警告我们不要声张，那么哈利迪为什么不这样命令我呢？为什么还要自找麻烦抵赖呢？

另外，如果他早就知道扎卡里的存在，早就可以动手做这些事了。他似乎很自信，认定没人会相信我，认定他的谎言可以保护自己。认定自己的事业经受得起流言蜚语的冲击，不会因为与一个愚蠢的年轻实习生发生的一段不明智的风流韵事就毁掉。

现实也很可能如此。

如果是托里诺呢？这就是他发誓要我付出的代价吗？他身在监狱，但势力还在。可是已经过了这么多年，为什么现在才动手？为什么是现在？

也可能是别的什么人。

或许是我调查过的某个人。

我坐到办公桌前，看着下面的档案柜。我心里知道最里面有一份档案，没有标签的档案……

或许你惹了不该惹的人。

手机铃声响起，把我拉回到现实中。我低头看了看屏幕。妈妈。

我的手指在绿色按键上犹豫了片刻，最终按下了红色按键。她把哈利迪的事情告诉了扎卡里。单单道歉是无法弥补的。这一次不行。

手机铃声停了。我盯着手里的手机,心里多少期望她能再打回来。但是手机再也没有响。

集中精神,斯蒂芬。

我喘了一口粗气,把思绪拉回到扎卡里身上,继续思考眼下的事情。我需要和斯科特谈谈。我要让他知道,扎卡里没有参与到这件事里。我放下了对妈妈的怨念,拨通了斯科特的电话。

"他承认逃课了。"电话刚接通,我就开口说道。

"斯蒂芬——"

"立刻就承认了。"我打断了他,"没有丝毫犹豫。而且他也没做什么穷凶极恶的事情。只不过去健身而已。"探访哈利迪家的事情在我脑中闪过,但是我努力不去想那个场景。

"斯蒂芬。"斯科特再次开口说道,这一次我没有打断他,"承认这些和承认电子邮件里面的事情,根本不能混为一谈。你也懂的。这根本什么都证明不了。"

"这根本讲不通!所有这一切都讲不通。发送电子邮件,却不再查看……"

"那么你是什么意思?"他质问道。

答案在我脑中闪过,但我并没有说出口。我犹豫了,因为我知道说出来会引发怎样的反应。但是我又有什么选择呢?

"他被人陷害了。"

"陷害。"他重复道。他用了陈述语气,并非疑问。

"陷害。"我需要他明白,我是认真的。这就是事实。

"那么,你是说别人发送了那封电子邮件?"

"是的。"

"有人试图制造扎卡里想要加入恐怖主义组织的假象。"

"是的。"

"有人潜入你们家,用扎卡里的名字创建了一个电子邮件账户,然后发送了那封电邮?"说这些的时候,他的语气充满了怀疑。

不是随便的某个人,我想。某个有权有势的人,有理由让我保持沉默的人。让我们保持沉默。但是我不能这么说,暂时还不行,我还没有准备好把真相和盘托出,还不想让生活发生彻底的改变。

要等到我确认是他才可以。不管他过去做了什么——我需要找到证据,确认是他做了这件事。

"是的。"

"你知道这些话听起来多么疯狂吗?"

"当然。"

"斯蒂芬,见鬼,理性地想想。你站在我的立场上想想。这根本就讲不通。如果有人要伤害扎卡里——或是你——有的是更简单的方法。"

"你站在我的立场上想想,斯科特。如果有人控告你的某个孩子做了这样的事呢?"

"那根本是两码事。"

"为什么?"

整个过程中,他第一次表现出一丝犹豫,而我知道他在想什么。因为我的孩子是好人。我的孩子不会做这样的事情。

"我了解扎卡里。你也了解扎卡里。他没有发送那封电子邮件。"

斯科特喘了一口粗气。"你根本就不能保持客观,斯蒂芬。你深陷其中。"

我回想起与扎卡里交谈的场景。我提到自由团结运动时,他一脸的茫然。这与客观与否根本无关。关键在于事实。我了解我的儿子。

我需要斯科特了解真相。我需要摆脱被动的局势。"那么你的意思是说,扎卡里放学回家,创建了一个新的电子邮箱账户,发送了一封电邮,请求加入自由团结运动,之后再也没有查看那个电子邮箱账户。这样讲得通吗,斯科特?而且,他怎么会知道这封电邮该发送到哪里?没有任何证据显示他访问过任何极端主义者论坛。"

"从那个IP地址上没有。"斯科特指出。

换作是我做调查,也会说出同样的话,但我没打算退缩。"自由团结运动的电子邮箱地址每周都会更换。"

斯科特沉默了。我感觉自己就要赢了。他开始意识到真相了。我忽然提起了自信。

"根本就讲不通,斯科特。承认吧。如果真的是扎卡里,他肯定会查看回复的。"

"除非他意识到自己犯了错误。"

我摇了摇头,尽管心底也知道他的话有一定的道理。某人一时冲动发送了一条信息,后来改变了主意,所以根本不在乎有没有收到回复,很可能还后悔发送了那封电子邮件。这种推测确实符合逻辑。

"孩子会犯错的,斯蒂芬。他们都会。"

"不会犯这样的错。扎卡里不会。你了解他的,斯科特。"

他叹了口气。"斯蒂芬,我了解的是你啊。"

我根本没想到他会这么说。"这话是什么意思?"

"或许在你心里，扎卡里还和小时候一样。或许你想到了以前伤害过你的人，臆断他们又要害你。但是，斯蒂芬——那些人都看开了。我敢肯定他们都开始了新生活。我想可能只有你还活在过去。"

我开始感觉不安，听到他的指责又变得愤怒，因为他根本不了解真相。根本不了解谁会对我下手，不了解他们可能付出的代价有多大。

我紧闭双眼，轻轻叹了口气。"再给我一点时间。"我开始跟他讨价还价，"我会找到证据，我会把一切都告诉你。"

"尽快吧。"他语气冰冷，顿了一下，"过后再和你谈，斯蒂芬。"斯科特说着结束了通话。

但是线路没有立刻断掉，似乎还有其他人在线上。似乎有其他人在偷听。

然后线路才断掉。

第 20 章

我在屋里来回踱步，无法平静。电话另一头有人，有人在偷听。最后我冲到楼上，换上了跑步的衣服，抓起一件防风夹克和跑步腰带，把钥匙塞了进去。我开了正门的锁，把门拉开，然后——

母亲在门口。身上裹着那件千年不变的厚重格子大衣。

"你来做什么？"我厉声说。我很讨厌她不打招呼就出现，她也知道我的习惯。可是从她搬到弗吉尼亚州之后，多少年了，还一直这样。

"你不接我的电话。"

"你想做什么？"

"你不打算让我进屋吗？还是想让邻居都知道我们之间那点事？"

我对她怒目而视，但还是不情愿地把门开大了一些。她从我身旁擦肩而过，带着一股香水味，然后脱掉大衣，递给我。

"斯蒂芬妮，亲爱的，我很抱歉。"

"你很抱歉？"我从来没有像现在这样生她的气。她没有任何权力干涉我的生活，泄露我的秘密。

"我不该管这件事。"

"可不是不该你管。"她还举着大衣，我没打算接过来。我不打算让她在家里停留。我不打算让她觉得自己受欢迎。

她叹了口气，把大衣收到胸前，双手抱住。"我不想辜负他的信任。他需要有个人倾诉。"

"这话什么意思？"

"你和扎卡里之间的关系……这个孩子和你渐渐疏远了，斯蒂芬妮。"

"那个孩子是我的儿子，是我的生命。"

"当然。但是你对他了解不够。你总不在身边——"

"又说这个？这个时候？你在开玩笑吧？"

"时光宝贵，斯蒂芬妮。时间都悄悄溜走了。你——"

"别说了，妈。"

"你应该把扎卡里放在首位，亲爱的。无论——"

"别这样。"

"无论什么时候，母亲都应该把孩子放在首位。"

我的怒气如野火，蔓延全身。"你竟敢这么说？扎卡里是我的生命——"

"工作是你的生命。扎卡里只排在第二位。他一直都是第二位。"

"你该走了。现在就走。"

"亲爱的，我只是想帮你修复裂痕。别等到和孩子的关系彻底搞僵，那时就追悔莫及了。"

"你和你的孩子关系很好吗?"

"我一直把你放在首位。"

"那么我想,单单做到这一点还不足以成为一个好母亲。"

她的眼神中流露出悲伤,但是我还不想停手。我就想伤害她,就像她伤害我一样。

"你觉得和我的关系不错?你觉得自己配给别人意见?"

"我们以前很亲近。直到——"

"什么?我们亲近吗?"我奚落道,尽管我知道她说的是实话。尽管我知道她在想什么:直到你怀孕了。直到你决定把事业放到比我的外孙更重要的位置。

"我了解你,斯蒂芬妮。一说到你和扎卡里的关系——"

"你不了解我。"我回击道。

"我当然了解你,亲爱的。尽管有些事情你不愿跟我讲,我还是能体会到。就像你和那个参议员的感情。你没有告诉我。我却知道。"

她傲慢的眼神令我无法自持,那些令人恶心的话脱口而出。"那不是一段感情,妈。是强奸。"

她身子一缩,好似我打了她一样。她的脸色惨白。

"如果你真的了解我,就应该知道这件事。你明白为什么事业对我这么重要吗?"我经过她身旁,走到门口。我打开门,等着她离开我家。

"噢,亲爱的……你为什么从来都不跟我讲?"她的双眼满含泪水。

我有些哽咽,感觉自己又回到十九岁,毫无理由地恐惧,害怕她知道真相之后会看不起我,害怕会伤害到她,害怕会毁掉我们两个人的关系。我十几岁时懵懂、倔强,认为这是最好的做法,认为用秘密和谎言就能挽救我们的关系。

此刻如果我同意,她肯定会抱紧我。但是我不会。她的所作所为——把真相透露给扎卡里——是不对的。她对我说的话太伤人了。我最后又挖苦了一番,我知道肯定会伤到她:"妈,我们似乎也没有你想象的那么亲近,是不是啊?"

今晚又非常冷。天也黑透了,一弯冷月挂在天上。这个时间,到处都一片寂静,街上空无一人。我先是慢跑,向西出发。来到街道尽头,我向左转,加快了步伐。

与母亲的对话在我脑海中自动回放了起来。那是强奸。过去十八年里,这几个字一直萦绕在我心头,被一堵无形的大坝挡住,看到扎卡里和哈利迪在一起的那一刻,决堤而出。

还有我们互相伤害的对话:扎卡里只排在第二位。他一直都是第二位。

那么我想,单单做到这一点还不足以成为一个好母亲。

我跑得更快了,想要摆脱头脑中这无尽的循环。我把注意力放到呼吸上,看着嘴里呼出的白雾。我的膝盖跑得有些痛。

我穿过杜邦环岛。奥尼尔酒吧就在前方。酒吧里透着温暖的橙色光芒。我经过时能看到吧台,成排的瓶子垒得很高,一名调酒师手里拿着一个调酒器。我搜寻着玛尔塔,尽管我知道她不在那里。我听说她不再去了。从某种角度来讲,这样反倒简单了。即使我没有尝试去做正确的事,那些日子也早已一去不返。

玛尔塔和我多年前就是在这家酒吧相遇的。我们都来参加一次会议,会议举办地在街对面的酒店,由国防部主办,参会人是从联邦政府各个单位挑选出来的。这次会议主要面向男性主导环境下工作的女性。但所有演讲人都莫名其妙地选的男性。

某个特别无趣的陆军上尉喋喋不休地讲着工作着装,我终于忍不住偷偷溜了出去。来到奥尼尔酒吧,探身坐到一把高凳上,扫了一眼酒吧小吃菜单,点了一杯姜汁汽水。我本想点些带酒精的,但当时还是工作时间,而且我带着枪。

有个女人和我隔了两把高凳,面前放着一个短饮杯,里面盛着某种透明液体。她戴着会议名牌,玛尔塔·M.,名字下面没有标注单位。那一天我见过的人里,只有来自联邦调查局和中央情报局的没有标注单位——这些人都想隐藏自己的工作单位。

她向四周扫视,发现我在看她。她的目光向下看向我的名牌,双唇一抿:"你也是逃出来的?"

"一个大男人讲做女人的感受,真是……"我朝她笑了笑。

"就是!"她咧开嘴笑着。随后,她站起身,拿起饮品,一探身坐到我身旁的高凳上。"我是玛尔塔。"

"斯蒂芬。"

她冲我的名牌努了努头。"中情局还是调查局?"

"调查局。你呢?"

"中情局。"侍者在我面前放了一高玻璃杯苏打水。我谢过他,转身面向玛尔塔。"你怎么来这儿的?"

"正好在两次外勤任务的间隙。要么坐在总部办公室里无所事事,要么来参加这样的狗屁活动耗点时间。"

"你恐怕选错了。"

她仰头大笑。"那你呢？"

"上司推荐的。"我本可以就此打住，但是她很坦诚，促使我继续说了下去。"我有个八岁大的孩子。几乎从来没法按时回家，去看他少年棒球联盟的比赛……这类比赛总是结束得很早，你也懂吧？"

"谢天谢地！真不知道这样的事多了该怎么应付。"她呷了一口杯里的液体，双唇紧闭，好似液体是酸的。

"在这个'男性主导'的世界里工作，你过得怎么样？"我比画了个引号的手势。

"中情局还不算太糟。出外勤比总部要差一些。有些联络站的头儿……"她耸了耸肩。

电视吸引了我的目光。哈利迪，在参议院。我的喉咙一紧，那感觉再熟悉不过了。我把注意力放到饮料上，注视着杯上凝结的小水珠。

"斯蒂芬？"玛尔塔疑惑地看着我。显然她刚才说了些什么，但是我没有听见。

"抱歉，你说什么来着？"

"你呢？有没有遇到过糟糕的上司？"

我回头看了看电视屏幕。哈利迪还在屏幕上。我朝屏幕努了努头。"我在那个家伙手下工作过。九年前。"

玛尔塔顺着我的目光看去。她没有说话。

我刚才为什么要说这些？我又低头看向眼前的饮品。我的脸颊火辣辣的。除了扎卡里婴儿时期的那个晚上，和母亲讲到哈利迪的事外，这件事我从未吐露过。而此刻却向一个完全陌生的人说起。

我抬头看向玛尔塔。她还看着屏幕上的哈利迪。她在想些什么？终于，她转头面向我，冲我笑了笑。我有一种莫名的奇怪感觉，觉得她能看透真相，而且并不觉得这件事离奇。"我一直觉得那个家伙是个浑蛋。"

一阵笑声把我拉回现实。我看见人行道上走来三个女孩，看样子也就是十几岁，互相挽着胳膊，向奥尼尔酒吧走去。微笑着，无忧无虑。我曾经也是这样一个女孩，如今恍如隔世。

我加快了速度。跑步的线路我很熟悉。十四英里一圈，去马里兰七英里，返回七英里。自从我了解到那个女人的身份，发现她的住处之后，就一直跑这条线路，现在已经快两年了。

那个犯罪现场里的女人。我脑海中浮现出她的样子。她从我身边走开，走向门口。那只手按在她的背上，笼罩在红蓝的闪光里……

华盛顿国家大教堂就在前方，高耸的哥特式尖顶在夜空下闪耀。

周围没有车，只能听到我的双脚撞击地面的声音。我在天桥上从一个女人身旁跑过，她裹着好多层臭烘烘的衣服，身旁放着一个破旧的行李包，身后是一顶临时帐篷。我经过时，她连头都没有抬。

我跑向马里兰北面的威斯康星大道。右侧有一块指示牌：欢迎来到友善山丘。玛尔塔住在这个镇上。我现在比任何时候都需要她。但是我毁掉了两人的友谊。全是因为那个女人，因为我不懂得放手。

我跑得更快了。我把注意力全放在眼前的路上。前方的道路。我试图保持头脑清醒，但是不停有问题涌出来。

这些事都是谁做的？谁在背后操控事实，把我的儿子抹黑成一个叛国者？最可能，也最符合逻辑的就是哈利迪。可如果是别的什么人呢？

我想象不出谁会想要伤害扎卡里。我无法想象他会把什么人惹怒到做这种事的程度。

这样想来，就意味着是某个想要伤害我的人动的手脚。想到这里，我不禁有些恐惧。不仅因为这意味着是我的错，是我把儿子卷入到这件事里的，还因为可能做这件事的人太多了。哈利迪。托里诺。像汉森一样的人，任何我调查过的人，被我终结事业的人，都有可能。

那段画面又在我脑海中浮现出来。按在她背上的手，闪烁的警灯。然后又浮现出另外一段画面：我办公室里的档案柜，最里面有一份档案，没有标签的档案……

我吸入冰冷的空气，感觉肺都要炸了。我已经来到这片街区，过去的几年来过无数次。我沿着熟悉的街道跑着，看到她家就在前方。小小的方形前门玄关略有些突兀。

房子越来越近，我放慢了脚步。屋里和往常一样，漆黑一片，空荡荡的。门前的灌木丛变成了褐色，早就该修剪了。人行道缝隙里的草已经被冻住了。

我在房前停了下来，弯下腰，双手按在膝盖上，喘着气。然后我抬头看着房子，窗帘没有拉上，我透过窗户，看向黑漆漆的屋内。我回想着她的模样，我只见过她那一次——惊慌失措、惊恐未定。

我想象着她在房里，幸福，安全。但是眼前只有一片漆黑，别的什么都没有。

邻家门廊的灯一闪，亮了起来，我知道自己该走了。于是便离开了。

不管她在哪里，我都希望她能安全。我都希望她能幸福。

最后我又看了一眼这所房子，然后开始慢跑。我想把她从脑海中赶走，却不行。

她出了什么事？

早上六点，扎卡里的闹铃准时响起。四分钟之后，淋浴的声音传来。

我端着今早的第三杯咖啡来到客厅，拿起遥控器，打开电视。电视上正在播早间新闻，主播大清早就特别欢快，有些违和。他们在为某件事情大笑。我盯着屏幕，听着楼上的水声。

交通播报。天气预报。然后是政治新闻。又是外交关系委员会的听证会，和往常一样，又是有关俄罗斯的。"俄罗斯人试图干涉我们的大选，我们怎么还能将莫斯科方面看作盟友？"画外音提出问题。又是杰克逊接受问询。我没有听他如何回答，而是转头看向棋盘，专注地看着。

过了几分钟，我听到扎卡里轰隆隆地走下楼梯。他的头发还是湿的，T恤上有些水渍，似乎没等身子干透就穿上了。他手已经搭在冰箱门上了，这才注意到我，然后立刻呆住了。

"嘿。"他说。

我站起身，面对着他。"我得和你谈谈。最近都谁来过我们家？"

"嗯？"

"哪些朋友？"

"没人来过。自从我和凯莉分手之后就没人来过。"

那已经是几个月之前的事了。"我不会生气的，扎卡里。你不会有麻烦。我只是要你告诉我。"

"妈，我发誓。"他的眼神愈发困惑。一点都不像在撒谎。

事实上，我也相信他。他一直都不太愿意邀请朋友来家里过夜。他年纪再小一些时，总是更喜欢去其他孩子家过夜。他十三岁有了自己的手机后,甚至连其他孩子家都不去了。所有的孩子都这样。他们要么一直抱着手机,要么就出去玩。没有人会去朋友家过夜。不像我还在他那个年纪的时候。

"有别的女孩吗?"

"没有。"

"那么莉拉呢?"话刚说出口,我就有些后悔。

"莉拉?"

"她来过家里吗?"

"你怎么会知道莉拉?"

"有关系吗?"

"你翻过我的东西?"他眼神愤怒。我感觉他就像一个陌生人。不,不是陌生人。哈利迪。

我本可以承认。我本可以说他住在我的家里,我有权这么做。但是他面露责备的怒色,我无奈只能说些半真半假的话。"你在网上挂出了照片,扎卡里。那么哈利迪呢?他来过家里吗?"

"没有。"

"从来没有?"

"从来没有!"

"那么其他人呢?"

"只有外婆来过!"

"外婆不算。我说的是自称修理工之类的人。"

"没有。"他的怒气消散,我感到一阵宽慰。我是在害怕自己的儿子吗?他和我对视了很久,然后打开冰箱,拿出一盒果汁,来到操作台前，给自己倒了一杯。我等他倒完果汁。忽然发现他已经这么高了，和他的父亲长得那么像。我感到一阵恶心。

"扎卡里，有没有人想要伤害你？"

"妈，天啊，又怎么了？到底发生了什么？"

"或者想要报复你？"

"我跟你说过了——没有。你为什么要问这些问题？你为什么不告诉我出了什么事？"

有人潜入我们家，发送了那封电子邮件，藏了格洛克手枪。或许是哈利迪。或许是别的什么人？暂时还不清楚。什么人，什么事，什么地方，什么时间——

我不是知道什么时间吗？

至少知道电子邮件是什么时间发送的。或许还知道枪是什么时间藏进来的？

我回忆着那份报告，试图回想起日期。周三，两周多之前。这时我忽然冒出另外一个想法，和之前的想法恰好吻合。我放下杯子，抓起手机，翻看着短信。我找到和扎卡里的聊天记录，翻到要找的那段对话。是这个。我查看了日期。周三。对上了。

扎卡里，下午 5:16：你忘了设警报？

我，下午 5:16：没忘，怎么了？

扎卡里，下午 5:19：刚到家，警报关了。

我记得那天，记得那几条短信。我上班时看到的，那时我正因为对汉森的指控而心烦意乱，不太记得最后离开家的是我还是扎卡里，回想着什么事情会让我忘记设下警报。我略有些不安，但很快就打消了疑虑，因为完全没理由去想有人闯进我们家，试图接近我们。至少现在不会。或许以前会，但是现在不会。生活美好。我们是安全的。否则就是得了妄想症。

"到底怎么了，妈？"扎卡里的声音传来。

如果不是妄想呢？有人闯进了我们家，发送了那条信息。那个人没有触发警报，他把警报关上了。某个有这方面技能——或权力——的人。

"妈，怎么了？你吓到我了！"

我脑海中闪过一张张面孔，就像在列队辨认嫌疑犯似的。过去与我有过交集的人，所有这些人都有过——或拥有——害怕失去的东西。斯科特以为他们看开了。但是如果他们中的某个人没有看开呢？

什么人呢？我听到脑中心理医生的嘲讽。还有为什么呢？

"妈，怎么回事？到底怎么了？"

我该怎么回答他？"工作上的事情罢了。"

"或许我能帮忙。如果你能告诉我——"

"是和工作相关的，扎卡里。我不想把你牵扯进去。"

"这种事从未发生过，对吧，妈？"他悻悻地说。

芝加哥抓捕行动之后一周，上司又把我叫到他的办公室。我猜应该又是一番赞扬。称赞行动。已经有很多赞扬了，甚至包括局长本人，而且更多的赞扬还在源源不断地涌来。但是，当我走进他的办公室，我从他的表情上看出来，是别的事情。完全不同的事情。

他紧扣双手，然后小心翼翼地放在身前的桌子上。他大声呼吸，叹了口气，然后开口说："你被下达了铲除令。"

铲除。他们下令暗杀我。黑帮干的。托里诺干的。他想要我死。

我什么都没有说,因为不知道该说些什么。

"我们这边如何处理完全取决于你。"

我知道他是什么意思。我可以不畏威胁,坚守阵地,平时多加小心,尽量往好处想。或者,我可以离开。换个地方,换个部门工作。让他们给我安排个文职工作,去个不起眼的地方,远离他们的威胁。

我知道正确的答案,知道他想听的答案。"我要留下来。"我说。我很坚强。我可以战斗。

他笑了。"好姑娘。"随后他的面容变得更加严肃。"我会派几位特工在你家值夜,至少未来几周会这样安排。如果你有要求,也可以派他们护送你的儿子上学。"

你的儿子。我满脑子都是扎卡里的面容。早上他爬上校车的样子,个头小小的,表情决绝,看起来那么脆弱。他紧紧抓住塑料恐龙的样子,就是他带去做展示讲述活动的那只。"好的。"我轻声说。我的斗志突然消退,开始有所顾虑。

"我建议先安排好你的私事。为了安全考虑。我知道你是单亲妈妈……"

我的顾虑又加重了,仅有的反抗精神也消失殆尽。如果他们抓到我,扎卡里会怎样?

如果他们对我下手时,扎卡里恰好在身边该怎么办?如果他在交火中受伤该怎么办?或者如果是他发现了我的尸体该如何是好?

"好的。"我说道,声音更微弱了。

他歪着头,端详着我。我感觉他看穿了我,似乎看出我的担忧。"我已经和总部谈过,可以给你在华盛顿特区安排一个位置。内务调查部。"

内务调查部。我会离开芝加哥,远离托里诺和他的手下。在那里基本就是做文职工作。这是一份没有前途的工作,意味着我的雄心壮志将难以实现。

"眼不见,心不念。"他补充道。我明白他的意思。如果我不再调查黑帮,托里诺就不会对我下手。铲除我的命令也将随之取消。

但是,那样就等于我放弃了,让他赢了。牺牲了前途无量的事业,放弃了我苦苦奋斗的一切。

"我也不知道。"我说。

他点了点头。等着我再说些别的什么,但是我再也没有开口。我开不了口,我不知道还能说些什么。我不知道怎样才算正确的决定。

"要不听我的,"他向前探了探身说,"你先在华盛顿特区工作六周怎么样?短期轮岗。等这边的风头过去,然后再做打算。"

我很不情愿地答应了。那天早上晚些时候,我给妈妈打电话,把计划告诉了她。

"华盛顿特区?"她完全不敢相信,"你又要打包搬家?什么时候?"

"现在,今天。"

"今天?你在开玩笑吧,斯蒂芬妮。"

"没有。"

"你是跟我说,打算学期中打包搬家,去另外一个城市待六周?扎卡里怎么办?"

"扎卡里怎么办?"

"他在上学呢。"

"妈,不管你信不信,华盛顿特区也有学校。"

"我是认真的,斯蒂芬妮。这一次你真得为你的儿子考虑一下了。"

"我正是在为我的儿子考虑。"我爆发了,我赢不了。我以为自己所做的都是最有利于扎卡里的。我是不是错了?

"我一点都看不出来你是怎么为他考虑的。"

"我别无选择,妈。"

"你一直都有得选。"

"我没有!"

"那就辞掉这个鬼工作!找一份稳定的工作。安全一些的。天啊,你是怎么了?把扎卡里放在首要位置吧,就这一次,斯蒂芬妮。"

我眼中溢出沮丧的泪水。我不能离开这份工作。我不能放弃,不能让托里诺赢。我不能让哈利迪赢,这是我的目标。如果没有这份工作,我就仅仅是一个受害人。

一边是为扎卡里做最好的选择,另一边是实现人生的目标,二者不可兼得。

那天下午,无标识的警车布满我家门口的街道,荷枪实弹的同事守卫着我家,我整理好我们的行李箱。衣服、鞋子、书籍和玩具,至少满足六周的需要。在我内心深处,不知道我们还能不能回来。

我把能搬走的东西都迅速装到车上。从学校把扎卡里接出来,他看到我站在那里,露出满脸的喜悦。我把他固定在安全座椅上时,他脸上依然满是笑容。然后我说出了一直不敢讲的话。"亲爱的,我们得离开这里。"

我看着他脸色一变,开心的笑容变成了疑惑的神情。"我们还会回来，是吧？"

我们会回来吗？"我不知道。"我坦诚地说。我看着他疑惑的表情变成了难以置信。他渐渐理解了真相，眼睛里充盈了泪水，下巴颤抖着，但是我可爱勇敢的孩子，用尽了最后一分力气，忍住了泪水。

"对不起，亲爱的。"我说，可是道歉看起来是那么无力。我真希望知道自己该说些什么。我真希望知道自己该做些什么。

我上了大路，前后各有一辆雪佛兰萨博班护航，车队行进得特别快。我们抵达县界的时候，护航结束。两辆SUV离开，只剩下我们两个人。我从后视镜中看着两辆车在公路中央掉转车头，然后在远处消失。这时只剩下我们两个人，我们只能靠自己了。

我在公路上高速行驶着，时刻注意着周围的情况，记下经过的每辆车，在脑中记下一个单子。我要确保没被人跟踪。

我在后视镜中观察着后面开着大灯的几辆车，这时汽车后座上传来他细小的声音。"我们安全吗，妈妈？"

我目光转向他，看到他面色苍白，一脸担忧。我的心都碎了。那一刻，我知道了。这次搬走就再也回不去了。意识到这一点令我五味杂陈，苦苦追寻的目标近在眼前却不得不放弃，有如当头一棒。

"我们是安全的，亲爱的。"我回答道，喉咙有些哽咽。

我从后视镜中看到他脸上的恐惧渐渐消失。他在安全座椅上扭着身子，看向窗外，再也没有问别的问题。

终于，他眨眼的速率变慢，眼皮渐渐张不开了。

等他睡着时，我已经下定决心，沮丧的情绪也渐渐消散，内心有一种安宁的感觉。我们将留在华盛顿特区。我将在内务调查部工作。我们再也不回芝加哥了。扎卡里和我再也不会有危险。我的工作再也不会陷他于险境。

"我会一直保你安全。"我暗暗发誓,既是对他说,也是对自己,"我保证。"

第 21 章

男人走过机场航站楼。这一次是华盛顿国家机场。三天内第三次飞来，他每次都用不同的名字。

他穿着深色牛仔裤、暗灰色羊毛衫，肩上挎着一个黑色皮质的小旅行袋。他留着寸头，褐色中夹杂着金色，相貌特征不明显，普通人长相。

他绕过行李领取处，径直走到外面的马路边。那里有一辆车等着他，超大的黑色 SUV，车窗贴着深色的防晒膜。他打开后门，钻进车里。

车的前后排之间有一块玻璃隔板，也贴着深色的防晒膜。玻璃隔板一直是合上的。车子从路边开了出去。

车后座上放着一个黑色的邮差包。他伸手拿过来。翻开包盖，拉开拉链，翻看了一番。最后从里面掏出一个马尼拉纸文件夹。他打开文件夹。

最上面是一张照片。5×7 英寸的黑白照片。监控拍下来的。男人的注意力都放在照片上，专注地看着。

照片上是个男孩。背包挎在一侧肩膀上。相机正好拍到他转头的时候。一绺头发垂到额头。他正在向左看,根本没发现有人在那里,没发现有人在偷拍他。

男人合上文件夹。然后转头看向车窗外。他们正通过波托马克河。杰斐逊纪念堂就在前方。再往前是华盛顿纪念碑。

整个城市的地图都在他脑中。国会大厦的圆顶。白宫。联邦调查局总部。

他的嘴角露出一丝微笑。

游戏已经开始了。

第 22 章

我是团队里早上最早到的,与平常一样。我穿过昏暗的大办公区,来到我的办公室,打开了灯,开了电脑,转身来到文件柜旁,把上面的咖啡机也打开了。我的目光落在桌角的一堆文件夹上。待处理的文件,手下递来需要我审阅的报告、需要我批准的调查行动。通常只有两三份待处理的文件。但是,此时应该有十几个文件夹堆在那里。我无法集中注意力。

有人发送了那封电子邮件,试图伪装成是扎卡里做的。有人要利用他对付我。

而且有人把那把枪藏在扎卡里的衣帽间里。

这也就意味着有人避开了警报装置。有人闯进了我们家,这个我一直感觉最安全的地方。

谁?

谁会对我们做这些事?

那些面孔又在我脑海浮现，那些过去与我有过瓜葛的人。

哈利迪。他有很多东西要保护。资深美国参议员。外交关系委员会主席。竞选总统的机会。还有很多。

但是有些说不通。哈利迪认为，如果我将过去的事情和盘托出，他很容易就给我安上骗子的标签。一个不满意的雇员而已。那样就没有人会相信我了。而且，当我提及手枪的时候，他看起来真的很困惑。

就和扎卡里一样。

但是，他宣称我们有过一段感情时，也没有表现出任何伪装的痕迹。他显然是个非常厉害的骗子。

和扎卡里一样？

托里诺。他发誓要让我付出代价。可是现在才动手？时机的选择很没道理。已经过去太多年了。选在现在，哈利迪重回到我的生活时？

如果是别的什么人呢？如果是他呢？我脑海中又浮现出那只手，按在她的背上，旋转的红蓝灯光……我为什么一直放不下这件事？

我的办公室玻璃门上传来敲门声，我朝着声音的方向转过椅子。然后迫使自己深吸了一口气。我站起身，打开门。

"你的气色真差，斯蒂芬。"斯科特从我身边闪过。

"我都快要死了。"我实话实说。

我们各自坐下，我坐在桌后，斯科特坐在我对面。

"什么事，斯科特？"我的精神高度紧张。我不知道他来做什么。掌控局势的不是我，这令我很害怕。

"扎卡里发送电邮之后却没有查看回复，这件事确实蹊跷。这一点你是对的。"

我燃起了一丝希望。"这表明——"

他瞪了我一眼，微微摇了摇头，似乎不该我问问题。"除非有人线下联系了他。除非他们见了面。"

他仔细观察着我。我也不知道自己是什么表情。或许和我自己感觉的一样不知所措？因为他有证据，他显然有证据。或许除了那封电子邮件和衣帽间里的手枪，还有其他证据可以将扎卡里与策划袭击联系起来。如果有更多证据该怎么办？

"我调查了其他联系过自由团结运动的电子邮箱账户。"他继续说道，"搜寻类似的案例——发送过消息却没有再查看的账户。"

"你找到了吗？"如果他回答是呢？那将意味着什么？

"找到了。有一例。"

"然后呢？"我追问道。我需要听听答案，但同时又很害怕。

"这个电子邮箱账户在发送信息之前刚刚创建，之后再也没有登录。那次特定活动之后，网络通信两端的人都长期沉默。"

这和扎卡里的情况一样。但是为什么？这意味着什么？

肯定还有别的。我太了解斯科特了，我从他脸上就能看出来。他清了清嗓子。"用户的 IP 地址就在这个区域。而且他的信息恰好在扎卡里之前发送。他叫迪伦·泰勒。"

我盯着他，惊得哑口无言。我观察他的脸色，想找到一些解释，却什么都没有发现。他心里也不太有底。他也搞不懂现在的状况。

迪伦·泰勒，二十一岁，家住弗吉尼亚州阿灵顿。那片地区十分简陋，房子破旧，摇摇欲坠的前门廊上摆着塑料躺椅。易拉罐、啤酒瓶子扔得到处都是，一切都被笼罩在绝望的氛围中。

有一块松动的木板通向泰勒家的台阶。我们踏过木板。一只花斑猫在门廊角落里，绿色的双眼闪着光，死死盯着我们。

斯科特敲了敲门。过了一会儿，一个年轻男人打开门。他是个瘦高个，稀稀落落的金发长及双肩。他穿着T恤和短裤，还光着脚，尽管外面只有四摄氏度。"啥？"他警惕地看着我们。

"迪伦·泰勒？"

"啥事？"

"我是斯科特·克拉克，联邦调查局特工。"斯科特晃了晃证件，"这位是我的同事。"他没有介绍我的名字，泰勒似乎也没有注意到，也可能根本不关心。他朦胧的灰色双眼正用力地盯着斯科特的证件看，后来看向斯科特的脸。他看起来有些紧张，但这也正常。他并没有惊慌。

"我们有几个问题要问你。"斯科特说。

"好的。"泰勒没有邀请我们进屋，也没有出来，只是手扶着门，等着回答问题。他的脸颊抽搐了一下。

"可以告诉我们，你对自由团结运动了解多少吗？"

"什么？"他问。从他的表现看，应该从来没有听说过这个名字。他的声音尖利刺耳，像个十几岁的少年。

"自由团结运动。"

"从来没有听说过。"

"这是一个反政府组织。"

泰勒微微一笑。我敢说，他看起来如释重负。"抱歉，老兄。你恐怕找错人了。"

"你没有加入任何无政府主义组织？"

"没有。我甚至都不知道无政府主义是什么意思。"他说着露出窃笑。

"从来没有想要加入一个？"

他脸上的笑容消失了。"没有，老兄。嘿，我跟你说，你找错人了。"

"能告诉我十二日下午你在哪里吗？大概四点半？"

泰勒的表情变了。"那是周几？"

"周三。"

"四点？"

"四点半。"

"我想应该是在上班路上。我周三和周四工作。一般都是那个时间出发，有时会稍早一些。"他头发落到眼前的样子让我想到了扎卡里的头发。他把头发捋到一边。

"你怎么去上班？"

"开车。"

"一个人？"

"是的。"

独自一人在车上。和扎卡里一样的辩词。

"我是不是，需要请个律师？"他终于意识到这件事的严肃性，也明显能看出来有些焦虑。

斯科特正准备回应，我知道，他准备结束这次问询。我也不能怪他。换作是我，也会这么做。泰勒提到要请律师，最保险的做法就是不再多说。但是我还没打算就此结束对话。我们两个人都能看出来，他明显没有发送那封电子邮件，而且他也没有听说过自由团结运动。但他是如何与这件事发生联系的，如何与我的儿子发生联系的，暂时还不明朗。

"你认识扎克·马多克斯吗？"我问，"扎卡里·马多克斯？"

"好了，好了。"斯科特突然打断了我。我用眼角余光看到他警告的眼色。

我没管他。"认识吗？"

泰勒看了看我，又看了看斯科特，又转过头。他眨了眨眼。"不认识。"他跺起脚，抱怨道，"嘿，伙计们，外面冻死了。"

"感谢合作，泰勒先生。"斯科特语气坚决，然后瞪了我一眼。他结束了这次对话，切断了我继续提问的机会。"我们再联系。"

他转身要走开，我知道自己应该跟上他。但是，我不想离开，我想弄清泰勒是如何牵涉进这件事的。

"我是不是有麻烦了？"泰勒问我，从他的声音中，我听出了自己儿子的感觉。同样的无助，同样的迷茫。

"我不知道。"我坦诚地回答。然后转身跟上了斯科特，头也不回地走了。

"他从来没听说过这个组织。"我们开车离开时，我坚持说道，"你能看出来。"

他没有回应，但是我能看出他的下巴绷得很紧。

"扎卡里的反应也一样，斯科特。他也从来没听说过自由团结运动。"

"这我也不知道，斯蒂芬。"他打断我，"你不让我和他谈话。"

我本应该让他去谈的。和扎卡里谈话。我知道他想这样做。这是标准程序。但是，此刻这么做似乎很危险。他对听到的一切都心存怀疑。他会认定扎卡里已经了解目前的情况，受过我的指导。但其实，扎卡里什么都不知道。

让联邦调查局审讯我的儿子，实在是太冒险了。

我们正穿过波托马克河大桥返回华盛顿特区，我看到阳光在河面上闪烁。

"你是说有人无故陷害他们两个人？"斯科特终于开口说话，"我不明白。"

"我不知道。"我郁闷地应道。如何把迪伦·泰勒联系进来，我一点思绪都没有。天啊，我真希望能有些思路，那样一切都会简单得多。不过现在这也无所谓。重要的是向斯科特证明，扎卡里没有牵涉其中，而迪伦的情况恰好有所帮助。"但是我们都知道，泰勒没有发送那封电子邮件。扎卡里也没有。"

"那么是谁干的呢，斯蒂芬？"他轻声问。我终于感觉到一丝希望。

哈利迪。托里诺。我想说出他们的名字。想要把一切都说出来，但是我不能。他甚至都不知道哈利迪是扎卡里的父亲。我拒绝分享真相也是我们两个人感情破裂的原因之一。我至今还能回想起他受伤的声音：你永远都无法足够信任我，把一切都告诉我，是不是？但是，我不敢开这个口子，让那个魔鬼再次进入我们的生活。我不敢冒险，斯科特——我对他的信任超过对任何人的信任——可能不会相信我。

而且我有什么证据呢？如果我把一切都告诉他，如果我把扎卡里衣帽间里有枪的事情告诉他，而他又不相信我，那岂不是恰好给他理由逮捕我的儿子。不管是谁动的手——不管是谁想要让我保持沉默，或要报复我，或者别的什么——如果我和盘托出，这个人会怎么做？

我闭上双眼，吸了一口气。但是，我看到的不是托里诺，也不是哈利迪。我看到的又是那只手，用力按在那个女人的后背上，笼罩在旋转的灯光中。我看着他和那个女人一起走到门口，看着他弯腰对她耳语。我知道他马上就要转身，就要和我交谈了，想到这里，我睁开双眼，不再去想那段经历。但是我感觉自己有些喘不过气来。

好多年之前那次，我继续开车在公路上行驶，目光仍然不停地在后视镜和前方路况之间游走，时刻提防着有人跟踪。我的大脑告诉我，如果到现在还没有人跟踪我，就不会再有了，所以我可以放松下来。但是我心底却不能接受，当事情关乎我的儿子时，我永远都不能放松。

我从后视镜中看着扎卡里。他闭着双眼，头歪向一侧。他睡得很香，那么平和宁静。这使我心怀期望，或许我们可以过上正常的生活。或许一切都会好起来。

我开得越远，就越多地告诉自己，我做的决定是正确的。我的名声依然不错。我在新岗位上会努力工作。内务调查部也没有那么糟糕。调查局里肯定也有和哈利迪一样的人，滥用职权，甚至还有和过去的我一样的人——脆弱、恐惧。或许我可以找到办法，起到一些作用。

在去往华盛顿特区的半路上，我突然想到，在这个新的工作岗位上，如果真的有人想要报复，那将是一些经受过最好训练的人，能够获取强大资源的人。会是失去——或将要失去——一切的人。可能会是一些有权力的人。

如果还有其他威胁,那一定来自内部。离开芝加哥也许并不能让我真正安全。我的生活可能会因此变得糟糕得多。

第 23 章

扎卡里又从盒子里抓起一块意大利腊肠比萨，这已经是第三块了。想起之前我为他切开食物，许诺他吃完晚餐就能吃甜点，一切恍如昨日。那个小男孩去哪儿了？时间都去哪儿了？

他发现我在盯着他看。"妈，你还好吗？"

我把手里拿的那块比萨放下。我当然不好。如果他对现在的状况有所了解……"嗯。"

他一边嚼着比萨，一边看着我。

他还好吗？我突然想到，我还没和他聊一聊拜访哈利迪的事情，没有真正聊过。他终于见到了亲生父亲。我真的不知道该说些什么。但是我应该说些什么。这当然是我最应该关注的事情。

"关于哈利迪。"我开口说道。

他停下了咀嚼。露出防备的表情。

"有关过去……"

他把嘴里的比萨吞了下去，期间一直看着我。他没有再拿比萨，只是等着我继续说下去。

我该说些什么？我心中母亲的一面无话可说，于是调查员的一面接管过来。先说说你知道的。然后引出你不知道的。"你做过基因检测，外婆说一年前？"

"差不多吧。"

"然后你联系上了哈利迪。几个月之前？"

"差不多。"

"你等了很长时间才联系他。"这是一段引导性陈述，应该可以让他说出一些实情。

他伸手拿了一张餐巾纸。"我当时也不知道自己想要做什么。"他擦掉手指上沾的酱汁，"我花了些时间调查他，在网上。然后——"

我的手机在桌上振动起来。我瞥了一眼屏幕。费尔法克斯县警察局。

我心里一阵惊慌。现在可别出事。还不能让警察插手。至少要等我弄清情况，揭露出设下这个圈套的人。

手机还在振动，在桌子上微微跳动。扎卡里依然看着我，等着我接电话。我不得已拿起手机，按下绿色按键。"你好？"

"是斯蒂芬妮·马多克斯吗？"

现在可别出事。暂时还不行。"什么事？"

"马多克斯女士，我是费尔法克斯县警察局的迪亚斯警官。恐怕有个坏消息要通知您。"

"什么？"我的声音听起来有些陌生，好似不是我说出来的。

"发生了一起意外。"

意外。不会的。不会的，扎卡里在这里。扎卡里是安全的。

"是你的母亲。琼·马多克斯。"

妈妈。"她还好吗？"此时我的声音听起来有些飘忽，似乎是从很远的地方飘来的。

"女士，很抱歉，她情况危急。"

"女士？"

我脑海中浮现出母亲的样子，她的笑脸。我听到她的欢笑，然后想起昨晚我们互相伤害的对话。

"马多克斯女士？"

她眼中的泪水，话语中的痛苦。噢，亲爱的……你为什么从来都不跟我讲？想到我最后嘲讽她的样子，很伤人，完全没有必要。

"妈，"是扎卡里的声音，"出什么问题了？"

"发生了什么，迪亚斯警官？"我对着电话说。

"她好像摔倒了——很严重。摔到了一段楼梯下。在她住的公寓大楼楼梯间里。"

天啊。我盯着国际象棋的棋盘，看着那些黑白的方形棋子，它们都等着走下一步。时光宝贵，斯蒂芬妮。时间都悄悄溜走了。我大惊失色，使劲咬着嘴唇，才忍住没有哭出来。如果我们再也找不到时间下完这局棋呢？

"住哪家医院？"

"费尔法克斯医院。"他说道。没等他说完，我就已经伸手去拿外套了，同时也催促扎卡里穿上外套。

母亲身上挂满了输液管和仪器连接线，身上绑着绷带，仍然没有意识。急救室的医生告诉我,她的预后还不确定,未来几小时将至关重要。

她多处骨折,但是医生最担心的还不是骨折,而是头部损伤。脑水肿。脑部肿块。

我坐在她的病床旁,握住她的手。我竭力不去想她对我所做的那些伤人的指责。工作是你的生命。扎卡里只排在第二位。他一直都是第二位。

病房里一直有医生和护士进出。他们每个人过来时,我都会询问最新情况,焦急地想要了解每一点消息。他们都不明确表态,含糊其词。

扎卡里也在这里,但是他的脚趾不停地拍打地面,搞得我都想吼他,于是提议他去餐厅吃点东西。这时只剩下母亲和我。我不禁想起自己对她说的那些可怕的话。我说出那些话甚至根本不是出于本意,只是想伤害她而已。

单单做到这一点还不足以成为一个好母亲……

妈,我们似乎也没有你想象的那么亲近……

"我们过去很亲近。"我低声说,尽管她根本听不到我说什么。她还能再听到我说话吗?我要纠正错误。

时光宝贵,斯蒂芬妮。时间都悄悄溜走了。

我看着她的胸膛起起伏伏,听着仪器哔哔的声音,任由泪水涌出,流下脸颊,蒙住了我的视线,眼前变得一片模糊。

第 24 章

第二天早上，妈妈的预后已经有所好转。她挺过了最初几小时的关键时期。医生略微乐观了一些。

我向人力部门通报了这次意外，请了一天假。尽管去办自己的事。人力部门主任说。有什么需要尽管和我们讲，斯蒂芬。

我继续追问着所有关于她身体状况的信息。花了很多时间在谷歌上搜索医学术语。但是，我们两人最后一次糟糕的交谈，不停地在我脑中循环，怎么都摆脱不了。

如果那些成了她听我说的最后几句话该如何是好？我为什么要说那些？

此时只剩下我和母亲独处，周围是那么安静。我不禁回想起，当我告诉她过去的真相时，她的反应。她的眼神中和声音里流露出的痛苦。你为什么从来都不跟我讲？

"她怎么样？"扎卡里放学后来医院探望。他穿着牛仔裤，褪色的褐色帽衫。他总穿这件帽衫,侧缝上都磨出洞了。他把背包放到地上,坐到一张空椅子上。

"变化不大。不过昨晚她挺过来了,是个好兆头。"

"看起来一点都不像她。"

"摔得很厉害。她的伤……"

我正想着怎么说合适,却听到他说道:"妈……她不会有事吧?"

我握住她的手,感觉是那么脆弱。"我希望她会没事,亲爱的。"天啊,我真的希望她没事。

我的手机振动了一下,收到了一条短信。我拿起手机,看了看屏幕。是斯科特。我听说了你母亲的事。你还好吗?我惊讶地看着他的短信,思考着怎么用一条短信回他。如果他本人在这儿该多好,我就不会感到孤独——

"妈,怎么了?"扎卡里朝我手里的手机努了努嘴。

"没什么。"

"没什么?你一直盯着屏幕。"

"是斯科特。"

"斯科特?他想做什么?"

"他听说了外婆的事。"

他的眉头皱得更厉害了,我突然蹦出一个可怕的想法。如果斯科特未经我的允许,就找到扎卡里对质过呢?

"你最近没和他聊过吧?"我的声音有些惊慌。

"好久没聊过了。"

谢天谢地。"那是怎么了?为什么这个态度?"

"我没有态度。"他嘟哝道。

"扎卡里。"

"只不过……我不喜欢他和你聊天。"

"什么?为什么?"

"他以前伤害过你。你们分手之后……我记得你很伤心。"

我的手机又振动了一下,但是这次我没有看。我的目光无法从扎卡里身上转开,就好似我一直盯着他看,眼前这段诡异的对话就能合乎情理。"扎卡里,我们的感情结束了。谁都没有错。事情有时就是这样。"

他沮丧地摇了摇头。"我只是想,不能让他再伤害你。"

我把扎卡里送回家,之后整晚都陪在母亲的病床旁。我看着她,默默祈祷她能醒来,能留在我身边。她的状况依然没有变化,至少我看不出来任何变化。

刚才和扎卡里的诡异对话又在我脑海中回荡。你不用保护我,我对他说。他只是耸了耸肩,脸却红了。嘴里嘟哝着还有作业要写,就抓起背包,离开了医院。

然而,他虽然走了,病房里又只剩下母亲和我,但是我的感觉不再像刚才那么孤单了。扎卡里和我虽然有不同之处,我们之间也明显有些隔阂,但是他的内心深处是在乎我的。

现在负责查看母亲的是一个年轻女人,肯定比我年纪小。我还是缠着每位医生和护士,问他们最新情况,问他们的意见。我内心调查员的一面非常沮丧。我希望了解事实。我需要知道母亲什么时候能好转。

"她伤得很重。"她说。随后,她犹豫了一下,侧目瞥了我一眼。

"怎么了？"

"只不过……你妈妈以前有没有走路不稳？"

"什么？"

"她以前摔倒过吗？"

"没有。"我端详着她疲惫的面容，试图理解她话里的意思，"为什么这么问？"

她耸了耸肩。"没什么。我的意思是说，谁都可能摔倒。只不过……"

"什么？"

"哎，伤的程度，摔得如此严重……"她从床边站直了身子，皱着眉头对我说，"我们通常看到的，被人推下楼梯的伤才是这样的。"

第 25 章

病房里只剩下仪器不停的哔哔声。年轻的医生已经值完班离开了。她在出去的路上还试图消除疑虑，反复对我讲，谁都可能摔倒，特别是到了我妈妈的那个年纪，单纯意外的可能性还是更高一些。

那些台阶很陡。混凝土的。我不是提醒过妈妈很多次要小心吗，我还建议她坐电梯。她绊倒摔下楼梯都是早晚的事，不是吗？

被推下楼梯。

不会。肯定是个意外。

我避开静脉注射的管子，抓住她的手。一定是楼梯的问题——那些楼梯太危险了。

我闭上双眼，头脑中又浮现出哈利迪的面容。妈妈知道他的真面目，知道可怕的真相。万一……

不可能。那只是个意外，一次可怕的意外。

不是吗？

上午十点左右，我要行动起来。我迫使自己从妈妈的床边离开，开车来到她在郊区小镇维也纳的公寓大楼。我在停车场后面的客用停车位停下了车，走了挺长一段路，来到大楼入口，打量着每一个经过的人：一个老年男子礼貌地朝我点头；一个年轻女人戴着耳机；一个穿着西装的中年男子，正对着手机喋喋不休地抱怨着什么。

　　我来到了物业经理办公室，屋子很小，只比储物间稍大一点，里面塞满了文件柜。"你母亲怎么样了，马多克斯特工？"他问道，说着用食指把眼镜往鼻梁上推了推，双眼四处瞄着。他双手抓着桌子，然后又放开。

　　"稍微好转了一些。"

　　"那太好了。"他又推了推眼镜，尽管眼镜并没有往下滑，"我能为您做些什么？"

　　"我想谈谈这次事故。"

　　"当然。"他的手指开始敲击桌子。

　　"她摔倒时，楼梯的状况怎么样？"

　　"状况良好，马多克斯特工。"

　　"不会滑倒？"

　　"肯定不会。"

　　"有扶手吗？"

　　"当然。一切都是按规范来的。"他对着我紧张地笑了笑，"有时确实会出意外的，马多克斯特工。"

　　"你们有安全录像吗？我看大厅有摄像头。"

　　他的笑容消失了。"有，大厅和停车场有。"

"我需要两天前的录像资料。"

"当然。"他转身来到身后的电脑前,在里面输入了一些命令,"我现在就给您复制一份。"

"谢谢。"

过了一会儿,他递给我一个闪存盘,又摆弄了一下眼镜。"你为什么要这个录像呢,马多克斯特工?"

我把闪存盘塞进口袋里,起身准备离开。"只不过想了解得彻底些。"

我在妈妈病床边的椅子上坐下。她的眼睛还闭着,皮肤惨白。头上的绷带似乎刚被换过。我听着仪器不停的哔哔声。走廊里的护士在闲聊。我吸了一口医院恶心的消毒水味。

我从口袋里掏出闪存盘,插进我的笔记本电脑里,开始查看录像。录像是黑白的,画面粗糙。我把录像倒回到最开始,先查看大厅的影像,仔细研究着。

扎卡里顺道来看了看,在门口徘徊了一阵。他的头发看起来比平时杂乱一些,需要梳理一下。他穿着牛仔裤,上身穿着一件T恤衫,上面印了几个白色的字:消除警察不公。"她今天怎么样?"

我的目光还停留在他的衬衫上。"真的吗,扎卡里?"

他低头瞥了一眼胸前。"怎么了,你不觉得我们应该这样吗?"

他想激怒我。我不能让他得逞。我向病床的方向歪了歪头说:"医生说她在好转。"

扎卡里一直站在门口,看着她,然后说:"我要去餐厅买点吃的。你要什么?"

我摇了摇头。

"你还好吗,妈?"

"还坚持得住。"

他的目光落在我的笔记本电脑上。我也顺着他的目光看去。视频暂停了。粗糙的画面上定格了一个男人,站在大厅里。

等我再回头看向门口时,扎卡里已经走了。

最近一次核磁共振检查显示,母亲的脑部肿块已经有所消退,头部的撕裂伤口也正在愈合。第二天早上,我又给人力部门打了电话,又请了一天假,他们的回复还和上次一样。尽管去办自己的事。他们应该看过我的假期余额。十多年累积下来的假期。我都不记得上次请病假是什么时候了。

我继续查看停车场的录像,录像中能看清的车牌,我都一一调查。

早上中段,妈妈醒了。她头晕乏力,有些神志不清。但是她认出了我。这令我顿感宽慰。我不敢想象,如果她认不出我是谁该怎么办。

"斯蒂芬妮。"她的声音有些刺耳。

我抓住她的手,紧紧握住。"妈。"

她握我的手时,我几乎感觉不到力道。我的眼中充盈了泪水。她在我眼中一直是那么强大,无所不能。她却在笑。

"你感觉怎么样?"

"好多了。"

"你狠狠地摔了一跤。"

她的目光搜寻着我的双眼。走廊里一辆手推车隆隆地经过,随之飘来一阵水煮蔬菜的味道。

我本该等等再问的,但已经等不及了。"妈,你在楼梯上发生了什么?"

"我摔倒了。"

"你是听医生这么说的吗?你记得自己摔倒吗?"

她眨了眨眼。

我握着她的手,手指握得更紧了。"妈——楼梯上还有别的人和你一起吗?"

"别的人?"

"有没有人推你?"

她又眨了眨眼。"我摔倒了,斯蒂芬妮。"

"如果有别的人在那里,如果发生了什么——"

"我绊了一下,然后摔倒了。"我吓到她了。我知道不应该立刻追问她。我知道应该让她休息。

"好的,妈。睡一会儿吧。"我不太情愿地低声说。我可以之后再继续。"我们需要你好起来。尽快。"

我都不忍心看她,她那么脆弱,遍体鳞伤。

我把注意力转向笔记本电脑,又回头重看大厅摄像头拍下的录像。我集中精力查看了意外发生时的录像。我已经看过无数遍了。一个红色卷发凌乱的女人从楼梯间冲进大厅,对着前台的服务员说了些什么,紧接着服务员拿起电话。女人转身冲回到楼梯间里,吸引了大厅里另外三个人的目光,过了一会儿,前台服务员也跟上了她。六分钟之后,医务人员出现在录像中。

我把录像回拉到女人冲进大厅之前,那时还没有拨打紧急救援电话。我把注意力放在进入大厅的人身上,仔细观察每个人的脸。身穿跑步服的年轻男子,擦着眉毛上的汗水。两边腋下都夹着杂货袋的女人。穿着西服的男人,拎着一个公文包。我定格了录像,放大,重放,拼命地想要找到些线索,任何线索都行。

我听到敲门声,于是抬头看。门开了一条缝,斯科特在门口徘徊。

"我能进来吗?"他问道。

"当然。"我激动得有些眩晕。我想应该是伤感吧,就好似他应该在这里。如果生活走出一条不同的路,如果我没有毁掉两个人的关系,此刻他本该陪在我身旁,与我一起渡过这个难关,与我共度余生。

他坐到我旁边的一把空椅子上,看到笔记本电脑时,眉头一皱。

我低头看了看屏幕。粗糙的画面定格在一个男人放大的脸上。这个男人穿着西服,头发乌黑浓密,两眼间距很大。我对他一点印象都没有。"安全录像。"

"哪里的?"

"我妈公寓大楼里的。"

斯科特摇了摇头。"她怎么样了?"

"好些了。"

"好。"他的目光回到我的笔记本电脑上。"这是一场可怕的意外。"他说。我敢肯定,他特别强调了意外这个词。

"这不是一场意外。"我不管不顾地轻声说。我自己都惊讶为什么会有这么强的抵触情绪。但是,我说的是真心话。我现在非常确信。这绝对是有意的安排。

斯科特若有所思地点了点头,但是我能看出来,他并不相信我。"我会告诉局里,你还需要休息一段时间。"

我对他太了解了,听出了他话里的真意。你的情绪还不稳定。你还不应该去工作。

他的话令我愤怒,但也让我对自己产生了一些怀疑。万一我真的是疯了呢?如果这真的只是一场意外呢?当然,时间点很可疑,但也可能就是一场意外。老人本来就容易失去平衡摔倒。我是怎么了?我为什么不能接受这些?

我为什么疑心这么重?如果这一切都是我的妄想呢?

"我很好。"既是对他说,也是对自己。

他又点了点头,但立刻站起了身。"我该走了。只是想来看看她怎么样了。看看你怎么样了。"

他的目光落在我身上。那么温柔,充满担忧。天啊,真希望我们还在一起。

他伸出一只手搭在我的肩膀上,靠过来亲了我的脸颊。"记住:我会一直守护你,斯蒂芬。"

他的好意令我身子一颤。我也不知道该怎么回他。

随后,他就离开了。

我紧闭双眼,努力克制住泪水。

他不相信我,但是也不用强求。不是我多疑。我没有妄想。

背后主使肯定是哈利迪。否则也太巧了。妈妈了解哈利迪的真面目。我告诉过她真相。然后她就有了这样的遭遇。这是警告吗?别声张——

否则就？如果他已经对我母亲下手，那么为什么不对我的儿子下手呢？

我擦掉泪水，快进到女人冲进大厅的那一刻，然后调成四分之一倍速。

三个人在信箱旁，一个人在前台，还有两个人在旋转门处，准备进入大楼。他们都停了下来，观察着眼前的骚动。信箱旁的一男一女交谈了几句。屏幕左侧，几乎出了摄像头范围的地方，电梯门打开了。一个戴着黑色帽子的人走了出来，他低着头，径直走向旋转门。他没有抬头，没有四处张望，根本没有在意桌旁发生的事情，然后就消失在屏幕里。

我倒回去，又看了一遍，这次只注意他一个人。我感觉自己的脉搏开始加速了。

我关上这段录像，打开停车场的那一个。我把录像调到同样的时间。看着那个戴黑帽子的男人从大厅走出去，头一直低着。看着他走过停车场，走到一辆掀背车前，钻进车里，整个过程一直没有抬头，一直没有露脸。一分钟后，掀背车驶出视线之外。

我倒回去，又看了一遍。掀背车就要从视线里消失的时候，我暂停了录像。

车不是白色的，也不是黑色，是介于二者之间的颜色。弗吉尼亚州的车牌，但是我看不清车牌号。

我盯着粗糙的画面，牢牢记住这个画面。

我需要找到这辆车。我需要找到这个男人。

我终于找到了一条线索。我终于找到了一些东西。

我看不清那个男人的脸，尽管如此，也算有所收获。这证明了我没有犯妄想症。证明了我妈摔倒的时候,那里还有别人。有人看见她摔倒了。有人推倒了她。

我合上笔记本电脑,放进包里,站起来,伸展一下身子。

咖啡。我要直接去餐厅,买一杯咖啡。

我弯下腰,吻了妈妈的前额。"马上回来。"她一点都没动。

我就要来到走廊的尽头,这时一个男人向我走来。普通身高,普通体型。褐色夹杂金色的头发。他的目光锁定了我,突然之间我感觉浑身都起了鸡皮疙瘩,第六感似乎预示到有些不对劲。

他的衣袖挽到胳膊肘处。他的前臂上有一处文身。我看到了文身的图案,心猛烈地跳起来。

两把刀,交叉组成了一个X。

第 26 章

　　我的心怦怦地跳。我刚才真的看到那个图案了吗?

　　我停下脚步,转过身。他刚迈步走进一部打开的电梯。他面对着我,仍然径直看着我。电梯门开始关上了。就在他要从我的视线中完全消失之前,我明明白白地看到他嘴角露出一丝诡异的笑容。

　　跟上,斯蒂芬。

　　我冲向电梯,重重地按下按钮,按了三次。但是电梯已经向下行。我太迟了。

　　我向后退了几步,看着楼层指示灯。4、3、2。电梯停在二层。

　　我跑向楼梯间。猛地拉开门,一步两个台阶地向楼下跑去。三层,然后是二层。我冲进走廊。

　　我四处搜寻,哪里都找不到他。

　　我又看了看电梯上面的数字。这时电梯在我下面,停在了一楼。

　　我又进了楼梯间,下了最后一层楼。冲进大厅,四处搜寻。

我把他跟丢了。

"妈?"我听到扎卡里的声音,于是转过身。他在那里,在我身后,皱着眉头。"妈?"

我试图回忆起那个男人的容貌。我以前从未见过他;我敢肯定。但是他长什么模样?双眼的位置,鼻子的形状,有什么特征。

我回忆不起来。我能记住的只有那个可怕的文身。

我伸手抓了抓头发,万分沮丧。文身真的和托里诺手下那个一样吗?还是记忆在捉弄我?

但是那个诡异的笑,电梯关上时,他脸上的笑容。他看我的那个样子……

"妈。"又是扎卡里的声音,这次更尖锐一些,"发生了什么?"

除非是我在妄想。压力太大又精疲力竭——两者同时袭来很危险。要是我搞错了呢?

我一直都很确信是哈利迪。但是那个文身……但如果是黑帮所为,为什么要选择现在动手?

我看着儿子,他的眼神中充满疑惑。发生了什么,妈?我该怎么对他讲呢?连我自己都搞不清楚状况,又该如何解释呢?

第 27 章

顶层公寓坐落在波托马克河上,透过大落地窗可以俯瞰全城。家装设计精巧,灰白色调,遵循极简主义。门旁的衣帽架上挂了一个黑色皮质的邮差包。包的深处发出有节奏的嗡嗡声。

韦斯向书包的方向走去。他很精干,皮肤晒成了古铜色,浓密的头发有些银丝,使他看起来很特别。他拉开了包前面的拉链,拿出手机,贴到耳边。"你好。"

"是我。"

他走回客厅,缓缓地坐到沙发上。

"事情有些乱了。"电话另一头的声音有些惊慌。

"一切尽在掌控。"

"但是——"

"一切尽在掌控。"他看了看身前咖啡桌上的棋盘,棋局进行到一半。当然,这局棋并不是在这里进行。但是棋盘看起来和那一局正在进行的一模一样,那个暂停的棋局。他知道他们陷入了僵局。他知道他们在思考下一步如何走。他喜欢看穿他们想法的感觉。他喜欢扰乱他们的头脑。

"我不明白。"

韦斯在沙发上向后靠了靠,双腿伸展开,双脚交叉,搭在咖啡桌上。他的嘴角向上翘起,露出笑容。"我们在调整。"

"调整。"这是个陈述,而不是疑问。

"我们以前也这样做过,看看如今的成就吧。"

"可是现在要冒的风险更大——"

韦斯收回双脚,站起身,变得严肃起来。"回报也将更大。我们现在已经接近了。特别近了。我们就要成功了。"

两人都沉默了。

"如果她发现了真相该怎么办?"电话对面质问道。

韦斯脸上又露出了笑容。他放松身子,靠到沙发上,又看向棋盘。她认为男孩会走"车"。男孩不想放弃"车"。两个人都没有看出棋盘上最好的一步棋。"我的朋友,真相极其复杂。"

第 28 章

我睡得很沉,一夜无梦,像被麻醉了似的,醒来时感觉神清气爽,内心无比宁静。恼人的事情还没袭来。妈妈。枪。那个有文身的男人。

我伸手到床头柜上摸索着手机。没有短信,也没有未接来电。夜里妈妈也没事。我倍感宽慰,但还是拨通了医院的电话,查看一下情况。她已经醒了,而且精神不错,护士向我保证,她的情况正在持续好转。

我下楼时,扎卡里已经在厨房里了。他手里拿着一盒谷物早餐,就是含蛋白质,吃起来像硬纸板的那种。

"早,亲爱的。"我说。

"早。"他走到冰箱旁,拿出一罐牛奶,向盛着谷物早餐的碗里倒了一些,然后拿着碗来到桌前。

咖啡煮好之后,我端着杯子坐到他对面。他没有抬头看我。与平时相比,今天早上他显得闷闷不乐的。"怎么了?"

他耸了耸肩,又吃了一口。

"扎卡里?"

"难道不应该是我问你这个问题吗?"

"什么意思?"

"肯定是出了什么事,妈。你的心思不知道跑到了哪里。还有你一直问我的那些问题……我有权了解真相。"

我低头看着咖啡,双手捧住马克杯。我该讲到什么程度呢?或许什么都不该说。

"因为一封电子邮件,是不是?发送给你提到的那个组织。自由什么的。"他嚼着早餐,双眼盯着我。

我谨慎地应道。"这是一部分原因。"

"从我们的 IP 地址发送的。"

他试图把事情串到一起。利用我问过他的那些问题,还有各种碎片信息。他的做法恰如一名调查员。

"随它去吧。"我说。

他的眼中露出一丝胜利的光芒。他知道自己是对的。"而且有人想让那封邮件看起来是由我发出的。"

我微微感到一丝恐惧。我不想让他参与进来。这件事太危险。如果他们能够伤害妈妈,就能伤害他。"随它去吧。"

"但是,显然不是我发的。"他坚持道,"所以……是谁发的呢?"

"扎卡里,这不是游戏。"

"我知道。"

"这件事很严肃。"

"这件事和我有关,不是吗?这点我是知道的。"

他的语气令我有些担忧。但他是对的，不是吗？他差不多是成人了。而且不管我愿不愿意，他都已经被牵涉进这件事了。

"妈，你问过我有关一把枪的事。我有权知道发生了什么。"

他有吗？我的呼吸有些急促。

不能让他知道。如果这意味着他将陷得更深，就不行。我要尽力不让他参与进来。我要保证他的安全。

我的沉默似乎鼓舞了他。他又向碗里倒了更多谷物，然后说："要么我独自调查，要么我们一起合作。这取决于你。"

我无法阻止他，是不是？应不应该阻止他？

我想象着妈妈在医院的病床上，乱作一团的输液管，医疗仪器的哔哔声。我当然应该阻止他。这件事很危险。

但是，不管怎样都是危险的，不是吗？

而且他懂电脑，或许真能帮上忙。或许他能搞清是谁发的那条消息，找出证据，证明背后主使是托里诺，或哈利迪，或别的什么人。

不管是谁对我们做了这些事，我们都可以利用这些证据阻止他们。

我转开头，看向客厅。我瞥见棋盘，那种熟悉的恐慌在我们两人之间如癌症一般扩散。他和我正在疏远。如果我们的关系一直无法改善呢？如果真的没有时间了呢？

我转回头看向儿子。他又露出了那种怯生生、委屈的目光，我似乎又看到了那个想念已久的率真男孩。

"一起。"我轻声说道，话刚出口，我立刻就后悔了。

扎卡里因为能帮上忙，显得很兴奋。他一早上都在电脑前，访问加密论坛，搜索暗网。我既害怕斯科特发现，又害怕扎卡里把坑挖得越来越深——而我正是给他递铁锹的人——但是他很自信能够很好地隐藏踪迹。

我在他身旁徘徊，观察着，思考着，尝试缕清前因后果。有人闯入我们家，发送了那封电子邮件：我能接触到目标。藏下一把手枪。这个人能在不触发警报的情况下完成一切。这个人没有留下任何痕迹。

而且还有人把妈妈推下了楼梯。

这个人是谁？

哎，我多希望此刻能有人与我并肩作战。有个能够一起应对一切的伙伴。我想到了斯科特。但是我不能向他求助。我不能冒险，如果我告诉他真相，而他又不相信我，扎卡里会遇到怎样的麻烦就不好说了。我自己也能查清。我必须独自应对。

这件事肯定和哈利迪脱不了干系。过去这么多年，扎卡里第一次进入他的生活，见了他。这件事肯定搅乱了哈利迪的生活。他有威胁我们、逼我们保持沉默的动机。而妈妈知道他的真面目，还与扎卡里分享了一些实情。现在她受伤了。

但是为什么要陷害扎卡里呢？这样做有什么原因呢？他的亲生儿子涉嫌策划恐怖袭击，这件事曝光出来可能会毁掉他的政治生涯。更不要说哈利迪陷害亲生儿子的事情被曝光了，还有更糟的，涉嫌造成我母亲的摔伤。为什么要冒这个险？

托里诺？我确信在医院里瞥见了那个文身，与多年前托里诺手下的那个文身一样。托里诺还在坐牢，至少还有十年刑期。他手下有人帮他做脏活，这些人肯定知道如何避开警报潜入私宅，抹除痕迹，实施暴力打击。但是过去了这么多年,为什么要现在动手?

而且时机恰好选在哈利迪重回我们的生活的时候?这之间的巧合也太多了。

除非……

除非并非巧合。

除非托里诺的参与和哈利迪有关。

我回想起参加工作第一周,负责训练我的特工说的话。可恶的狡诈政客。黑帮买通了他们。那个参议员,哈利迪——他是最坏的。

他们之间会不会有瓜葛?

如今的芝加哥平静多了。他们从未抓到过哈利迪违法的证据。但是如果我的想法是真的呢?如果黑帮依然认为哈利迪是他们的人呢?那样他们就会认定我们是威胁。

这样想合乎情理。非常合理。托里诺希望哈利迪身居高位。而我就是个威胁,会威胁到哈利迪的职业生涯,威胁到他的权力,威胁到他保护托里诺的能力。

我感觉拼图已经各就各位。

而拼出的画面远比我想象中更可怕。

第 29 章

扎卡里的注意力全放在眼前的屏幕上,他眉头紧皱,精神高度集中。我一直看着他。"发现了什么吗?"我终于开口问道。

他摇了摇头,目光仍注视着屏幕。"没有。"

"有进展?"

"一点点。"他抬头看了我一眼,耸了耸肩,"我在研究这些论坛,就是他们交流的地方。"

"有什么有趣的东西吗?"

"都是加密的。"他看似还有话没说完,却停了下来。

"然后呢?"我催促道。

"嗯,有个用户……"他脸上掠过一丝阴影,我想应该是困惑,或者是有些担忧,"他用的是我的名字。"

"你的名字?"

"ZacharyMaddox345。"

和电邮地址一样。"他发过什么帖子？"

"什么都没有。他的所有通信都是非公开的。用户到用户的直接信息交流。不过我在想办法黑进去。"

我感到一阵担忧，但尽量不动声色。"好的。"

我悄悄溜出厨房，让他专心研究。我在屋子里坐立不安，来回踱着步，最后拿起一把笤帚，清扫起硬木地板，然后擦了一遍，又用吸尘器清理地毯和垫子。我的目光不时地扫向扎卡里，看着他工作，看着他脸上极度专注的表情。ZacharyMaddox345。我愈发焦躁。

几个小时过去了，他还在忙着。我给医院打了电话，和妈妈聊了一会儿。她说话的语气也恢复了，不那么低沉嘶哑了，更乐观向上一些，这使我舒了一口气。我又问了她摔倒时的情况，问她是否确认当时楼梯上没有别人。"我确定，斯蒂芬妮。"她回答得很坚决，对我有些不耐烦，"没有人推我。你知道我是个笨手笨脚的人！"

我换上运动服，上了跑步机，开始跑步。三英里，然后是四英里。我努力整理思绪。

我一边跑，一边盯着棋盘看。他会走"车"，我会吃掉他的"车"。然后他会走"皇后"，尽管这样他也会失去这枚棋子，但是他要不惜一切代价保护"国王"，所以即使牺牲"皇后"也在所不惜。

除非我忽略了什么。除非有我看不出、无法预测的一步棋。我心里又涌起一阵恐惧。

七英里、八英里，跑到十一英里时，我听到扎卡里的声音。"妈，"他喊道，"我好像有些发现。"

我关上跑步机，从上面跳下来。用毛巾擦去脸上的汗水，然后把毛巾搭在肩膀上，走向桌前。我来到他身后，越过他的肩膀看去。屏幕上是黑底绿字，好似二十世纪的电脑。

"你有什么发现？"

"一个文件，发给那个用户的。ZacharyMaddox345。我还没有打开。"

他双击了一下，文件被打开了，好像是一个幻灯片展示文件。第一张幻灯片是黑色的背景，上面有个红色图案。三个字母看起来就像一个骷髅。

FSM。

自由团结运动的缩写。肯定是。

他点击了鼠标。第二张幻灯片也是黑色的，没有图案，只有一行文字，同样是红色的。

日子即将来临。

他又点了一下，我有一种难以遏制地冲动想让他停下来，告诉他我不想看后面的内容。

你的任务：2号目标。

他又点了一下。照片，共五张，中央一张，其他四张围绕四周。有一张照片上是一个男人，穿着西服，正准备出门，有一张是他身穿运动服，在绿树成排的街道上，另有一张是他在开车门，第四张是他在办公大楼前。

我很不情愿地看向中央那张照片。这是一张近景照，与我工作的大厅里装饰的那张一样。

我深吸了一口气。

照片上是J. J. 李。联邦调查局局长。

第 30 章

"妈的。"扎卡里咕哝着。我没有责备他说粗话,因为我自己也大吃一惊。

这些照片都是监视器拍摄的。目标的照片。2 号目标。一个计划袭击政府官员的极端组织掌握的照片。

这是一次密谋。密谋袭击——刺杀——联邦调查局局长。

我感觉自己已经不能正常地思考,怒火使我的大脑无法正常运转。"是谁发的?"

他眯着眼睛看着屏幕。"用户名 DTaylor。"

DTaylor。迪伦·泰勒(Dylan Taylor)。

"什么时间?"

"昨天。昨天早上。"他的声音充满恐惧。

"还有谁看过这个文件?能查出来吗?"

"我不知道。这是一条私信。或许谁都没看过。"

"但是你找到了它。"

"我是黑进去的。"

别的人也可以做到。调查局可以做到,轻而易举。然后呢?

如果调查局找到这些幻灯片,扎卡里就会被捕。他肯定不能幸免。有人想让扎卡里看似是这个组织的成员,想要他看似参与了这场袭击策划,不管是谁在后面操控,他们肯定还有别的手段。

我的脑袋轰响,耳边轰鸣。我看着电脑屏幕,盯着李局长的四张监控照片和大头照。2号目标。这些足够送扎卡里入狱了,毫无疑问。

"妈,我们该怎么办?"

这或许并非切实的威胁。如果这是伪造的证据,整个策划也就应该是伪造的。如果不是伪造的,斯科特的小组肯定已经着手彻查了。

但是,如果这是真的呢?对联邦调查局局长的切实威胁?无论如何我也不能对这件事守口如瓶。

我需要提醒调查局。

但是我又要想办法不让儿子进监狱。

那是一个月黑天;天上布满了云。我急匆匆地走下门前的台阶去开车,中间躲过一块冰,棒球帽檐拉得很低。我穿着黑色运动裤和运动衫,外面又裹了一件长款黑色夹克。我钻进驾驶位,关上车门。周围没有任何动静,只有邻居家的猫蹿进了暗处。

我发动汽车,向华盛顿特区东北方向开去,眼睛一直注意着后视镜,提防有人跟踪。我故意绕了路,折返了好几次,中间还停过几次车:加油、喝咖啡,进入严格的反侦查模式。但是街上很安静。没有人跟踪我。

二十六分钟之后，我把车停到一家24小时便利店门口的路边上。我以前做调查时知道的这家店，这里不做任何记录，没有摄像头。预付卡手机根本无法追踪，无法证明购买人是谁。这些现在恰恰是我需要的。

我关上引擎，等了几分钟，观察着周围的情况。没有车，没有人。街上空空荡荡的。没有人跟踪我到这里；我很自信。终于，我从车里出来，走进便利店。

店里挤得满满的，狭窄的货架塞满了零食和饮品。我走向收银员，看了一眼收银台后面的手机——各种各样的预付卡手机。

"那一个。"我指着一排手机最后面的一个说。我把帽檐压低，收银员却看也没看我一眼，根本就不在乎我要做什么违法勾当。他记下卖出一部手机，收下我的现金，把手机递给我。依我的经验，这里的雇员不信任警察，我们来调查时，他们都不怎么说话。这个家伙不会出卖我的。

我离开便利店，回到车上，又查看了一遍街道——依然安静。我撕开包装，设置好手机，警惕着周围的动静。

我拨了局里的情报热线。铃声响了两下，录音信息开始，提示我在哔声后留言。

我听到哔声之后，压低了嗓音，用最快的时间，把我知道的所有细节都做了通报：自由团结运动的密谋，联邦调查局局长，有跟踪监视，有武器。

我按下结束键，发现双手都潮了。我拆掉手机电池，然后从车里出来，把手机两部分都塞到车前轮下。我的心怦怦地跳。除了我刚才通报的信息之外，那些幻灯片上没有其他行动情报。现在，我已经把我对这次密谋所了解的全部信息都通报给局里了。

我发动汽车，踩下油门，车胎嘎吱一声碾碎了手机，我舒了一口气，刚才打电话通报的证据已经被销毁。

我刚开过半个街区，就发现后面有车灯冲我而来。黑色的萨博班，车窗上贴着深色的防晒膜。一辆政府用车。或许是执法部门的车。也可能是普通人故意弄成这样的。

萨博班呼啸着开过时，我没能看清司机。我默默祈祷他也不要看到我。

在这个时间，停车场基本都是空的，零星停了几辆车。大楼也静悄悄的。入口哨卡只有一个警卫。我刷出入证的时候，她冷冷地看了我一眼，然后继续看着自己的苹果手机。

我经过大厅墙上挂的照片。局长李和副局长杰克逊。我向照片走来时，步子逐渐放慢，和平时一样。今天我的目光直接投向李。我盯着他的照片看，深绿色的眼睛，浓密的黑发，然后照片就变成了扎卡里笔记本电脑里的那张。在我想象中，四张监控照片围绕在这张照片周围。

我继续向办公室走去，经过昏暗的一片工位时，加快了脚步。我启动了电脑，看了一眼桌角越堆越高的文件。自从妈妈摔倒之后，我已经三天没来了。我感觉压力在堆积，一切都是时间问题，调查会逐步深入，斯科特会启动调查，扎卡里身上的疑云会越来越重，令他窒息。

我手下的特工至少还要再过两小时才会陆续到达。我利用这段时间搜索证据，证明扎卡里没有牵涉其中，证明有人围绕他精心布置了一个局。关于自由团结运动所有能找到的资料,我都读过了。我又读了一遍案件卷宗,那份文档还在我的办公桌抽屉里,至少现在还在。一旦斯科特将扎卡里的事情和我获取自由团结运动文件的事情告诉其他人,我肯定再也无权看这份文件。或许,我会失去一切权限。

尽管过去几年我会时不时搜寻一些关于哈利迪和托里诺的信息,但此刻还是做了一些秘密调查。我试图寻找一些可疑的线索,可以将他们与那封电子邮件、那些幻灯片和那把枪联系在一起的线索。

哈利迪最近有几次高调的行程,先后访问了艾奥瓦州和新罕布什尔州,与多个政治行动委员会接触。他毫无疑问是在为全国性的竞选铺路。去年,他买下第二套房子,位于特拉华州的海滨地区,他的妻子大部分时间都住在那里,也就是说慈善活动之外的时间都在那里——她是多家慈善组织的董事会成员,大多数都是儿童慈善组织。花边新闻专栏经常报道这对夫妇计划领养一个孩子,而她和哈利迪都没有否认传言。或许这种传言有利于增加选票。

托里诺在监狱里再次因良好表现获得嘉奖。警卫密切监控他发出的信息:没有任何与外界秘密沟通的迹象。

我愈发绝望。没有任何证据能够证明扎卡里是一枚被人利用的棋子。我无法说服斯科特或别的什么人,让他们相信扎卡里没有发那封电邮,没做那些可能被安在他身上的事情。

我来到文件柜上的咖啡机前,煮咖啡的时候来回踱着步。我的思绪回到了与斯科特的那次对话,通话线路断掉之前那短暂的沉默。有人在窃听。某个有能力窃听那个线路的人。

我的目光转移到文件柜上。特别落在一个抽屉上。然后,我不顾一切地开锁，拉开了抽屉。我浏览着里面的档案——过去这些年我调查过的特工，我成为主管之后监督调查的特工——目光落到最后一份档案上，那份档案藏在最里面，没有标签。一个普通的文件夹，里面是加密的笔记。

便利店外面的萨博班。监听电话线路。如果……

第 31 章

之后我只知道,大办公区里的灯光涌进我的办公室,我隐约记得之前是一片黑,然后灯就突然亮了。我抬起头,无力地瞥向玻璃门外,看到帕克已经来到办公室,正疑惑地看着我。我坐直身子,理顺了头发,尽力驱散睡意,打起了精神。

扎卡里。我拿起手机。有好几个他的未接来电,好几条信息,一条比一条担心。

你很快回家吗?

一切都还好吗?

哎?妈?

我解锁了手机,匆忙回了一条信息。抱歉。在办公桌上睡着了。我很好。

我并不好,一点都不好。

我给医院打了电话,问了妈妈的情况。她状况很好;她开心地告诉我,医生说有可能让她提前出院,做门诊复健就可以。我正准备挂断电话，忽然看到斯科特从大办公区向我的办公室走来。我没等他敲门，就先把门打开了，并向他打了招呼。

"给我讲讲吧，斯蒂芬。"他催促道。他没有坐下。

我能感到他的双眼盯着我，等待我说些什么。时间已经不多了，我们两人都知道。

"我希望你能告诉我发生了什么。"他有些不耐烦。

我关上门，转身面向他。但是我看到帕克正从他的工位看向我们。"我不能。暂时还不能。"我对斯科特说。

他皱了皱眉头。"最开始你说扎卡里被人陷害了。然后你又坚持说你妈妈摔倒不是意外……"他无奈地耸了耸肩，似乎彻底糊涂了，又有一点生气。

"我会证明的。"我轻声承诺道。

他盯着我看了一会儿，然后转过身，看向窗外我手下的特工。我看着他，看他沮丧地抱住双肩。大办公区里，加西亚和韦恩已经起身，准备去煮咖啡。

"斯蒂芬……情况对扎卡里会越来越糟，你知道的。"他终于开口说道。

我的心怦怦地跳着。"为什么？"

"那场袭击。我想可能是真的。"

他从窗前离开，转身面向我。我看出他目光中的不快。我突然回忆起我们分手的那一天，离开我们家之前，他给了扎卡里一个拥抱。再见，小冠军。"有人通报了一个威胁。"

"是吗？"我故意表现得面无表情。他太了解我了。我现在不能走错一步。"

"是的。我之前还不相信。线人看起来像是为了酬金才来的,希望通报这个威胁能够给他赚一大笔钱。"

我点了点头,因为我知道自己一说话就会露馅。

"斯蒂芬——这些证据足够吸引李和杰克逊参与进来。他们会督促启动对自由团结运动的调查。"

噢,天啊。我都做了些什么?选择做正确的事情,却把我的儿子推下了深渊。"给我一点时间。求你了,斯科特。"

"时间已经不多了。赶紧告诉我吧,斯蒂芬。"他催促道,但至少向门口挪了几步,"我们可以弄清真相的。"

我由沮丧变得愤怒。对扎卡里展开调查。之后会发生什么?还会有什么新的发现?我得让斯科特离开这里。

我想起被监听的电话,还有那辆黑色萨博班。我想象扎卡里入狱的场景。我打开了办公室的门。

"你永远也不能相信任何人,是不是?"他从我身边走过时说。

大概正午时候,我拿起电话,拨通了斯科特的座机。我要最后一次请求他推迟启动调查。我准备求他再给我一点时间。

他没有接电话,通话直接转入了语音信箱。我又试着拨了他的手机,还是没人接。过了一小时,我又试了一遍,两小时后再试。这时我开始有些担忧了。如果他已经开始调查了呢?如果他是在故意回避我的电话呢?我抓起随身的东西就往外走。

"头儿,一切都好吧?"我穿过大办公区时,韦恩问道。他面前放着一袋打开的奇多膨化食品,手指染成了橘黄色。

"是你妈妈吗?"帕克插话说。

"她已经好多了。"我对他们说。

"那太好了。"帕克热切地说。

"你还好吗?"加西亚问道。

"当然还好。"我打断了她。弗林特和麦金托什交换了一下关切的眼神。好极了。现在我手下的特工也和斯科特一样,开始担心我了。现在他们也会格外关注我的一举一动。真是雪中送炭啊。

十五分钟后,我已经来到华盛顿分部办公室,走过大厅,向斯科特的工位走去。

我转过角落,看到他的工位时,愣住了。桌上和椅子上都摆着纸箱子。一股恐惧油然而生。

斯科特肯定听到我叫他了,但并没有转身,也没有停下手里在做的事情。他伸手拿起桌上的一个相框。里面是一张他孩子的照片,三个金发迷你版的斯科特。他拿起一堆文件夹,放进另外一个箱子里。

他工位所在角落的电视开着。CNN。政治分析人士的圆桌会,他们个个都争着发表自己的观点。但是电视被静音了;他们的努力看起来完全是徒劳的。

"发生了什么?"我勉强开口问道。

他没有转身,也没有回答。一个订书机被扔进了箱子里。一把剪子。新闻评论员从电视屏幕上消失了,转而出现了竞选集会的画面。

"斯科特。"

"我被调离了。"

我努力想要弄清状况。肯定是某个地区办公室缺人手,需要一位高级特工。不可能有别的原因——

"调到奥马哈。立即生效。"

"什么?"斯科特属于那种不用再去奔波的特工。他在全国各地已经工作足够长的时间,为自己赢得了常驻一地的机会,他自己也明确表示过希望留在这里。他在这里买了房子。他妻子的事业在这里,他的孩子在这里上学。他的一切都在这里。

他终于看向我,脸上露出怨愤的神情。我记得多年前,我们最后一次争吵时,他就是这样的表情。我不能和无法向我敞开心扉的人交往,斯蒂芬。不能相信我的人。

"我不明白。"我说道,尽管内心深处,我是明白的。

我能看出来,他是在怪我。他知道这是我的错,尽管他不明白是什么原因,是如何造成的。

我转开头,看向电视。镜头拉到近景,是哈利迪。他在喊着什么,面色严肃、愤怒。

"我们可以反抗。"我对斯科特轻声说,"一起。"

他站住了,但并没有转身。

"我会把一切都告诉你。"我争取道。

他摇了摇头。"我不知道你陷入了什么麻烦。也不知道这件事背后的主使是谁。但是,我还要为孩子考虑。"

他拿起箱子,从我身边走过,对话就此结束。电视屏幕上,哈利迪又露出了笑容。放松、快乐。好像完全换了一个人。

"出去,斯蒂芬。"

第 32 章

我靠着机械记忆,茫然地回到总部。我走进办公室时,大办公区一片安静。我手下的几位特工假装在工作;帕克朝我的方向瞥了一眼,然后假装全神贯注地看着电脑屏幕。另有几个人毫不掩饰好奇心——加西亚向后靠在椅背上,毫无顾忌地看着我。

我来到电脑前,启动了电脑。几分钟之后,有人敲响我的门。没等我说话,加西亚就开门进来了,手里拿着一个文件夹。

"有什么事,加西亚?"我厉声问。

"有个案子……"

"哪一个?"她在同时办理两个案子,还是三个?

"皮托夫斯基那个,就是那个抵押贷款欺诈案?"

"好的。出什么事了?"

她一屁股坐到我桌子对面的椅子上,而我的思绪却闪回到汉森身上,回到一切开始的那一天。我有家庭。有妻子、孩子。还要还房贷。

一瞬间，我又想到了斯科特。他的房贷该怎么办？他的房子？他的家？

"头儿？"

我眨了眨眼睛。加西亚正等着我回应。她说的话，我一个字都没听到，根本不知道她问了什么。

"你觉得我应该和地方检察官谈谈吗？"她又放慢语速重复了一遍。

"去谈吧。"

她好像要开口说些别的什么，但谢天谢地又闭上了嘴，起身离开了。

等她出了我的办公室，关上门，我看向电脑屏幕。迪伦·泰勒。反正泰勒与这件事有关。

我做了一番背景调查，记了笔记。迪伦是一名服务生，受雇于一家劳务公司，该公司主要为酒店的特别活动提供服务人员。他十六岁时，母亲死于咽喉癌。两年后，父亲在一次滑雪事故中丧生。他毕业于地区最好的高中，成绩基本在班上垫底。他没上过大学，没有犯罪记录，没有任何值得特别注意的地方。

接下来的一小时，我搜索了有关他父母的信息，布鲁斯·泰勒和安妮·泰勒。他们都是内科医生，一直平静地生活着。我找不到任何危险信号，但还是不愿放弃。我找到了他们以前的家庭地址，迪伦就是在那里长大的。我只找到这一个有用信息，于是决定去现场看看。

这是一座两层楼的殖民时期风格房屋，坐落在一个中产阶级社区，在一条死胡同的尽头，两边耸立着高大的橡树。所有的窗户都装着蓝色百叶窗，门廊很长，顶上有遮蔽。一辆厢式旅行车停在内部车道上；已经有新的一家人住进来了，他们很可能连泰勒是谁都不认识。不过邻居——他们或许认识。

我在街边把车停下，来到邻居家门口，走上通向前门廊的台阶。门廊一侧摆着两把白色的阿迪朗达克椅，另一侧挂着一架秋千。门口两侧摆着大花盆；花盆里的土已经干了，花早就枯萎了。我按响门铃，几秒钟后听到脚步声。出来开门的女人大概六十岁。她穿着一件浅灰褐色的裙子，套了一件亮红色的针织衫，皱着眉头盯着我。

"斯蒂芬·马多克斯，联邦调查局。"我亮出警徽，"我想和你聊聊以前的邻居，布鲁斯·泰勒和安妮·泰勒。"

她脸上闪过一丝情绪。怀疑？伤感？

"你认识他们吗？"我看她没有回答，便追问道。

"挺熟的。"她眨了眨眼，摸了摸脖子上挂的十字架，"我们做了二十年的邻居。"

"那么你认识他们的儿子吧？"

"迪伦？当然认识。"她的身子一紧，"迪伦遇到麻烦了？"

我没有回答她的问题，而是接着发问。"能给我讲讲他的情况吗？"

她端详着我，又摸了摸小小的银色十字架。过了一会儿，她说道："他是个好孩子。至少过去我认识他时，是个好孩子，可怜的孩子。布鲁斯去世之后，我尝试与他保持联系。安妮应该希望我这么做，你懂吧？但是最后还是和他失去了联系。"

"他是否参与过违法的事，你了解吗？"

"迪伦？没有。他不是那种人。"

"接触毒品之类的？"

"没有。"

"没有狐朋狗友?"

"没有。为什么问这些?他是遇到什么麻烦了吗?"

"有没有人会因为一些事报复他?"

她露出惊讶的目光。"我想不出什么人会报复他。"她的语气坚决,不容我反驳。

我点了点头。我有些犹豫,因为不知道该如何问下一个问题,如何得到我想要的答案。"他们一家人有没有在芝加哥生活过,你知道吗?"

"芝加哥?据我了解他们应该是没有。"

"和议会有什么联系吗?"

她满脸疑惑。

"迪伦有没有在国会工作过,实习之类的?"

"我想应该没有。不过安妮和布鲁斯生前在那里工作过。他们就是在那里认识的。"

"你知道他们为谁工作吗?"

"不知道。"

她的语气开始变得冷淡,继而沉默了。这时再多问也不会有什么效果。"感谢您接受问询,女士……"

"奥康奈尔。玛丽·奥康奈尔。"

"感谢您奥康奈尔夫人。"我取出一张名片,递给她,"如果想到了别的什么事情,请给我打电话,好吗?"

她低头看了看名片,又看了看我。"他是个好孩子,马多克斯特工。"

扎卡里也一样。"多谢您的宝贵时间。"

我上了车，沮丧地猛敲方向盘。我没有找到任何有用的信息。没有任何理由认为迪伦与我过去接触的那些坏人有关系。和扎卡里也联系不到一起。他是怎么被安排进来的？

这些道理都讲不通。我也不知道下一步该做什么。或许该与托里诺对质了。但这是正确的做法吗？我会不会吓到他，导致他对扎卡里下更狠的手？

而且如果我弄错了呢？如果是别的什么人在背后操控呢？

我正在回办公室的路上，手机铃声响起。我伸手拿过手机，看了看屏幕。扎卡里。"嘿，亲爱的。"

"妈。"他的声音听起来有些颤抖，我的心跳立刻加快了。

"怎么了，亲爱的？"

"我又深入研究了一下那个论坛。那个加密的论坛。"

"然后呢？"

"妈——我们得谈谈。"

第33章

我们在波托马克河岸边的一个公园里会面，这里很开阔，有一个色彩鲜艳的运动场，有几块足球场和棒球场，还有一条树木繁茂的步行道很受欢迎。我已经多年没来这里了，不过以前对这里很熟悉。扎卡里小的时候，我经常带他来这里的运动场玩，那时的器械还都是灰色的。后来我会带他来踢足球，参加少年棒球比赛，比赛通常都在周六早上。后来比赛时间改成了晚上，我对这个公园的记忆就逐渐淡了。

今天的公园基本是空的。运动场上有个蹒跚学步的孩子，裹着厚厚的红色外套。他的母亲在旁边徘徊，胸前还用婴儿背带固定着一个更小的孩子。场地已经废弃了，远不及我记忆中的周六早晨那般热闹。

在这个公园里很容易发现盯梢的人，因此，扎卡里说需要谈谈的时候，我才选了这个地方。但是今天没有人跟踪我到这里。没有人监听。

我坐到一张能够俯瞰整个运动场的长椅上，看着蹒跚学步的孩子小心翼翼地爬上滑梯，费力地坐到顶上。坐好后，他待在那里。他的母亲在滑梯底下来回移动着,鼓励他松手,滑下来。

有人踩着干枯的树叶,发出窸窸窣窣的声响,吸引了我的注意力。扎卡里双手揣在夹克口袋里,走了过来。我之前看见他停车;除了我的车和那个滑梯旁家庭的小型厢式旅行车之外,那辆金牛座是停车场里唯一一辆车。他脸上面色紧张,有些迷茫,这个表情是我不想看到的。他一屁股坐到我旁边。

"你发现了什么?"我问道。

他径直盯着前方,下巴有些颤抖。我感到一阵惊慌。他之前在调查有没有其他用户看过那个幻灯片。看他现在不安的样子,应该是有其他人看过。

"扎卡里?"

"那些用户……论坛上那些人……"

"他们看过幻灯片了?"

"是的,但问题不在这儿。"

"那是什么?"

"那些活动……账户设置……"他的声音越来越小。我从未见过他这么不自在。他吓到我了。

"怎么了,扎卡里?"

"我认为他们都不是真人。"

我怎么也没想到会是这样的情况。

"我的意思是说,有一些是真人。但是有些……我认为他们是机器人。"

"机器人。"我重复了一遍。假用户。我的脑子有些晕,弄不清是什么状况。

"有几百个。"他摇了摇头。他看起来既困惑又害怕。

他怎么可能不这样呢?

机器人。几百个。

我惊愕地看着运动场,发现那个母亲和她的孩子已经离开了。

有人创建了一个论坛,论坛上全是假用户。有人在论坛上留下了证据,嫁祸给扎卡里,让他看似参与策划了一起恐怖袭击。

"谁会做这种事呢?"我急切地问,其实只是反问,"为什么呢?"

"我以前从来没见过这种情况。"扎卡里说,"就好像……"他又摇了摇头。

我轻声接过他的话。"好像俄罗斯人才会做的事情。"

第 34 章

我一直记得那一天,每一个细节都记得。差不多两年前,五月的一天。那天早上和平时一样。我在华盛顿特区分部的办公室里翻阅报告。我手下的特工在大办公区里,调研、写报告。

突然,办公室传来一阵嗡嗡声。是我们办公楼的广播,每当有什么事发生时,就会有广播通报,好似电流一般。我看到手下的特工交头接耳,脸上写满了兴奋。发生了什么事情。大事。

我走出办公室,来到大办公区。我们这一侧大楼的门打开了,大厅里一阵骚乱,特工在行动,整装待发。

"发生了什么?"我问道。这时我听到楼道里传来重重的脚步声,抬头看见两名特工沿着楼道向门口跑去。

当时我手下的特工金妮·迈耶应道:"说出来感觉都不像是真的。"她的声音听起来有些茫然。

我听到走廊里的广播噼啪地响起来,能断断续续地听到几句:"……

住宅内两死……其中一名中央情报局警官……"

"有我们的特工吗?"我问迈耶。

"有啊。"

有这句话就足够了。发生了某个大事件。两人死亡,其中包括一名中情局特工。肯定会有一场彻底调查。我的小组肯定会参与调查——我们受命调查分部特工的一切潜在违规行为。作为部门的特工督察,我将领导整个过程。我想提前行动起来。我要确保自己一方的特工按章办事,没有逾矩。

我要去犯罪现场亲自查看。

我很快就抵达了现场的联排住宅,该住宅位于华盛顿特区西北部的一个绿树成荫的住宅区,这时街上停满了警车,有标志的、没标志的,警灯闪烁着。穿制服的警察和便衣警察在住宅里进进出出。好奇的邻居紧张得挤作一团,站在门廊上,向这座绿门房子投来焦虑的目光。

我穿上一件背后有 FBI(联邦调查局)标志的冲锋夹克,把警徽挂在脖子上。迅速穿过犯罪现场隔离带,从前门进到屋里。那所联排住宅地方不大,里面挤了太多人。我站在门厅,四处查看,准备做一下现场评估,了解一下情况。两具尸体盖着白布,其中一具尸体在地板上,另一具在椅子上。地毯上散落了十几枚子弹壳。

我来犯罪现场的路上已经听过基本情况汇报了。我们的三位特工一直在监控一个反间谍目标,一名中情局警官。特工听到一声枪响,冲进住宅,发现一名受害人被绑在椅子上,已死亡;一名女性,未配武器;监控的目标携带着武器。经过短暂的交流,携带武器的男子举起武器,于是我们的特工开了枪。

我向住宅深处走去。在厨房里,有我们的两位特工,站在那里与一位身穿制服的警官交流,警官还在做笔记。两人都一脸惊恐,这在犯罪现场太常见了。我没有看见第三位特工,也没看见那名女性目击证人。

我发现了一位认识的特工,他看起来似乎了解情况,有可能是最初接警的几个人之一。他看到我走过来,僵硬地冲我点了点头。"马多克斯。"他说。

"伍德。"我向厨房的方向指了指,"那些是现场特工?"

他顺着我手指的方向看去。"是的,两位。丹尼尔斯和基德。"

"第三位特工呢?"

伍德悄声指了指客厅。我顺着他的手势,看到一张沙发。从我们站的地方,我能看到两个后脑勺:一名男子,一名女人,两人显然在深入交谈。"那边那个家伙,杰克逊。"

我听说过这个名字。华盛顿特区办公室的反情报特工。"那个女人呢?她是目击证人吗?"

"是的。显然是中情局的。"

"她是什么情况?为什么会在这里?"

"我也想知道,但杰克逊不让其他人接近她。"

我的脖颈一阵刺痛,第六感告诉我,这里面有问题。

伍德瞥了我一眼,然后耸了耸肩。"他们是老朋友。她肯定吓蒙了,也可以理解。我敢肯定他能从她嘴里问出更多信息。"

那种刺痛感阵阵袭来,变得越来越强烈。不让其他人接近她。这句话在我脑海中回荡。这种行为很不正常,特别是在当前的环境下。标准程序要求至少有两名特工进行问询。

我隐约注意到伍德已经走开了，去到屋子更里面。我的双腿好像自己有了想法，带我向沙发走去。我来到沙发前，还没想好说什么。两个人发现我走来，都抬头看着我。杰克逊穿着牛仔裤和冲锋夹克，强壮的身体把衣服撑得紧紧的。他表情冷酷，不太友善。

"我能和你聊一聊吗？"我对女人说。

回答我的是杰克逊。"一切都在控制之中，特工……"

"马多克斯。"我应道，转身面向了他，"我相信你说的是真的。"我刻意将注意力转回到女人身上。她高挑白皙，蓬松的波浪秀发垂到肩膀。"但我还是想问你几个问题。"

她微微点了点头。她的眼睛碧蓝清澈。

"单独。"我补充道，又瞪了杰克逊一眼。

一阵沉默之后，他猛地站起身，丝毫没有隐藏内心的不情愿，退到不远处的窗户旁。

"你还好吗？"我问女人。我能感觉到杰克逊在观察我们。

"不好。"她坦诚地轻声应道。她没有四处张望，一直注视着我。

"怎么了？"

她抿着嘴唇。

"你可以告诉我。"

她微微摇了摇头。

我向前靠了靠，压低了声音。"不管是什么事，你都可以告诉我。"

"我不能。"

"我会相信你的。"

她端详着我，那一刻我以为她真的会说些什么。然后我看到她的目光上移,神态变得木然。我能感觉到背后有人。

"我们得送你回家了。"杰克逊的声音传来。

我没理他,继续注视着那个女人。"我会的。"我又对她说。我会相信你的。

"走吧。"杰克逊催促道。

女人和我对视着,我不禁颤抖了一下。我从她的目光中能看出她心神不宁。然后她站起身。我看到杰克逊伸出一只手,紧紧按住她的后背,引导她,差不多是推着她向门口走去。我注视着那只手,笼罩在外面警车的红蓝闪光中。

我看到他停下脚步,低下头,对她耳语了一番。她愣住了。之后,他们便继续向门外走去,我的目光却一直无法从那只手上挪开,那只手自信地按住那纤细后背,好似一切尽在掌控。

而后,就在他们走到门口时,他微微转过身,注视着我,好似感到我在看他,好似知道我就在那里。

他冲我露出了微笑,他的表情令我不寒而栗,就好似他能看穿我一样。

我立刻迈开双腿。

走过去,向她走过去,向他走过去。

门开了,她走了出去。门在她身后关上了。

我追着她。我要和她聊一聊,确保她没事。我正准备去抓门把手,这时一只手抓住了我的胳膊。

抓得很紧,手指抠进了我的肉里。

我转过身,面向他。"让她走。"杰克逊说,他说这句话的方式,扬扬得意的语气,使恐惧蔓延我的全身,令我无比确信,对她的担忧不是毫无根据的。

同时也确信,那一刻身处险境的并非只有她一个人。

我甩开他的手,拉下门把手,推开房门,冲到外面。

但已经太晚了。她已经离开了。

第 35 章

好像俄罗斯人才会做的事情。

我看着儿子满脸的困惑,突然无比后悔。我根本就不该让他调查这件事。我本不该让他插手,应该让他远离这一切。我本该更好地保护他。我都做了些什么?

"妈,这是什么意思?"他想要知道。

"不要告诉任何人你的发现。"

"发生了什么?"

"我不知道。"我说。我转过身,又看向滑梯,看向空荡荡的运动场。我不知道,暂时还不知道,还没有了解全貌。但就是他,是不是?

"妈。"

我又转向扎卡里。我真不愿看到他年轻的脸上有这样的表情,这么恐惧。"我要你别再插手这件事。"

"这件事与我有关。"

"让我来处理。"

"妈,我的名字在那个论坛上。"

我又环视了公园,目光扫过光秃秃的树,扫过公园对面的阴影。会不会有人跟踪我们来到这里,而我没有看见,没有听见?

"别再想了。"我说着,从长椅上站了起来。

扎卡里有些犹豫,似乎准备抗议,最终还是妥协了,令我如释重负。他与我并肩走着,迈开两条长腿,很轻松就跟上了我的步子。我总是忘记他已经长得这么高了。

"不让我参与这件事不公平,妈。"

"我这么做都是为你好。"

厢式旅行车已经不见了。停车场就剩下我们的两辆车,分开停着。"我能帮上忙。"我们来到各自的车前时,扎卡里轻声说。

我紧握住车门把手,犹豫了一下,然后拉开了门。"你不要插手就是帮忙了。"我厉声说,语气冰冷,连我自己都觉得有些严厉了。

俄罗斯人。他。在那个死胡同联排住宅里遭遇的男人。真的是他吗?我有些茫然。那么哈利迪呢?托里诺呢?我本以为已经厘清了,现在却彻底糊涂了。

等我在总部停好车,走向办公大楼时,还是糊里糊涂的。我将目光投向墙上的人像,李、杰克逊。我在照片前停下,注视着。这一次,我将注意力放在右边的那张上。杰克逊。

这一次,我盯着的那张脸幻化成联排住宅里的那张。当时还是杰克逊特工。现在是杰克逊副局长。

我没有多想，转身进了电梯。我的心怦怦地跳，大脑迅速过着信息。电梯门开了，我走下电梯，电梯门关上时，我才意识到这不是我的办公楼层。我在另一层下了电梯。他的楼层。我径直来到这里，甚至根本就没有意识到。

我顺着走廊看向他的办公室，这时忽然有些动静。一扇门开了。一群特工出现，黑色西装，戴着耳机，围在重要人物、有权势人物周围负责保护的那种。他们步履轻快，像一片云，保护着中央的人物，朝我的方向走来。

特工越来越近，我愣在当场，双脚像是陷进了沙子里，像是不会走路了一样，我只能看着，别的什么都做不了。

人群分开一些，我恰好看到处于中央位置的男人——杰克逊。他的目光落在我身上，好像知道我会在那里似的。他一直注视着我的脸。我也没有躲闪，什么都没有做，注视着他。

他马上就要来到我身边了。负责保卫的领头特工没有理我，从我身旁经过，但是我注视着他的双眼，就像两年前在那个联排住宅里一样。我看到了记忆中那个表情。决绝。冷酷。同样的恐惧感蔓延全身，但这一次还有另外一种情绪。

暴怒。

那天我回到办公室后，拿出了他的档案，端详着他的照片，他脸上挂着笑容，与我刚见到的那张充满敌意的脸大相径庭，就好像是两个完全不同的人。我读了档案，很干净。杰克逊以前是反情报特工，主要负责与俄罗斯相关的事务。他从未违反过纪律，记录无可挑剔，名声极好。

但是事情有点不对劲。他催促那个女人离开联排住宅,不让我和她谈话。他自信有能力控制一个女人,掌控局势。被一个有权力的男人掌控,感到无助、孤独,这种感觉我是了解的。我不能就这么放手不管。

我等待着枪击报告传来,但一直没有等到。几个小时过去了,一天过去了。我尝试过追踪报告的情况,发现它们都被封存起来,需要代码才能取阅。我没有权限。我请上司帮忙获取报告,他也没有权限。然后又上一层,找到分区办公室的头儿,仍然没有权限。我越来越担忧那个女人的安全。对杰克逊的怀疑也越来越重。事情有点不对劲。

我给中情局的玛尔塔打了电话,描述了那个女人的样貌,请她告诉我这个女人是谁。玛尔塔做俄罗斯方面的工作。我问的时候,她陷入了沉默,从这里就能看出她确实知道,但是一个字都不说。

我内心在挣扎。我一直不停地想那个女人,不停地想杰克逊的举动,他是怎么抓我的胳膊的,他手用力地抠住我的皮肤,抓得非常用力,试图让我保持沉默。

终于,我拿起电话,给我们系统的第二负责人副局长格伦·巴克打了电话。我从未想过自己会做出这样的事情,但我就那么做了。如果我想知道发生了什么,想要保护那个女人,就别无选择。我请求获取那些报告,请求与她接触。巴克同意去调查一下,要我第二天早上去他的办公室。

我一夜没睡。第二天早上,我去了总部,去巴克的办公室。巴克引我进去,然后关上了门。"我有个坏消息要告诉你,马多克斯。"他坐到办公桌后面说,"我无法帮你获取那些报告,我自己也没有权限。"

我感觉胸口被什么东西挤压着,喘不过气来。他是副局长,他怎么会没有权限?"我不明白。"我对他说。

他用手捋了捋头发,把头发都弄乱了。"我的权限也不是什么都能看的。"他承认道,"显然这是一个高度机密的案子。"

"那个女人,她被吓坏了。我很担心她。"

"她当然被吓坏了。当时的局势很可怕。听我说,我向李局长问过她的情况。是个好消息:她很好。"

"是吗?"我听出自己的语气带着怀疑。

他也和我一样。他皱着眉头。"这一点我得到了局长的保证。她很安全。"

我等着他继续说下去,但是他没有再说话。事情有些不对劲:我的本能在嘶吼着事情不对劲。所有的消息都被严密封锁,这很没有道理。两名男子被杀,其中一个还是我们的人。"她在哪里?"

巴克双手放在身前的办公桌上,摆弄着婚戒闪闪发光的宽圆环。"我不知道。"

"谁知道?"

他对我充满挑战性的语气很惊讶。"显然只有三个人知道。"

"三个人?"

"联邦调查局局长,中央情报局局长,还有那位负责重新安置她的特工。名字叫……"他低头看向身前的一个拍纸簿。但是没等他说出口,我就已经知道是谁了。

"……杰克逊。"

我又感觉到他的手抓住我的胳膊,弄疼了我。他的脸变成了哈利迪,同样得意扬扬的样子,那么多年过去了,我再次感觉到那只手抓住了我的胳膊。

我需要说些什么,尽管我身体的每个细胞都在警告我不要说。"那位特工。杰克逊。他有些不对劲。"

"不对劲?"

"我也说不好。他……我在犯罪现场见到了他,事情看起来有点不对劲。"

巴克有些惊讶。"什么意思?"

"我觉得他隐瞒了一些事情。"

"隐瞒了什么?"

"我不知道。"我感觉自己就像个傻子。我不该这么做的。我很无助,根本就不该没想好出路就搅和进这种事情里。

"你有什么证据吗?"

"现在没有。"我一点证据都没有。如果能和那个女人聊聊,我或许能找到证据。我现在只是直觉。我怎么解释呢?总不能说我根据过去的经历做出了这种判断吧?

巴克向后靠到椅子上,指尖拢在一起。"杰克逊的声誉完美无缺,斯蒂芬。"

"我知道。"

"你是什么意思?你认为他不干净?"

"我不知道,或许吧。我只知道事情有些不对劲——"

他抬起一只手。"你应该心里有数,斯蒂芬。你不能什么证据都没有就指控他人。"他的声音略带怒气,"这次我不追究。你之前的声誉良好,你应该感到庆幸。"他又向前倾了倾,双手折着拍纸簿。"但是如果你继续无故指责他人,声誉恐怕就要被毁掉了。"

我的喉咙很干,勉强干咽了一下。"是,长官。"

"杰克逊前途无量,马多克斯。他已经走上了升迁的快车道。"他露出洞悉一切的目光,"如果我是你,就会放手。"

第 36 章

人群从我身边经过,这时我只能看到一排后脑勺和穿着西装的后背。我有些晕,赶紧靠墙支撑住身体。我看到一个女卫生间,便撑着墙站直了身子。我摇摇晃晃地走到一个洗手池前,双手撑住身子,看着镜子里的自己。我感觉我就要吐出来了。

有可能是杰克逊把枪放在那里的。他知道如何抹去指纹,如何避开警报系统。他是一位高管——有足够的权力把斯科特调离,监听我的电话。

但是为什么呢?为什么要选现在?

我终于勉强离开了女卫生间。走廊里现在空了;杰克逊和他的随从都已经离开了。

我急促地呼吸,然后向杰克逊的办公室走去。

我与巴克副局长的对话结束后两天,有一个大新闻被曝出。我们破获了一个大规模俄罗斯潜伏间谍组织。二十五人被捕。抓捕故事占据了每天的报纸头条，电视台也不厌其烦地报道。调查局里都在谈论这件事。

另外还有一些保密的细节，如野火燎原般在调查局内部传开。是那个杰克逊一手完成的整个抓捕计划，功劳应该归他。没过几周，他就升职了；连升几级。他被任命负责巴尔的摩地区办公室。巴克说得对：杰克逊前途无量。

我忍不住去琢磨他。他在那所联排住宅里看我的眼神。他按住女人背部的那只手。女人眼中的恐惧。我不禁担心起她的安全。

有一天晚上，在奥尼尔酒吧，玛尔塔喝多了。她以前有酒后多话的毛病，有一次她就嘴不严，告诉我他们招募了一名间谍，在俄罗斯政府身居高位。"老家伙。"她吐露，声音有些含糊不清，"代号正义游侠。"

这一次我准备利用一下。我又描述了一下那个女人的模样，说她在中情局工作，问了一下她的情况。玛尔塔没有上钩。"这些我不能说。"

"你必须告诉我。"我恳求道，"求你了，我们是朋友。"我很绝望，而且知道玛尔塔有我想要的答案。

"别这样，斯蒂芬。"她警告说。她注视着我的双眼。这一次没有嘴不严，说话也没有含糊不清。

"这很重要。"

随之而来的是沉默。我很坚持，她也没有让步。

"她叫薇薇安·米勒。"她终于开口说。她掏出钱包，拿出几张二十美元。"她暂时被安置在国外。我只能告诉你这么多了。"然后，她把钱拍在吧台上，转身离开，再也没有多说一个字，也没有回头。

第二天，她不接我的电话。接下来的几个月都没接。我们之间的关系彻底变了。

但是，我至少得到了答案。一个名字。我追踪到薇薇安·米勒的住址，贝塞斯达。我开车来到那所房子。房子已经空了，草坪杂草丛生，草坪外放着一辆带辅助轮的红色小自行车。和扎卡里以前骑的那一辆莫名地相似。

我已经被警告过不要再管这件事，但是我放不下。之后，我经常开车经过这所房子。有时也会跑步过来。单程七英里，往返十四英里。我会在房前的街道上停一会儿，向黑漆漆的窗户里面看去，想弄清楚她发生了什么。

她是个受害者，被某个更有权势的人欺压，我所处的位置本可以帮助她，本可以保护她，但是我没有做到。我让她走出了那扇门，消失不见。我容许杰克逊逃避了惩罚，而且至今都不知道他罪在何处。

于是，我继续追查。每天早上，我都会搜索有关俄罗斯潜伏间谍案子的信息，看看有没有关于她或他的内容出现。几个月过去了，我一无所获。没有任何关于薇薇安·米勒的信息。也没有任何证据证明杰克逊有过错。他在巴尔的摩风头无两，名字经常出现在新闻中。总部都盛传，他备受关注，要被提拔到高级管理层。

之后有一天，巴克把我叫到他的办公室。他没有说话，而是把一个大信封放在桌上，推到我面前。信封里有一张照片。

"这就是她。"巴克说，"你一直担心的那个女人。"

照片拍得很古怪。她在某处的室内，但是背景无法辨识。我能想到的，可能是一座房子，也可能是牢房。薇薇安·米勒表情平静，直视着摄像头。照片底部有日期。两天前。

"她很好。"巴克告诉我。

"谢谢。"我只能感谢他,因为除此之外,也不知道还能说些什么。我心里一阵困惑,但却说不清原因。我把照片塞回到信封里,紧紧地按在大腿上。我再抬头看他时,发现他的表情很古怪。

"马多克斯,我准备举荐你升职。去总部领导内务调查部。"

他的话让我忘记了手里的信封。我差点惊呼出来。

"什么?"我意识到自己的声音是多么可笑。我万万没想到会听到这样的话。我在华盛顿特区办公室已经工作了将近十年;一路升到了特工督察的位置。我的工作一直比较出色,但没有特别出彩的地方,没有什么吸引总部目光的贡献。不像在芝加哥时。似乎没有人会注意到我。

"我就要离职了。"巴克耸了耸肩,坦陈道,"很快。在我离职前,希望推荐一些配得上升职的人。你是其中之一。"

我得到了提职,升任总部部门的一把手,虽然部门很小。经历过芝加哥的日子,经过这么长时间,我终于实现了。

"你有什么想说的,斯蒂芬?"

我第一次认真思考这将意味着什么。一把手——真正的一把手。我将拥有权力,我将要负责。这次如果出了差错,我将无处可逃。尽管已经过去多年,芝加哥的事仍然记忆犹新。不过现在扎卡里已经读高中了,再过几年他就上大学了。

"谢谢长官。非常感谢。"

他点了点头,并没有笑。直到这一刻我才意识到,他的举止很失常,看起来更多的是忧虑,而不是欣慰。

第二天早上,副局长巴克因健康原因辞职,这时我才明白了他忧虑的原因。肯定是因为医疗诊断的压力。

那天下午，他的继任者确定。

杰克逊。

消息传出来时，我正在办公室。我又盯着屏幕上他的照片，这张照片是调查局网站上新闻稿的配图。我的办公桌上有一个文件夹，一个普通的文件夹，里面有一个拍纸簿，上面是我做的加密笔记。没有标签，没有标题，因为直觉——还有几个月前与巴克的那次对话——告诉我不能写下他的名字，不能写下我的怀疑，要把一切当秘密保守。

有了巴克给我的那张照片，我终于可以确信薇薇安·米勒的安全了。这么长时间以来，她一直都是安全的。或许我关于杰克逊的直觉错了。我依然没有找到任何证据证明他做错过什么。他是调查局里的明星，受到广泛的尊重。现在他升职了，这意味着他成了我的上司，调查局里权力第二大的人。

平步青云应该算是一个危险信号。我内心深处是知道的。但是别人都没有怀疑。肯定有其他人了解案件的细节。或许在河对岸的中情局有几十人。既然别人都没有怀疑他，既然我知道薇薇安·米勒很好，为什么还要担心呢？我对她的担忧是不健康的，甚至有些偏执。

我耳边响起巴克的声音。如果我是你，就会放手。

我合上文件夹，拿在手里。我终于升职了。这么多年过去，我的职业生涯终于有所成就了。难道真的要去犯险吗？

我小心翼翼地把文件夹挪到办公桌下方那个用于销毁敏感垃圾的燃烧袋上方。这个文件夹很快就可以变成灰烬。我的怀疑将无迹可寻，没有任何记录。我把文件夹举在那里，劝说自己扔下去。

然后，我慢慢地、小心翼翼地把它放回了抽屉，锁好。我不打算就此放手。

我不能。

办公室套间的门特别大，黑木做的，与大楼其他部分的古板风格形成鲜明对比。门旁有一块铭牌：副局长办公室。我站在门前，内心暗暗想我现在准备做的事情简直是疯了，然后便开门走进了办公室。

接待室配了很多家具。有一张看起来很重、装饰华丽的秘书办公桌，摆在中央正前方。桌后有一排大窗户，可以俯瞰下面的城市。左侧有等待区：两张红色硬沙发相对摆着，中间有一个小茶几，茶几下面是一张波斯小地毯。等待区再往里还有一扇门：副局长的私人办公室。

办公桌后面的黑发女人抬头看了我一眼。"有什么能帮助您吗？"

"我来见杰克逊副局长。"

她皱了皱眉头，低头看了看身前的日程表，然后又抬头看向我。"马多克斯特工，是吧？"

"是的。"

"抱歉，日程表里没有安排与您的会面。"

"刚在大厅里碰见他了。是他让我上来的。"谎言的滋味苦涩。我尽力不让眼神出卖我。

她的眉头皱得更紧了。"好吧，不过他刚出去，短时间内应该回不来……"

"他让我在他的办公室里等他。"

她看起来有些犹豫。我微笑着向他的私人办公室走去。我预料她会说些什么，拦住我。这时我就会转过身，露出愤怒的表情。毕竟我是一名高级管理人员。但是她什么都没有说。我打开门，走了进去，转身关上门，然后舒了一口气。我都没有觉察到自己之前一直屏着呼吸。我的心跳如擂鼓。

我进来了。我站着没动，四处打量着，观察周围的环境。办公室非常大，显得有些招摇，有一面墙全是玻璃窗，景色绝佳。窗外能看到国家广场和国会大厦的穹顶。办公室中央有一张巨大的办公桌，对面摆着一张黑色皮沙发和两把椅子。高大的书柜占据了一面墙，文件柜占据了另外一面。余下的墙上挂满了镶框的学位证书和奖状。

我先来到文件柜前，拉开一个抽屉，浏览了文件名和上面的标签，搜寻着可能提及扎卡里的文档。什么都没有。我轻轻合上抽屉，又打开一个，重复着这个流程。我尽力加快了速度，因为不知道他什么时候就会回来。我竖起耳朵听着接待室的声音，心怦怦跳着。我不知道，如果他发现我翻看他的文件会有什么后果。

然后，我来到他的办公桌前。从最下面的抽屉开始。我拉开抽屉，查看了里面的物品。一件冲锋夹克、一个空手枪套。我又打开第二个抽屉。文件，都和扎卡里无关。活页纸，没有什么值得注意的。然后是最上层的一个小抽屉。一个订书机、一把剪子、一盒名片。这个主意真是愚蠢至极。他根本不可能把违规行为的纸质记录存在办公室里。

或许是我错了。或许我翻看副局长办公室，是因为做实习生期间的经历影响了我的判断力。

只剩下一个抽屉了，桌面下那个宽抽屉，里面通常会堆放一些笔、回形针和橡皮筋之类的东西。

我刚拉开抽屉,便听到脚步声。我赶紧合上了抽屉。心怦怦地跳着,冲向椅子,恰好赶在门开的那一刻坐了上去。

开门的是黑发助理。她很警觉,面露疑色。

"什么事?"我语气平和地问道。

"副局长打来电话,我告诉他您在等他。"

"然后呢?"我平静地说。

"他说短时间内回不来,让您不要等了。"

我点了点头,站起身,因为我知道这一次,她不可能把我一个人留在办公室里。

"另外他让我给您传个口信。"她把双臂交叉在胸前,"他说你应该放手的。"

第 37 章

饭店里很安静,每天这个时间点都很安静。午餐时间是最忙碌的,政客达成幕后交易,说客在觥筹交错中争取国会议员的支持。饭店里光线柔和,餐桌上铺着雪白的桌布。侍者身穿白衬衫,打着黑色领结,服务于各处,来去都悄无声息,高效又周到,只有添酒、上菜和撤盘的时候才能注意到他们。

韦斯藏在角落的一个包厢里,免得有人偷看、偷听。他喝着一杯纯波本威士忌,等待着。他穿了一件衬衫、休闲裤,没有打领带。进门时吸引了一些目光,但他早就习惯了。

他瞥了一眼手表,过一会儿,杰克逊便溜进了包厢,坐到他对面。新来的杰克逊没有说话,只是拿起菜单,打开,研究起来。

韦斯又喝了一口波本酒,看着他,等他抬头看过来。对方一直没有抬头,于是他开口说:"那件事你做了吗?"

杰克逊的目光还停留在菜单上。终于,他合上了菜单,放到餐桌上。

他看着韦斯，但什么都没有说。

侍者不知道从哪儿突然出现了。"您需要点什么，先生？"

"不用，谢谢。"杰克逊回道。他的目光转向韦斯。"我不能待太长时间。"

韦斯一直面无表情。侍者点了点头，然后就消失了，餐桌前的两个人对视着。

"那件事你做了吗？"韦斯又问。

"做了。"杰克逊的下巴紧紧绷着。

"遇到过麻烦吗？"

"没有。"

"好。"韦斯点了点头。他把酒杯举到唇间，一饮而尽，目光一直紧盯着杰克逊。

杰克逊向前靠了靠，压低声音说："她威胁到了整个行动。"

韦斯慢慢把空酒杯放回到餐桌上。"我跟你说过，一切尽在掌控。"

杰克逊目光如炬。"我们应该选另一个方案。"

"那将是个错误，我们需要她。"

"可以伪装成一场意外。"

两个人默默地怒视着对方。

"那样会引发一场调查。"韦斯终于开口说，"像她这样的工作，他们会彻查她经手的所有事情。"

"我们可以抹掉一切痕迹。"

"万一我们漏掉了什么呢？她追查得太过深入，留下了太多痕迹。"

杰克逊盯着他，下巴紧紧地绷着。

"此外，选这个方案，我们能多一个内应。她的位置很好，我们可以利用她。"

侍者出现了，在韦斯身前摆上一个盘子，是他常点的菲力牛排。"您还需要什么别的吗，先生？"

韦斯瞥了一眼食物。"暂时不用。"

侍者点了点头，然后离开了。韦斯的注意力落到盘子上。他切开牛排，一摊红色的汁液淌了出来。他用叉子叉起一块牛排。"还有那个男孩，"他说着，举起叉子送到嘴里，"一举两得。"

"那个男孩毁掉了一切。"杰克逊嘟哝着。

韦斯没理他。"他在自己的专长方面做得非常好，甚至可以媲美我们自己的——"

"这是个威胁。"

"我们有筹码。"韦斯又吃了一口，慢慢地咀嚼，看着对面的男人，"你要知道，如果不是她起了疑心，这一切都完全没有必要。"

杰克逊暗自怒火中烧，鼻孔都鼓了起来。

韦斯一边咀嚼牛排，一边注视他。他吞下牛排，又切了一块。"最初一切都很完美，然后一切都危在旦夕。因为你犯的错。"

"我没有犯错！"杰克逊厉声说，然后他缓了一口气，恢复了一下情绪，"我们以前也有过类似的经历。我不知道她为什么会怀疑我。我已详细检查过。如果犯了错，我会承认的。我没有犯错。"

韦斯什么都没有说。他又往嘴里塞了一块牛排，慢慢地咀嚼，目光一直没有离开杰克逊。

两人陷入了沉默。终于，韦斯放下叉子，用餐巾的一角擦了擦嘴巴，环视四周。然后，他拿出一个闪存盘，推到餐桌对面。"老板的计划，按照指示行动。"

杰克逊伸手刚抓住闪存盘，就发现韦斯的目光聚焦到了他身后的什么东西上。他感觉有动静，于是转过头去，看见有个人朝他们的方向走来。他的目光聚焦到男人的前臂上，那里有个文身，两把交叉的刀组成了一个X。

他的目光转移到陌生人的脸上，但已经太迟了。他过于关注那个文身的时候，男人已经来到和包厢平行的位置，他看不清男人的面容。杰克逊只能看到男人斜着脑袋，对着韦斯微微点了下头。

他把注意力转移到韦斯身上，露出疑惑的眼神。但是韦斯的目光仍然锁定在那个带文身的男人身上。他也向对方微微点头回应。

然后他看向杰克逊，嘴角露出一抹微笑。"如我所说，真相极其复杂。"

第38章

是他。杰克逊副局长围绕我的儿子编织了这些证据，想要制造他在策划恐怖袭击的假象。这全都是因为我。因为多年前，我决定要查出他的真面目，因为我不懂得放手。

我感到一阵难以遏制的愤怒。他针对的可是我的儿子。

但是为什么选择现在？发生了什么变化？我一直都保持着沉默。与巴克那次会面后，虽然我依然有所怀疑，但从未对外讲过一个字。如果杰克逊知道我怀疑他，如果他害怕我会说出去，为什么不像对付斯科特那样对付我呢？把我调离总部，甚至可以开除我。

为什么要陷害扎卡里？为什么差点害死我母亲？

我自问这些问题，但内心其实已经知道答案了。因为仅仅把我赶走是不够的，因为我怀疑他。他只能假定我会继续追查下去，甚至可能更糟，会将我的怀疑告诉其他人。即使调到其他地区办公室，调到另外一个城市，我仍然会威胁到他。

尽管如此，但是：为什么选择现在？

为什么要害我母亲？既然已经动手伤害我的母亲，为什么不直接对我下手？

我心里疑团密布，害得我难受得都要吐了。

我认定背后主使是哈利迪时，一切都讲得通。现在母亲的意外又不合理了。

除非那真的就是一场意外。

但是那个带文身的男人，在医院里……

还有时间的选择——所有这些都发生在扎卡里找到哈利迪之后……

我匆匆走过走廊，来到电梯前。我按下向下的箭头，听到叮的一声闷响，电梯到了。电梯门打开，我上了电梯，按下我所在楼层的按钮。我的心还在狂跳，大脑飞速地转着。

不管杰克逊在隐藏什么，不管他做了什么，单单让我保持沉默肯定是远远不够的。扎卡里……妈妈……太复杂了。

他不仅想要我保持沉默。不仅如此。

他在隐瞒些什么呢？

电梯下行的过程中每层都会停下。不知名的陌生人挤进电梯。

巴克脸上的表情——不是因为医疗诊断。我不知道到底有没有医疗诊断；我从未听说他有健康问题。即使我的工作表现足够好，升职也不是因为这方面的原因。这只不过是为了让我把注意力转移到别的地方，说服我放弃调查，给我一个保持沉默的理由。

这一招在某种程度上奏效了，不是吗？我一直在保持沉默。

这座房子坐落在弗吉尼亚大瀑布城,在一片起伏的丘陵间,街道也是新铺的,周围都是深宅大院。我在来这里的路上查看了地址——这属于工作特权之一,可以查看任何人的私人档案。我在大门处亮出警徽,便被招呼着放行了。

宽阔的车道两侧种着整齐的山茱萸树,树还光秃秃的,刚开始萌芽。我把车停在一辆雷克萨斯旁边,沿着铺砌的人行道,来到一扇超大的红漆大门门口。门旁摆了一把熟铁长椅。还有一些盆栽绿植,生命力顽强的那种,可以抵御严寒。我按响了门铃。屋内响起了悠扬的门铃音乐。

过了一会儿,我听到了脚步声,然后顿了一下,好似有人在透过猫眼向外看。"有什么事吗?"说话的是一个低沉的声音,我立刻就听出是谁了。

"特工斯蒂芬·马多克斯。"我说着拿出证件,举到猫眼旁,"内务调查部,我有几个问题需要问您。"

屋里又停顿了一会儿,我发现自己不自觉地屏住了呼吸。他现在完全可以给总部打电话,确认我是否应该来这里。或者,更可能的情况是,直接让我离开。

我非常确信,他还记得我们之前的一次交流。我提出对杰克逊的怀疑,他建议我保持沉默。他那时是否了解杰克逊的真面目?我不确定,但是他现在肯定知道。而且他完全可以预见,我来见他肯定与这件事有关。

我听到拉开门栓的声音,这才舒了一口气。然后又响了一声,三声之后,门才终于吱的一声开了,格伦·巴克出现在我面前。他穿着一条卡其裤、一件带领衬衣,皮肤被晒成了古铜色,看起来身强体健。他穿着皮拖鞋，没穿袜子。我根本看不出来会有什么神秘的健康问题促使他突然辞去副局长的职位。

"马多克斯特工。"他没有笑容，"有什么事？"

"介意我进屋吗？"

他上下打量着我，目光严肃，充满不信任，似乎内心在斗争。终于，他不情愿地把门开大了些。

我进到屋里。屋里面很昏暗，挂着厚重的织锦窗帘，摆着像是古董的椅子。壁炉一侧的墙上装饰着超大幅的油画。壁炉架上摆了一排照片，都被镶在银色的相框里。照片上是他的家人。银发的妻子，已经长大成人的儿女，还有几个年幼的孙辈孩子。

"请坐。"他声音冷冷地说。

我将目光从壁炉架上移开，坐到一张硬质椅子上，就坐了一个边儿。

他坐到我对面，交叉了双腿。"有什么事吗，马多克斯女士？"他不希望我来这儿，我们都心知肚明。

我没有回答他的问题。我想要成为主导谈话的人。"我们上次交流已经是很久之前的事了，巴克先生。我想你应该记得我们的对话吧？"

"是的。"他的下巴绷得很紧。

我注视着他的双眼。"我想要谈谈您辞职的事情。"

房子深处的某个地方正播放着古典音乐。

"您因为健康原因辞职。"我看他没有回答，便继续问道，"是吧？"

"你想要做什么，马多克斯？"他直截了当地问道。

"如果您不介意，可以告诉我身体出了什么问题吗？"

"我介意。这不关你的事。"

"您看起来很健康。"

他神色平静地看着我,没有回答。

"您辞职时,是否已经知道杰克逊会接任您的位置?"

他站起身。"你该走了,现在。"

我依然坐在那里。我的心在胸腔里猛烈地跳着。"他做了什么?他是如何逼你就范的?"

"我警告过你不要胡乱指控——"

"他为什么要这么做?"我打断了他,"他想要什么?"我的声音里透着一丝绝望,我不想有的绝望。

他转身背对着我,向门口走去。"现在,马多克斯。"

"如果你说出真相,你不会孤军作战,"我站起身,坚持说道,"我们有两个人,他们会相信我们的。"

他伸手抓住门把手。

"请做正确的事情。"我说。

他盯着大门,似乎在想什么事情,回忆什么事情。然后,他突然大笑起来。等他转身面向我时,眼神里流露出了恐惧,令我不寒而栗。

"小心点,马多克斯。你根本就不知道自己摊上了多大的麻烦。"

第 39 章

我走进妈妈的病房时，电视上正在播放老剧《法律与秩序》。妈妈靠在一个枕头上，津津有味地看着。

"嘿，妈。感觉怎么样？"

"好多了。"她拿起遥控器对准电视，按了静音键，"你看起来很疲惫，亲爱的。"

我瘫坐在病床边上的椅子里。我从巴克家出来之后就直接来到这里，他的话还在我脑中不断循环。你根本就不知道自己摊上了多大的麻烦。我对他说他们会相信我们时，他大笑了起来。他真的笑了。我一直无法把那个声音从脑海中赶走。

"扎卡里真好，他昨天来看我了。"

他来过？他根本就没提起这件事。但是我最不想对妈妈承认的就是我不知道。我不想承认我不知道儿子每天都做些什么。于是我只能点点头。

"还有他那个朋友,莉拉,真是个甜美的女孩。"

他带莉拉过来了?他都不愿意和我谈论她。

"出什么事了,亲爱的?"

"没什么。"我撒谎道。出了很多事。扎卡里,他在渐渐疏远我,面临着他根本就不知道的威胁。妈妈,她住进了这个医院。而且这件事背后不仅仅是杰克逊,还有更强大、更危险的存在。这令我感到恐惧。更糟糕的是,我什么都做不了。如果没有证据,把这些说出去,会被人当成疯子。没有人会相信我。

而且会很危险。妈妈的摔倒或许是一场意外,但也可能不是。或许杰克逊是幕后主使。而且他不可能是一个人做成这件事的,所以他们不止一个人。我不能冒险让他们对扎卡里做出同样的事情,甚至更糟糕的事情。

"是工作的事吗?"她追问道。

我笑了笑。"是的。"我想这样就可以转换话题。我希望她不要再追问,希望不会招致她更多的批评,批评我的事业,批评我如何分配时间。

万幸,她只是点了点头。我对上次两人的争吵仍然记忆犹新,不知她是否和我一样。我们看着电视屏幕上的无声画面。麦科伊和布里斯科正在激烈对话。我的思绪开始游荡。

杰克逊是不是在为俄罗斯人工作?这看起来应该是最合理的解释,再明显不过了。他做了很长时间的对俄特工。在那个联排住宅里的行动明显与俄罗斯情报机构有关。然后还有扎卡里发现的那个加密论坛,里面全是机器人用户。

但是杰克逊主持捣毁了史上最大的俄罗斯潜伏间谍组织。一个为俄罗斯工作的人，为什么会组织抓捕自己的潜伏特工？

而且没有任何证据证明他为俄罗斯人做过任何事情。自从联排住宅那天之后，我就调查过。从各个方面看，他都是清白的。我没发现任何潜伏在俄罗斯的特工被发现。我们的情报收集工作也没有受到干扰的迹象。我想象中掌权人通敌应该出现的情况，都没有发生。

我看了妈妈一眼，发现她正看着我。她对我苦笑一下，但视线并没有从我身上挪开。空气中弥漫着无法宣泄的情绪。

"怎么了，妈？"

"没什么，亲爱的。"

这时麦科伊站在了陪审团面前，做总结陈词。妈妈假装沉浸在剧集中，尽管是无声的画面，而且我确信她以前看过这一集。她不再看我，而是用手指搓弄着床单。

"你有什么想要聊的吗？"

"我没精力再争吵了，斯蒂芬妮。"

她的床头桌上摆了一排祝愿早日康复的贺卡。最前面一张是一头熊，手里拿着气球；另外有一张上是蜡笔画的两只猫。我意识到，我根本就不知道这些贺卡是谁送来的。"我们可以闲聊一下。"

"哦，亲爱的。我们上次闲聊是哪年的事了？"

她的话刺痛了我。"我们曾经很亲密，你自己这么说的。"

"你说那都是我的一厢情愿。"她叹了口气，"或许真是这样吧。我从来都不知道你有这样的秘密。你怀上扎卡里之前……我们无话不谈的，斯蒂芬妮。"

"我知道。"我轻声说，"世事……多变。"

她眼中流露出痛苦的神色。"我以为自己了解你。"

"你确实了解。"

"老天啊,斯蒂芬妮。那个参议员做了……那么可怕的事,你怎么能瞒着我呢?"

为什么每次我和她说话,最后错的总是我呢?应该负责任的,应该道歉的总是我?这很令人恼火。"我现在没力气说这些,妈。痛批斯蒂芬妮会。"

"我没有批评你。我只不过想要个解释。"

"我只是想告诉你,现在不是谈这些的时候。"我得走了,我得逃离这个房间,结束这次对话。

"走吧,斯蒂芬妮。逃走吧。"她又靠到枕头上,"你总是这样。"

那天我又一夜没睡。我睡不着。每次我闭上眼睛,就能看到不想见的人。巴克,他眼中的恐惧。小心点,马多克斯。

妈妈失望的表情。走吧,斯蒂芬妮。逃走吧。你总是这样。

此时我在厨房,咖啡正哗啦啦地流进随行马克杯里。

昨天深夜,我给玛尔塔打了电话,拨了她的手机。通话直接转入语音信箱。我们能谈谈吗?我问。和工作有关。我不知道当我们面对面坐下时,我会对她说些什么。但是我需要说出来。我需要弄清中情局都知道些什么,看看他们是否知道联邦调查局已经被敌人渗透。

我看着最后一滴咖啡滴进马克杯,之后拧上了杯盖。我抓起公文包,背到肩上,然后走向客厅,客厅里的电视正在播早间新闻。我边走边看了一眼手表。两分钟后播报交通信息。我走进客厅时,正在播放的新闻中有几个词传到我的耳朵里。

自由团结运动。

我愣住了。

"……鲜为人知的国内恐怖组织……"主播的声音传来,"……据报道策划了多起针对政府目标的袭击……"

我紧紧握住马克杯,热量传到我的手掌上,好似匕首一般刺来。我闭上双眼,以为这样就能屏蔽一切。但是我无法逃避现实,我知道这意味着什么。

这意味着,调查局将面临更大的压力,启动与自由团结运动相关的调查。都已经上新闻,必须得启动了。用不了多久就会有人发现那封电子邮件的记录和那些幻灯片。扎卡里也将被正式调查。

主播的声音打断了我的思绪。"……一位高级政府官员确认,当局正在调查……"

杰克逊。肯定是他。他就是新闻中所说的高级政府官员,透露消息的人。是杰克逊做的。无尽的愤怒再次袭来,在我内心翻卷。他知道我见了巴克,他知道我在四处打探。

新闻广播好似一条信息,是杰克逊与我沟通的一种方式。他在警告我,威胁我。如果我不听他摆布,一切都会被曝光在媒体上,是不是?

突然传来一个声音,吓了我一跳。我转过身,看到扎卡里缓缓地走进了客厅。他瞥了一眼屏幕,呆住了。他读着新闻标题和滚动字幕,听着报道,然后皱着眉头看向我。"上新闻了?"

"是的。"

"情况不妙啊?"

我感到一阵愧疚。"我也不知道。"

"你不知道？"

"扎卡里——"

"你的工作不是应该知道这些事情，弄清楚这些事情吗？"

"你以为我没努力去查吗？"他胆敢这样跟我说话？我做了那么多事情去保护他。

他转身背向我，我的目光落到水槽旁的脏盘子上，它们没有被放在水里浸泡，意面的酱汁已经干在上面了，刀叉被胡乱扔在一旁。

我不该去管这件事的。我的大脑对我说，算了。但是我极度懊恼。"收拾好这乱糟糟的一团。"

他看了盘子一眼，然后又看向我，目光冷酷。"我做了两个人的晚餐。我以为你会洗碗。"他的话里明显带着叫板的语气。

"我不在。"我咬着牙说，"我在工作，然后去看外婆了。"

"你从来都不在！"

我现在没心情和他吵。现在不行。我应该直接走开。"成熟点，扎卡里。"

"什么？"

我不应该说这句话的。但已经覆水难收。"成熟点。不要再把所有的事情都搅和乱了。"这句话我也不该说，但我还是说了。

"我把所有事情都搅和乱了？"

"是，就是你。"虽然很生气，但我还是很后悔说出这样的话。

"我把所有事情都搅和乱了？"

"你不考虑后果，扎卡里。在学校的时候退出那些俱乐部。房间里到处是垃圾。还把厨房搞成这样。我已经受够了,不想再给你擦屁股了。"

我愤怒的语气令他很惊讶。我不该再说下去了,但我还是没有停下。

"天啊,扎卡里。你去见哈利迪——你根本不知道自己惹了多大的麻烦。你满脑子想的只有自己。怎样做对自己最好。你好像只关心这些。你把厨房收拾干净。"

"你自己去收拾吧。"

"你竟敢这样跟我说话。我是你妈。"

"是吗?"他眼中流露出的情绪令我很不悦。

"是。"

"别再糊弄我了。"然后他走向炉子,拿起锅,扔进了水槽。

我调出杰克逊的档案,尽管我不该这么做。但是里面也没有什么敏感信息。

我找到了他的原始处理单。他满分通过测谎测试。没有发现任何欺骗。二次调查——结果一样。没有任何可疑之处。没有任何危险信号。

我研究了他的财务公开信息,他的银行账户资金和资产与职位完全匹配。

办公桌角落上的文件从来没有堆得这么高过。我时不时看一眼那堆文件,知道我应该处理一下,但实在没有精力去做。那些案例中的不端行为与杰克逊的表现形成鲜明对比。

上午十点左右,帕克礼貌地敲了敲门,拿着一个大活页文件夹进了我的办公室。"抱歉打扰您了,头儿。你妈妈怎么样了?"

"一天比一天好。有什么事吗,帕克?"

"我希望您能看看这个。"他把文件夹递给我,"行动计划。丹尼尔的案子。"他换了换支撑脚。"在您这堆文件里,"他朝我的桌子努了努嘴,"不过,我知道您最近心烦意乱……"我看到他的脸颊都变红了,应该是意识到自己说了不该说的话。

我从他手里接过文件夹,看着他。他正搜肠刮肚地想着该说些什么,好把刚才的话圆回来。

他清了清嗓子,摆弄着挂在髋部的警徽。"谁都会遇到这样的情况。只不过……以前没发生在您身上,您懂吧?"

"你说得对,帕克。"

他冲我手里的文件夹点了点头。"我只是需要您签发这个文件。这个行动计划已经递上来两次,其他人已经有些不高兴了。"

妈的。"我马上处理。"

半小时后,我把文件送回到他的桌前,已经签字批准了。加西亚看见我走进大办公区,身子靠到椅子上,盯着我。

"有事吗,加西亚?"

"你看起来很累,头儿。"

"难熬的一周。"

"病假就是为这样的日子准备的,对不?多歇歇,任务分下去,我们很多人都能帮忙。"

大办公区安静了下来。所有人都在听。所有人又都假装没在听。

"一切尽在掌控,加西亚。"

她耸了耸肩。"你说什么就是什么,头儿。"

我退回到自己的办公室。透过窗户,看见手下的特工交换着眼神,交头接耳，目光时不时投向我的方向。该死。

我打开一堆文件夹中最上面一个，逼迫自己读下去，保持专注。我必须这样做。我必须在工作中保持主动，担起自己的责任。我不能让所有人都谈论我，对我指指点点。

我浏览了几份文件。加西亚的抵押贷款欺诈案。由弗林特汇总的、与缉毒局合作的管制药品行动计划。韦恩准备启动一个新案子——一位助理高级特工被指控贪污。

玛尔塔还没有回电话。下午三四点钟，我又拨了她的工作号码，她的直线电话。电话铃响了三下，然后连到了语音信箱。"给我回电话。"我说，"求你了玛尔塔。很重要的事。"

我从办公桌抽屉深处拿出那个文件夹，没有标签的那个。我浏览着多年来做的笔记。联排住宅意外的现场报告——至少有一些未归档的碎片信息。关于杰克逊个人成就和晋升的新闻报道。肯定有些信息。我忽略掉的信息。

但是直到傍晚，我什么都没找到。我感觉很绝望。他隐藏行踪隐藏得太好了。

我发现自己不自觉地看向桌上摆的相框，里面是扎卡里的照片。高中的照片，我最喜欢的一张。照片里，他笑着，是那种浅浅的有点成熟的笑容，不像他在大多数照片里那样咧开嘴笑着。他这张照片很含蓄，我从里面看到了他小时候那种腼腆的笑容。

我的目光从照片转移到日历上，上面写着我的每日计划。扎卡里的学校，下午5点。我在今天晚上的部分涂了标记。今天好像有个什么典礼，荣誉协会颁奖。扎卡里两周前就跟我讲过。不确定能不能去，我对他说，心里暗暗计算着需要离开办公室的时间，会因此耽误多少工作。

我正在工作，但是并没有取得任何成效。没有任何证据能够证明杰克逊在背后操控这件事。没有任何证据能够证明我的儿子是无辜的。

我又看向他的那张照片，露出成熟笑容的那张。突然，我有一种难以遏制的冲动，想要去见他。我把文件夹塞进公文包里，走出了办公室。

我来到高中礼堂时，这里已经很热闹了——成群结队的父母、吵闹的兄弟姐妹和大家庭。我本以为人会少一些，不像现在这么吵闹。不过，或许所有的典礼都是这样。我忽然心里一沉，发现自己并不知道典礼该是什么样子。我来这儿的次数太少，根本就不了解。

我在礼堂后面找了一个座位坐下，靠着中央走廊。

当孩子们从那条走廊走下来时，我希望扎卡里能看到我，让他知道我来了。由于某种原因，现在这件事似乎特别重要。自从今天早上闹翻之后，我就没和他说过话。我们吵架并非因为那些脏盘子。是因为我的沮丧，他的懊恼。

我一边等待，一边观察着周围的家庭，所有人都有说有笑，打打闹闹，我突然感觉自己很孤单，差点哭了出来。扎卡里从来都没有过热热闹闹的大家庭。大多数时候只有我们两个人。以前我至少还觉得这像一个家。我希望他也能有同样的感觉。

但现在感觉已经真的不那么像了。我们很疏远，在对方身边都小心翼翼的。要么就是争吵。我们的小家庭在崩溃的边缘。我看着周围的家庭，知道自己辜负了他。

这都是为了什么呢？为了更广大人民的利益？我总是这样为自己的

行为辩解。我的工作是重要的,我在帮助人民。我确实不能一直陪伴着他,但是我的工作使整个国家变得更安全。我帮助受害者。无人理会他们的时候,我帮他们渡过难关。

我能感到有一滴泪水在眼皮里打转。

我深吸一口气,低头看向放在腿上的日程,翻看了一番。学生的姓名是按姓氏首字母排序的;我向下浏览,找到了扎卡里的名字。最高荣誉。我感到一阵自豪。然后我回想起上一次,也在一个按姓氏字母排序的名单中看到过扎卡里的名字——案件卷宗系统。我不由得颤抖起来。我合上日程,双手紧紧抓住,纸都快被我撕碎了。

时间到了,灯光暗了下来,聊天的人也都安静了。我转头看向后门,等着门打开,等着扎卡里走进来。然而,掌声把我的注意力吸引到了礼堂前方。我转过头去,有些失落地发现,孩子都从侧翼上了舞台。

为什么我以为他们会从走廊走下呢?我很沮丧,竟然会搞错,大错特错。

扎卡里在舞台上。他穿着一件系扣衬衫、卡其裤,和身旁的一个男孩闲聊着。我看到他在向礼堂里张望,匆匆扫视了一番,但是并没有看到我。他当然看不到,我坐在很后面的位置。其他孩子都在人群中找到了家人,他们挥着手,开心地笑着。扎卡里没有再看。他心里肯定以为我在工作,正如我之前说的那样。

但是他看起来并不沮丧。他带着笑容,不知听到旁边的男孩说了什么,大笑起来。他很开心。为什么不呢?他马上就要从高中毕业了。他的人生才刚起步,在世间有的是机会,所有的大门都敞开着。我的心因后悔而痛了起来。

孩子们都坐下了，扎卡里坐在中间一排，被挡在我的视线之外。校长开始发言，他的语速缓慢，慢而单调。我想听听他的演讲，想要集中注意力，但是总不自觉地走神。是不是所有的大门都在向扎卡里敞开呢？如果我不能解决现在的状况，大门就会关上。我不能让这样的事情发生。

为什么现在会出这种事？这个问题一直在我脑海萦绕，总也赶不走。距离联排住宅那一天已经过去差不多两年了。两年。

我断断续续地听到校长演讲的一些片段。

……无限的可能……

这件事不符合道理，忽然这么一天，杰克逊毫无来由地就决定要在我儿子的卧室里藏下栽赃的证据。肯定是有什么事情引发了他的行动。某件大事。

……等待已久的日子……

我忽然感到一阵兴奋。是不是我已经接近真相，就要找到他肮脏勾当的证据了？是不是我做的那些调查中有重要发现，但是我自己并不知道？

我伸手从公文包里拿出那个没有标签的文件夹。旁边的女人皱了皱眉。我翻到笔记的最后，做起了工作。上一次调查是几周前。我深入调查了被捕的潜伏特工，熟悉了他们这个案子的情况，搜寻着新的进展。

……他们的生活可以由自己创造……

我的目光集中到这一页中间部分的一条笔记：阿.彼.——称陷害，认罪。

而后我的目光又锁定了一个词。

陷害。

我记得这次调查。阿林娜·彼得罗娃。她是全国范围内抓捕的二十五名俄罗斯间谍之一。她从一开始就坚称自己不是潜伏间谍，说她是持不同政见者而已。我被人陷害了，据称她不止在一个场合这样说过。其他被捕的人也有类似的说法，但是阿林娜是最直率的一个。也是最无畏的一个。

之后，她变得沉默。受审时，她认了罪。承认她为俄罗斯从事间谍活动。自此她便从头条消失。我尝试找过她受审之后的情况，但并没有找到。再也没有人提起阿林娜。

我隐约注意到校长的演讲已经结束，换成了另外一个人，在宣读名字。孩子们听到自己的名字就站起身，伴着稀稀落落的掌声和偶尔爆发的尖叫声走过舞台，咧嘴笑着，脸蛋红红的，好似一个小型的毕业典礼。

不过，我的目光仍然停留在笔记上。如果阿林娜和扎卡里一样，真的是被人陷害的呢？如果她不是潜伏间谍呢？

这样就能解释，为什么杰克逊为俄罗斯人工作却还捣毁了一个潜伏间谍组织。那根本就不是潜伏间谍组织，都是一些被陷害的替罪羊。

他们是不是威胁了阿林娜，胁迫她，做了一些事情，说服她认罪并保持沉默？

巴克不会承认受人操控，但是阿林娜或许会承认。或许她就是我一直苦苦寻找证据的关键。

我听到了宣读扎卡里名字的声音，猛地回到现实中，感觉有些摸不着东西。我抬头看着他大步走过舞台，在礼堂的最前方，离我那么远。我为什么不靠近些呢？

我放下手机，拼命地鼓掌，好似掌声可以让他知道有人为他而来，让他知道这次和以前那么多次都不一样,他并非学校活动孤儿。我看着他握了握校长的手,接过校长颁发的证书,咧嘴笑着。

他在一片安静中坐下,再也没有多看观众一眼,这时,我真希望自己能发出那种烦人的喊声。我真希望自己能拍下他走过舞台的照片,这不正是为人父母应该做的吗?我从来都没有以一个父母应有的样子为他做过任何事。

我低头看了看腿上的笔记,重新读了一遍那个句子,那个把各个点连接起来的句子。然后我抬头看向舞台。扎卡里坐在那里,又从我的视线中消失了。我试图捕捉他的身影,但找不到,从这么远的地方找不到的。

我猛地站起来。我不要坐在这里自怨自艾。我沿着走廊往前走去,直到能看见扎卡里。我溜进比较靠前的一排座位,和他眼神交流,对他笑了笑。

他脸上露出惊讶的表情。然后脸颊都红了,像太阳晒的一样;他也对我笑了笑。

第40章

我不耐烦地在一间审讯室里等着他们带她进来。审讯室很小,方方正正,没有窗户,只有四面白墙,里面摆了一张金属桌子、两把金属椅子,都被固定在地板上。而且里面非常冷,所有这类屋子都是如此。我要是带件外套就好了。

我等待的时候,查看了一下手机。没有扎卡里的消息,没有妈妈的消息。依然没有玛尔塔的消息。她没有回电话。我又拨了她的手机号,把手机举到耳边。手机铃还没响完一声,就传来一个声音。不是玛尔塔的;是录音。语音信箱满了。我按下挂机键。强烈的焦虑感袭来,令我无法呼吸。

我隐隐听到远处传来蜂鸣器警报声。然后是铁门咣当的声音。墙上有一块钟,每过一秒,就能听到巨大的嘀嗒声。我看着那块钟,指针转着,时间以最直观的方式流逝。这时我想到扎卡里,想象未来我必须来这样一个地方看他,不禁颤抖起来。我强迫自己不去看墙上的钟,努力屏蔽时间流逝的重击声。

终于,钥匙开锁的声音传来。门打开了,她出现在门口。我见过她的面部照片,勉强能认出她。她看起来苍老干瘦,已经皮包骨了。她面容憔悴,头发已经有些变灰。她身上套了一条宽大的连身裤;这可能已经是最小号了,但穿在她身上还是显得很大。

她优雅地坐到我对面,背部挺直。她看起来心神不宁。我想应该是看起来很挫败。押她过来的警卫离开了,关上门,上了锁,这时屋里就只剩下我们两人。我们互相注视着,狭小的房间散发着漂白剂的味道,只有时钟的嘀嗒声。

终于,我清了清嗓子。"彼得罗娃女士,感谢与我会面。"

"阿林娜。"她说。她有口音,很轻,但能听出来。

我点了点头。"阿林娜。"我顿了一下,梳理了一下思绪,"我想直奔主题。你最初坚称自己是无辜的,后来又认了罪。为什么?"

她盯着我的双眼,眼睛一眨不眨。然后她耸了耸肩。"你觉得呢?"她反问道。

"我不知道,但是我要听听你怎么说。"

她双唇紧闭。

我又试着换了一种方式。"你说自己是被陷害的。为什么会这样想?"

她平静地打量着我。就当我以为从她口中我什么都问不出来时,她开口说道:"我反抗过。讲了关于俄罗斯政府的真相。当然是用隐藏身份说出来的。"她摇了摇头,好似一切都是个错误。

"你认为俄罗斯政府了解到了你的真实身份?"

"他们什么都知道。他们不知道的时候,就会侵入系统,搞清楚。"

她的目光似乎在嘲笑我。

"你为什么改变了想法？为什么认罪？"

她又摇了摇头，双唇紧闭。我等待着，但她什么都没有说。

"你在这里的待遇还好吗？"我再次转换策略。我看着她瘦弱的样子，忽然真心想知道她在这里的生活怎么样。我对她的关心是真切的。"你能吃饱吗？"

"他们给我的食物足够。"

"那你吃了吗？"

"必要时会吃。"

"为什么只在必要时？"

她黑色的眼睛里闪过一丝犹疑。"你永远也不能了解。他们有……手段。在食物上……你根本不知道什么时候才是放心的。"

她生活在恐惧中。怕他们会加害于她，她连饭都不敢吃。天啊，多可怕。

我观察着她的面容，真诚而恐惧，我知道这个女人没有犯任何罪。就在这一刻，我的脑海中闪过一个画面，我看见扎卡里被关进这样的一间牢房，穿着连身裤，他的一生都被毁掉了，就像阿林娜一样。这个想法把我吓坏了。

"有人盯上了你。"我追问说，"有人迫使你认罪。"

她又变得面无表情。

"有人威胁你。"我坚持继续说着。我从包里拿出一张小照片，我从调查局网站上打印的杰克逊大头照。我把照片放在桌上，推到她面前。"我想就是照片上的这个男人。"

她低头看了一眼照片,我等待着,心怦怦跳着。

她抬头看向我。"不是他。"

"但有这么一个人。"我的大脑飞速转动。不是杰克逊,但是有人威胁了她。"是谁,阿林娜?他说了什么?他威胁你了吗?"我更急切地问道。我就快说服她了。我知道。我以前经历过无数次这样的审讯。她必须承认。她必须说些什么。

"不是我。"她坚持说,但明显露出沮丧的神情。我听出她话里的意思是说,这样还不足以说服我。我愿意赌一把。而后漫长的时间,我们都没有喘息,没有出声,屋里的空气好像被吸干了。那一刻好似在真理与谎言的刀锋上摇摆。

"他们知道我所有家人的住址。"她耳语道,"所有我爱的人。"

"阿林娜——你需要说出来。"

她摇了摇头。

"你需要说出真相,阿林娜。"

"真相非常危险,马多克斯特工。"

"法律会保护你。"

"法律?法律在他们面前形同虚设。"

"阿林娜,你一直反抗他们。你为真理而战。现在要站起来。"

她的下巴微微颤动着,然后便咬紧牙关。"是我的家人。"她抬起头,毫不畏缩地看着我,目光中带着嘲讽,"我在做必须做的事情。换作是你,会有什么不同吗,马多克斯特工?"

联邦调查局的副局长在为俄罗斯人工作。

我在回家的飞机上，满脑子都想着这件事的严重性。扎卡里衣帽间里的格洛克手枪只是冰山一角。我现在看到了冰山更多的部分。我开始窥见海面下的真貌，真相不可思议。

我无法想象这对我们的国家是多么危险。有没有可能，杰克逊在为俄罗斯人提供情报？分享秘密？我没有任何发现，证明俄罗斯人从他身居的高位中获益。我们搜集的机密情报也没有泄露。我们的特工也没有受害。据我所知，什么都没有发生。

但是，有杰克逊与他们一伙，俄罗斯人会产生极大的影响力。极高的权限。单单这一点，我就不能再拖延下去。我需要告诉别人。但是告诉谁呢？我能信任谁？我该怎么说？

我是否应该去找李局长，告诉他副局长在为俄罗斯人工作，还陷害我的儿子，威胁其他无辜的人？

如果斯科特、巴克和阿林娜矢口否认该怎么办？我没有任何证据，而且杰克逊的行踪隐藏得非常好。如果我坦白一切，把枪和幻灯片的事情都说出来，又好似在诬告杰克逊，以保护我的儿子。

没人会相信我。

杰克逊也不会有任何事。

杰克逊在针对俄罗斯的反情报部门工作。他向俄罗斯方面传送了多少秘密？他肯定一直在这么做。现在他成了调查局的二号人物。这岂不意味着他有更高的权限？并非所有权限；我从与巴克的那次会面中了解到这一点。但是肯定会对我们的国家造成无法挽回的损失，使我们的情报搜集工作陷入瘫痪。我不禁又想到中情局是否了解俄罗斯人的所作所为，是否了解俄罗斯政府渗透得有多深。

我需要和玛尔塔谈谈。我需要找到她。我要去她家……

我的双眼终于闭上了；我已经接连几天没怎么睡觉了。我已经睁不开眼了，但头脑却没有停止工作。我不能停下来。

想到中情局，我就想到了那个女人，多年前在联排住宅里和杰克逊在一起的那个女人。薇薇安。我第一次产生了怀疑：巴克给我的照片是不是真的？她真的安全吗？或许她反抗了杰克逊，并因此遭遇不测？

我努力驱散这个没有答案的问题。但我还是想着薇薇安·米勒。我摆脱不了她。慢慢睡去之前，我一直都想着她。

她出了什么事？

第41章

　　列车突然启动，女人紧紧抓住栏杆，调整重心，保持住了平衡。通勤人群的身子随着列车的移动而晃动，一时间，她丈夫的身影从她眼中消失。她向左迈了一步，又能看见他了。他在地铁车厢的尽头，低着头，看着眼前的手机。他没有抬头看，没有注意到她。即使他注意到了，也无法立刻就认出她。她戴着帽子和墨镜，身上宽松的运动衫以前也从未穿过。

　　她不该这么做的。但与此同时，她又不得不这么做。他以前偶尔到城里与人会面，最近几周变得非常频繁，弄得她很紧张。他说今天又有一次会面，告诉她说如果学校打电话来通知接孩子，他恐怕去不了。因此她请了一天病假，没有开车去上班。而是去买了帽子、墨镜和新衣服，然后开车到地铁站，在进站口等着他出现，然后跟着他上了列车，始终保持着安全距离。

　　她的跟踪技巧是很多年前学的，已经很久没用过了，但是现在又慢慢用了起来。而且这应该也不难。地铁红线一坐到底。他的办公室在画廊站附近。现在还剩三站。

列车嘎吱嘎吱地驶入联合车站。列车门打开。她丈夫收起手机，抬头看了看——然后从人群中向车门挤了过去。

她的心开始猛烈地跳起来。她挤过人群，向另外一扇车门走去。

车站里挤满了准备上车的人。她就要把他跟丢了。她需要看他要去哪儿。

她搜索着人群，发现了他的身影，正远离她向出口走去。她舒了一口气，开始跟着他移动，目光一直紧盯他的后背，完全不在意拥挤的人群，突然——

一个老男人径直向她走来，挡住了她前进的路。"嘿。"他点头说道。在这里见到他很令人不安。毕竟他们是工作上认识的，在公共场合没什么太多可聊的，她不知该如何寒暄。

"嘿。"她歪着头，看向他身后，发现她的丈夫又回到人群中。

列车的警示铃声响起。车门就要关闭了。她继续搜寻着人群，惊慌地发现她把他跟丢了。

"抱歉，我现在没时间闲聊。"她说。她丈夫去哪儿了？他刚刚还在这里。列车缓缓驶出车站，她的目光投向列车——这时她看见了丈夫。在列车中。他上了另外一节车厢，低着头，专注地看着手机。

"没问题。"老男人说。他的双眼碧蓝清澈，一直盯着她。

她试着厘清刚才发生的事情。她丈夫知道自己被跟踪了，于是下车甩掉了她，又在最后一刻跳上了车。经典的技巧。

也可能是他分心了，不小心下错了站，发现之后，他又重新上了车。

老男人向旁边挪了一步,给她让开道,但这时已经太晚了。列车已经快速驶出站台,消失到视线之外。

他对她笑了笑。"很高兴再次见到你,薇薇安。"

第 42 章

扎卡里根本不在乎去哪里吃晚餐，于是我选了一家中餐馆，这里比较安全，也比较熟悉。我现在最缺的就是确定性。

我们面对面坐在一个红色离地卡座里，翻看着菜单。扎卡里说着高中舞会的主题——一场化装舞会。我能听出他话语中的兴奋，想起了初中时，帮他准备人生中的第一次舞会。教他如何打领带，把他送到装饰着气球和飘带的体育馆，看着他冲进入口。

一名女服务员给我们点了菜，然后慢步回来给我们上了饮料——我的冰茶、他的根汁汽水。女服务员走后，他四处张望了一番，然后向前探过身子来，压低了声音问道："那个无政府主义的事怎么样了？"

"不要担心这些。"我不假思索地说。如果事情已经牵涉到俄罗斯人，我就不想再让扎卡里参与其中了。我从一开始就不该让他参与进来。

"不要担心这些？"

"一切尽在掌控。"

他向后靠到卡座上,疑惑地看着我。我敢肯定他从我的表情中能看出来,并非一切尽在掌控。远非如此。我喝了一口冰茶,问他有没有租燕尾服。

"想知道我的猜测吗?"他没有理会我的问题。

我摇了摇头,伸手去拿糖。

"是你调查过的某个人。有人要报复你,就像之前那个芝加哥黑帮一样。只不过现在,你的麻烦更大了。我也麻烦了。"

"我跟你说过不要担心这些。"我话语里斥责的口气比本意要重,但是他的话和巴克的警告太像了,刺痛了我。你根本就不知道自己摊上了多大的麻烦。

"我还说过我想帮忙呢。"

我摇了摇头。"这是我的责任。"

"这是我的人生。"他脸上闪过沮丧的神情,令我感到一阵愧疚。

他是对的;我知道他是对的。但是对手可是俄罗斯人啊。他根本不知道他们多么强大,多么冷酷。他还只是个孩子。他越远离这一切,就越安全。

他从裤兜里掏出手机,刻意把注意力转向手机,我也没要求他把手机放到一边去。这样比继续这次对话要轻松多了。

我用吸管吸了一口冰茶,观察着他。他面无表情,手指滑动着屏幕,打开小程序。

这时他脸上闪过一丝期待。他在读屏幕上的什么内容,令他兴奋的内容。他眨了眨眼,沉下了脸,看起来很失望。

"怎么了?"我有些坐立不安,每当我知道出了问题却无能为力时,就会有这种感觉。就好似一辆火车快速向我驶来,我却无法躲开。

他的双眼依然盯着屏幕,读着,也可能是重新读着,努力在消化着什么。

"扎卡里,出什么事了?"

"马里兰没有录取我。"他的声音空洞。

"什么?"他的话完全出乎我意料。他的成绩足够,考试分数也远超入学要求。

他把手机转向我,让我看屏幕。"招生办公室的邮件。"

"里面说原因了吗?"

他摇了摇头。

服务员来到桌前,笨手笨脚地把我们点的餐放下。我谢过她,假装没去看扎卡里。他的注意力又回到手机上,我能看出来他在苦苦理解这条消息。服务员离开之后,只剩下我们两个人,他才抬头看向我。"天啊,妈妈。是因为我退出了所有的俱乐部吗?"

他看起来那么稚嫩。心碎的样子就像他初中那会儿拼命训练,却没进入篮球队时一样。

"不是。"我应道,怒火已中烧。是杰克逊。我敢肯定。我不知道他做了什么,是怎么做的,但是我知道就是他。马里兰是保底的学校,我的天啊。

"是因为无政府主义者那档事吗?电子邮件,还有我在论坛上找到的照片?"儿子注视着我的脸,他想要答案,"是不是马里兰发现了?"

"不是。我想不是。"

"如果别的学校都没申请上该怎么办?"他问。在我耳边又响起车后面那个小男孩的声音。我们安全吗，妈妈？

只不过这一次，我不知道该怎么回答。我不知道。我其至都不知道担心这件事还有没有意义。比上不了大学更危险的事情太多了。

恰在这时，服务员来到我们桌前。"一切都还好吧？"

我低头看了一眼动都没动的餐食，脑中看见的却是刚才扎卡里的面容，和他那垂头丧气的表情。

"还好。"我谎称，然后抬起头与儿子目光相接，"一切都会好起来的。"

扎卡里说晚饭后要去见几个朋友。周五晚上，我本不该觉得有什么奇怪的，但我还是怀念他很小还不能出去玩的日子。那时周五晚上只有我们两个人。通常是电影之夜。我至今仍然记得，他看到一些角色滑稽的动作时，发出的高声尖笑。我一直没太搞懂他在笑什么。我从来都没有真正陪他看过电影，通常都是对着电脑，或者心里想着工作。

我真希望能回到过去，重新再过一次那样的日子。和他依偎在一起，与他一起大笑。真正的开怀大笑。我会专注一些，真正地陪着他。

我来到医院。妈妈坐在床上，读着一本她非常喜欢的温馨玄幻故事，书的封面上画了些猫。她看我走进病房，露出了笑容，把手里的书放到一旁。我吻了她，然后坐到床边的椅子上。

"你看起来精神多了，感觉怎么样？"

"真的很好，过几天他们可能就会让我出院了。"

"我听说了，我很高兴。"我想到她要独自一人回到那栋公寓楼，"你得来陪扎卡里和我住一段时间。"

"噢，我不想影响你们！我一个人住很好。"

"不会影响我们的。你是我的母亲，而且你的外孙会很高兴的。"

"是，不过……"她耸了耸肩，对我不自然地笑了笑。我知道，她和我一样，在想我们互相伤害的话。"谢谢，亲爱的。我会考虑的。"

妈妈的手搭在书上，但没有拿起书。我听到走廊里有一辆手推车经过。显然是某个人的晚餐。

"扎卡里呢？"

"和朋友一起出去了。"

"你们两人的关系还好吗？"

我耸了耸肩。"当然。"

她皱了皱眉头，似乎不相信我。"工作呢？"

"很好。"

这是我们之间惯常的交流方式。工作怎么样？很好。但是这一次，我从她的眼神中能看出来，她还有话要说。不要再说了，妈。

"时间呢？"

"什么意思？"我的语气有很强的抵触情绪。

"你知道我是什么意思。你还是没日没夜地工作吗？"

"我工作努力。"我的回答很简单，语气就是要终止对话。我从她的表情能看出来，这招应该不会奏效。

"扎卡里很快就要上大学了。"

不要再讲这些了。"你想说什么？"

"或许这个夏天，你应该放松一些，亲爱的。"

她亲密的语气令我有些激动。她终于能够理解工作对我而言是多么重要。是多么必要。经过在我家的那次争吵之后,我最终把真相告诉她之后,她应该能够理解为什么工作对我那么重要。"妈,有话直说。不就是说我工作太忙,没有时间陪儿子吗?"

"嗯,你确实没怎么陪他。"

我们互相看着。两名护士停在门口,抱怨着三〇六病房里的病人,总是扔掉餐盘。

"只不过——听我说斯蒂芬妮,当生命走到尽头时,你会后悔的。你会后悔没与儿子更好地相处。"

"哎呀,妈,他才十几岁啊。我们有的是时间亲近。"

"你不了解他。"

"我当然了解他!"

她摇了摇头,手指又搓弄着书页。她就要说一些我不想听的话了,怒气开始在我心底积聚。"你不了解他,斯蒂芬妮。如果再不去了解他,就永远也没有机会了。"

我的怒气到达了顶点。"为什么每次我情绪低落时,你都要落井下石?"

"噢,亲爱的,我没在你失落时落井下石!我只不过在尝试帮你。"

"就靠不停地说我是个糟糕的母亲?"

"你不是个糟糕的母亲,斯蒂芬妮!我不是这个意思。我绝对不会这么说。我的意思是说你不了解他。"

"那你了解他啦?"我能感觉到自己嘲讽的语气,但是我不在乎。

她眨了眨眼,我的挖苦令她伤心。"是的。是的,我了解他。比你了解。遇到麻烦的时候,斯蒂芬妮,他会来找我,而不是你。"

她的话如一记重击,好像真的能伤害到我的身体。"你在说些什么?"

"他会的。就像那一次他缺钱就没去找你,而是找了我。"

那一次他缺钱?她在说什么呢?我绞尽脑汁也想不出发生了什么。但是我不能承认,是不是?

"听我说,亲爱的,我只不过是说你需要改善与扎克的关系。要让他感觉能够信任你。"

我非常沮丧,无法冷静思考。这是真的吗?扎卡里对她的信任胜过我?他爱她胜过爱我?

"你需要重新思考心中的地位排序。"

"我得走了。"我的脑袋轰鸣,有些头晕。

"斯蒂芬妮——"

"别再插手我的生活了,妈。就这一次,离我的生活远点。"

广播已经停播了,车里只有发动机的鸣响。我思绪万千,努力地梳理着,想要弄懂一切。

我无法专注地思考与妈妈的对话。我不能去想。她或许是对的,我可能真的犯了一些可怕的错误,无法修复的错误,我不敢接受这些。

于是我开始想我能够修复什么,需要修复什么。

杰克逊。联邦调查局副局长对我的家人下手,破坏我的家庭,威胁要毁掉我们。

我难以忘记在餐厅时,扎卡里垂头丧气的表情。那个浑蛋杰克逊动了什么手脚,让马里兰大学拒绝了我无辜儿子的申请。

他当然会这么做。他的手下把假的潜伏间谍送进监狱,用筹码胁迫他们接受终生坐牢的交易。我和扎卡里的生活与之相比太微不足道了。根本不值一提。如果他们连那种事都能做得出来，还会有什么底线吗？

我到家时，天很黑。我停下车，关上引擎。但是我没有下车。马里兰大学的拒信——是因为我见了阿林娜，是不是？通过释放消息施加威胁是因为我见了巴克。四处追查给我的儿子带来了直接后果——可怕的后果。

如果我把真相说出来，后果到底会有多可怕？我想都不敢想。

我已经落入了他的圈套，别无选择，只能保持沉默，这使我怒火中烧。

我强迫自己把车钥匙拔出来，下了车。我心烦意乱地走向家门，到门口打开门锁，进到屋里。顷刻间我便意识到，没有听到警报系统的哔哔声。屋里安静得可怕。

又过了片刻，从黑暗中传来一个声音。

"站着别动。"

第43章

我强烈地感觉到枪抵在我的腰上。强烈地感觉到他在我身后。他离得很近。我能准确地想象出他站的位置。

"不要去拿枪。"杰克逊说道,好像能读懂我的心思,"把手慢慢举过头顶——"

我才不会听他摆布。我扭身朝向他,同时右手去拿枪,左胳膊做格挡式,但是没等我的身子完全转过去,枪也没拿出来,就突然动不了了。

他的两只手分别抓住我的一只胳膊,牢牢地抓住。他预判了我的动作,清楚地知道我将如何行动。过了一会儿我才想起来:他之所以知道,是因为我们接受过完全一样的训练。

我喘着粗气。他的手指扣住我,使我无法移动。我能感觉到他的力道,我知道自己根本逃脱不了。

我低头看向他抓着我胳膊的双手。他戴着薄橡胶手套,不会留下任何指纹。

就在这时,他把我的胳膊扯到后面,用一只手抓住我的两个手腕,从枪套里掏走了我的枪。他松开我的胳膊,但是我们都知道,这时我已经毫无还手之力。没有枪,我没有任何机会反抗他。

你想要什么?我在心里尖叫。

"我想是时候面对面谈一谈了。"他的表情极为冷峻,就像那天在联排住宅里一样。他变回了之前的那个人,不像大头照上那样咧嘴笑着,和蔼可亲。他看起来很吓人。

我的目光向下落到他手里的枪上。我的大脑转着,不愿投降,忽然想到厨房里的砧板和锋利的刀具,心里有了一些期望。刀肯定比不上枪,但是我需要有东西自卫,刀总比什么都没有好。

他看着我。他的目光令人不安,似乎能看透我。他经过这方面的培训,不是吗?

"你想从我身上得到什么?"我问。

他恼怒地微微摇了摇头,好似我没有权利问问题,好似他已经掌控了局势,尽管是在我家。

他并没有掌控局势。我不会任由他摆布。"你想怎样?"我又问道。

"别说话。放手随它去。"

肯定不只是要我保持沉默。我一直保持着沉默。"还有什么?我知道还有更多要求。"

"总是会有更多要求。"他认同我的说法。

我盯着他,但满脑子都是厨房里菜刀的画面。我想着冲向操作台的最优路线,预测他最可能的反应。他会追我,这我知道;他肯定会本能地这样做。但是我可以出其不意,他没有时间思考最佳的应对方法。这就意味着他没有举枪之前，我就能拿到一把刀。我就能夺走他的武器，限制住他，掌握主动，让他们都看看他来了我家，威胁我。

我的心剧烈地跳着。我需要这么做；我需要采取行动。

"刀已经收起来了。"他说，"我拿走了。"

他的话令我浑身发冷。他知道我打算这么干。他怎么会知道我在想什么？

"你还想要我怎样？"我向前迈了一步，向着他，也向着门。

他歪着头。"我需要你站在我这一边，斯蒂芬妮。"

"什么意思？"我又迈了一步。

这一次他后退了一步。"你的位置很重要，内部调查。如果有人提出对我的质疑，你要驳回，并让我知道。"

"你想要我保护你。"这句话完全合乎情理。

"如果你愿意的话，可以把这看成是保护你的儿子。"

他提到扎卡里，令我心头一紧。"如果我不配合，你就会制造证据，诬陷他策划恐怖袭击。"

他轻声大笑。"不要尝试，斯蒂芬。他会被定罪的。他会坐很长时间的牢。"

我脑中闪过阿林娜的样子。她骨瘦如柴，穿着肥大的连身裤。我们谈话时的那个冰冷的审讯间。换成扎卡里，恐怕连这种待遇都没有，是不是？我很可能要隔着树脂玻璃与他交谈。

"我们还有很多手段可以用到他身上，也可以用到你身上。"

我？他们手里有我的什么把柄？更重要的是，他们还能对扎卡里做什么？

"一次性预付费手机,给举报热线打电话。你做出这个决定还是很值得玩味的。"

我回想起那辆萨博班,车灯冲我而来。"我必须做些什么。"

"你的举动恰好制造了证据,证明你知道有一场策划。你儿子的策划。你从中协助,提供了支持。"

协助并支持。噢,天啊。

"你什么都证明不了。"我又想到那辆萨博班,急速驶来的车灯。如果杰克逊在车上,他不可能看见我做了什么,也无法拿到证据。我离得太远了。

"噢,但是我可以。"他把我的枪从右手倒到左手,然后从口袋里掏出手机。用拇指滑开屏幕,找出一张照片,把手机转过来给我看。

照片上是我,正蹲在车胎旁,把一次性手机塞到车胎下。

妈的。

他怎么会拍到这张照片?开萨博班的肯定不是他。他肯定有同伙。

他有证据,可以证明我买了那部手机,打了电话,销毁了证据。可以证明我知晓这个计划,并将其隐瞒。

"你能想象整个画面,是不是?"他的表情有些愉悦。

我瞪着他。"如果我按你说的做呢?"

"你的孩子可以上大学,享受生活。你也可以。"

这次,我想到了巴克。壁炉架上的照片,那个幸福的家庭。我努力驱散这个画面,却又想到了斯科特,他把相框扔进纸箱里。那是一张快照,照片里是他的孩子,微笑着。虽然他们在奥马哈,但是他们在一起。他们是安全的。

天啊，我真想要那种生活。我一心想要扎卡里安全，快乐，像平常一样生活。我只需要让杰克逊知道他有没有受到调查。保护他。

"我知道你为谁工作。"我嘴里突然蹦出这句话。

"是吗？"他的语气充满嘲讽。

这件事还是讲不通，费了这么大力气围绕扎卡里设下圈套，利用他做诱饵逼我就范，仅仅是为了关闭调查。这太复杂了。

而且肯定不止保护他那么简单。我了解这些人的行事方式。如果他们抓住了我的把柄，如果我同意了杰克逊的要求，肯定不会止步于此。总还会有更多的要求。

"我可以去坦白。"我说，"把一切都说出去。"

"哦，你明知道不能这么做的。"

我的目光瞥向门旁的警报系统。我已经在他没有觉察的情况下靠了过去。距离足够近，可以按下闪着绿光的紧急呼叫按钮。

我猛扑向按钮，用力按了下去。绿灯变成红灯，我知道某个地方，有人代我拨了报警电话。警察随时都可能来。我哆嗦了一下，不知道是因为如释重负还是因为恐惧。但至少我采取了一些行动。

"自作聪明。"他说这句话的方式令我不寒而栗，"你打算怎么跟警察讲？"

他伸手拉住门把手，然后拧了一下，他的表情冷酷残忍。他对我的警告和多年前在联排住宅时一样。"没有人会相信你的，斯蒂芬。"

门关上之后，我立刻拿起手机。给警报公司打了电话，告诉接线员刚才是误报，我不需要警察。紧急呼叫按钮起了作用，不是吗？杰克逊离开了我家。我也证明了反抗的意愿。

尽管如此,那句话还是深深地烙印在我的脑海中,不断地循环。没有人会相信你的。

杰克逊有我打电话通报威胁的证据。这就可以证明我手里有证据但并没有上报。现在面临牢狱之灾的不仅是扎卡里,还包括我。

他想要我保持沉默,并保护他。作为交换,扎卡里的未来将依然光明。

或者我可以讲出真相,那样我们两个都会进监狱。

他使我陷入了绝境。

我会不惜一切代价保护扎卡里,但是保持沉默并非最佳选择,我内心深处是明白这个道理的。自从哈利迪试图毁掉我的人生那天起,我就明白了这个道理。

如果这次我沉默了,杰克逊就赢了。

第44章

  两小时后，我在正门周围里里外外都安装了摄像头，隐藏好摄像装置，以免他发现摄像头。一个运动检测装置可以直接将警报发送到我的手机上。如果杰克逊再来，我就能有所准备。
  另外我还随身带了一组监听设备，缠在我的身体上，用衣服盖住。我测试过，确保设备运转良好。从现在起，我会一直戴着这套装置。我知道如何透过衣服，偷偷按下电源键。
  我感觉很自信。准备充分。下次我见到杰克逊，就能拿到所需的证据。我要送他进监狱。
  他不会得到想要的。这次不行。

第 45 章

周六在恍惚中过去了。如果不是头顶乌云笼罩，今天也就是个普通的周六。早上，我去了杂货店，取了干洗的衣服，跑了一次长跑。扎卡里在家睡觉，花了几小时在卧室的桌上，用笔记本电脑编程。我试图不去想杰克逊、幻灯片，还有我儿子的未来仍悬而未决的事情，却怎么也挡不住。

周日早上，我开车来到玛尔塔在麦克莱恩市的公寓，离中情局总部兰利市不远。我敲了敲门。没人应门。我又打了她的手机。语音信箱已满。玛尔塔经常出公差。如果是出国，她可能不会带私人手机。但也可能是她根本就不想和我说话。她很坚韧，我想她应该没事。尽管如此，我心中的忧虑还是不断加深。

现在已经是周日晚上了，杰克逊没有再来。我很讨厌为他保守秘密，烦恼于自己知道调查局二号人物的可怕面目。但是有了监听装置，有了这个计划，我感觉自己终于开始反击了。他还会来的，我知道他会来的。联邦调查局教会了我一些设置圈套的技巧，可以应对自认为凌驾于法律之上的人。我已经准备好应对他的再次到来。

再坚持一小段时间；我很快就说出真相。

扎卡里和我从几个街区外的墨西哥餐厅买了外卖。墨西哥卷饼和炸玉米饼。他跟我讲着八月在市中心举办的一场音乐会，是他喜欢的乐队，就是那个总是抱怨警察的乐队。

"我能去吗？"他问。

"八月份才开。到时候再聊行吗？"

"我要买票。"

"你知道我不喜欢他们的音乐。"

"可是你知道我喜欢。"

"好吧，但是不能太晚回家。"

他翻了个白眼，把一绺没梳好的头发从前额拂开。我的手机在桌上振动了一下，有一条短信。我瞥了一眼，内心涌动起一阵期望，玛尔塔终于回复了。

未知号码。

你做好决定了吗？

短信很唐突，很有侵略性，就好似他又不请自来，出现在我家。是杰克逊，我敢肯定。我忽然有一种不安的感觉，我们被监视了。但是明显没有人在看我们；我们在家里是安全的，百叶窗拉上了，警报设置好了。

"你还好吗？"扎卡里一脸的担忧。我意识到他一直在说话，而我却一个字都没有听到。我不知道该如何回答他,因为我不好——我们都不好——一点都不好。

"脑子里想的事情太多了。"我看着他又咬了一口食物,就低头看向手机,看着那条短信。

你做好决定了吗?

我不知道。我做好决定了吗?

我换上跑步的衣服,出了家门,开始慢跑。今晚的空气凉凉的,但是没有风,夜显得格外安静。我只听到脚踏在步行道上的声音。我迈开了步子,加快了速度。

我向北跑,向城外跑去,远离商场和纪念碑。单程七英里,往返十四英里。我心里早已确定要去的方向。

我和往常一样,经过友善山丘的牌子,心底突然想到玛尔塔。那种担忧的感觉再次袭来,令我心神不宁。

我需要追踪一下她,确保她是安全的。

我又加快了速度,能感到双腿有些紧,肌肉在抗议,警告我跑得太快、太用力了。我的眉毛都出了汗,流到皮肤上凉凉的。

我已经来到贝塞斯达,来到这片非常熟悉的街区。薇薇安的家。我不假思索地向右转,来到她家门前的街道,速度依然没有降下来。这里一切都静悄悄的。车子停在家庭车道里,灯光透过窗帘和百叶窗散出来,各家各户都在家过夜。

我看到她家的房子,和往常一样漆黑。但是门前停了一辆怠速运转的车,尾灯和刹车灯都亮着。我感到脊背发凉。

我又跑了几步,靠近了一些,看清了车的细节。这是一辆掀背车,弗吉尼亚州的车牌。

和我母亲摔倒后几分钟,从她的公寓楼外开走的那辆车一样。

第46章

刹车灯闪了一下,然后车便动了起来。最初背向我开去,但是突然又掉转车头,车大灯的光照向我站的地方。我本能地闪开,躲进了灌木丛,心怦怦地跳着。

车继续行驶着,我盯着它走远。车是红色的。一辆红色的掀背车。

我想到母亲公寓楼里的安全录像,就在她摔倒之后,立刻有一个戴深色帽子的男人从电梯里出去,匆匆去往停车场,钻进了一辆掀背车。

现在又有一辆掀背车停在薇薇安家门前。

这不是巧合。

有可能是。我头脑中有个声音反驳道。是那个心理医生。

不是巧合。我对她说。我非常确信。妈妈的摔倒不是一场意外。这辆掀背车出现在这里,也不是一次巧合。

你犯了妄想症。那个声音嘲讽说。

我需要看看开车的是谁。我需要看看车开向何处。

我跑了起来，双脚拍打着路面，双眼一直紧盯着汽车尾灯。我要一直跟着它，直到追不上为止。前面有一条大路，或许会堵车……

我全力冲刺，拼命跟上去，拼命不要跟丢。车在前面的十字路口停了下来。十字路口的车川流不息。它等待的时候，我跟上了一些，离它更近了。

车流都通过了。那辆车向右转去。妈的。

我就快到了，就要上马路了。如果我能将它保持在视线范围内更长时间……

我的眼角余光瞥见了一辆出租车。车顶的营运灯亮着。我急忙跑向十字路口，同时挥舞胳膊，祈祷距离够近，司机能够看到我——

出租车猛转方向，朝着路边驶来，慢慢停下来。

我钻进出租车，关上车门。"一直向前开。"我气喘吁吁地对司机说。

"去哪里？"

"边走我边给你指路。"

这太疯狂了。我喘着粗气，扫视着路上的车辆，渴望能看到一抹红色。出租车上了左侧车道，加快了速度。

这时我看见了它。

中间隔了大概四辆车，在右侧车道。红色的掀背车。我心中涌起一阵希望。我没有犯妄想症。

那辆车在接下来的一个十字路口向右转去。"就在这儿。"我指示司机。

我们一直跟在那辆车后面，车速每小时四十英里。向马里兰腹地驶去。北贝塞斯达。掀背车再次转弯时，我们已经快到罗克维尔了。这一次是向左转，进入了一片街区。

"这里左转。稍慢一点。"

出租车司机从后视镜看了看我。他知道我在跟踪那辆车。不过他还是转了弯。他放慢了速度，那辆车恰好在我们的视线范围内。

掀背车蜿蜒上了山丘，又开了下去。这一片街区树木繁茂，都是大宅子，以殖民时期风格建筑为主。街上只有我们两辆车。对方肯定能发现有人跟踪。我需要停一下。

"能在这里右转吗？"

司机听从我的指示，马上右转。

"能不能在这里停一会儿……"

他把车停到路边，我从后座向前探过身。红色的刹车灯亮起。那辆车也放慢了速度，缓缓行驶。然后毫无预兆地又突然加速，开了出去，最终消失在我们的视线之外。

司机又从后视镜看向我，似乎很享受这场游戏，等待着下一步行动。而我却不知道该怎么跟他说。

我想让他踩足油门，跟上那辆掀背车。但是我没有带武器，很脆弱。出租车司机也一样，而且使他陷入险境是不对的。

我研究了一下街道，看向那辆掀背车放慢速度的地方。如果我能搞清为什么来这里……

"你能开到那里吗？"

司机听我的指示，开了过去。

有一座房子吸引了我的注意力。一座两层殖民时期风格建筑，前门廊很宽。内部车道上停了一辆厢式旅行车。

屋里散发出一阵暖色的光。窗户没有遮拦,没有窗帘,没有百叶窗,没有任何东西遮挡视线。

我看见一个女人,站在厨房的窗户旁边,正在擦干盘子。

出租车停在房子旁边时,她抬头看向外面。那一刻,我们四目相接。

我感觉自己呼吸都困难了。

是她。

第 47 章

"女士,走哪边?"

我们来到一个十字路口。我环顾四周,但是没有发现那辆掀背车的踪影。但是我可能,仅仅是可能,有了更至关重要的发现。

两年。我搜寻这个女人已经差不多两年了,但一直都没有找到她。

现在她出现在这里。

她不知为什么与杰克逊产生了联系。她就是使我陷入这些麻烦的根本原因。全是因为我执着于弄清她是否安全。

"女士?"司机又从后视镜里看着我。我听出他有些怀疑的语气。我做得有些过了。

"杜邦环岛。"

他打了转向灯,开了出去。

我听着车流的声音,看着周围朦朦胧胧的车灯,我想:薇薇安在这里。她是安全的。

我闭上双眼，吸了一口气。但是满脑子只有那辆掀背车。我看到母亲摔倒之后，它从停车场开了出去。在薇薇安家门口停着。现在又来了这里，在这座房前。

不管是谁开的那辆车，肯定与我妈妈摔倒的事情有关联。

现在他又在跟踪薇薇安。监视她。

我错了。她其实并不安全，是吧？

我盯着眼前的棋盘，仍然没有动，等着扎卡里走下一步棋。但是，我满脑子想的都是我的下一步棋。

薇薇安·米勒认识杰克逊。联排住宅那次意外之后，是杰克逊负责重新安置她的；巴克是这么告诉我的。现在她回来了。我这么分析对吗？她是不是陷入了危险，成为另外一个目标，又是一个被勒索的受害者？

或者她是为杰克逊工作的，为俄罗斯人工作？

理智告诉我，要再等一等。等杰克逊再找我，录下认罪口供，解决掉他。每次我四处追查，搜寻证据，都会使扎卡里陷得更深。我不了解薇薇安·米勒的故事。我不知道她在这件事里面扮演怎样的角色。这些没搞清楚之前，直接找她很冒险。

但是我心里认定她是受害者。她很脆弱。

这件事我能放手吗？

扎卡里的闹铃在六点响起。我坐在餐桌前，听着他淋浴的声音，看着墙上的钟，咖啡也没有动。

扎卡里从拐角处转了进来，他穿着牛仔裤，黑色连帽运动衫。他看见我，眨了眨眼，耸了耸肩，便向食品贮藏室走去。过了一会儿从里面出来，牛仔裤后兜里塞了几个蛋白棒。然后他就准备跑掉。我忽然感到一阵伤感，眼睛充盈了泪水。

"今天学校有什么事吗，亲爱的？"

"没什么事。"

"放学后呢？"

"没事，妈。"

我感到一阵沮丧。"扎卡里，外婆说你上周去看她了。"

"然后呢？"

"你都没告诉我。"

"那又怎样？"他有点挑衅的语气。

"她说你带莉拉一起去的。"

"怎么？你是什么意思？"

"扎卡里，你甚至都不愿和我讲她的事。"

"你怎么又关心起来了？"

我怎么又关心起来了？为什么我现在想和他吵一架呢？"因为我是你的母亲！我应该知道你的生活里发生了什么。"

"你从来都没告诉过我，你的生活中发生的事！"

"这完全是两码事。"

"为什么？"

"我是你的母亲，扎卡里。我应该知道你和谁交往，知道你都在做些什么。我要保护你的安全。"

"你不觉得我对你也有同样的想法吗？"

我盯着他,说不出话来。他在说什么呢?

没等我想好回应的话,他就俯身吻了我的脸颊。片刻之后,大门砰的一声关上了。

信箱上的名字写着莱恩。不是米勒。是莱恩。

屋里亮着灯,但是看不见有人走动。

我没有按门铃,而是使劲敲了敲门。我屏住呼吸等待着。过了一会儿,她在门旁的小窗户里出现。我们透过玻璃对视着。她好似见了鬼一样。她记得我。

她开了一道固定插销,慢慢打开了门。

"有什么事吗?"薇薇安·米勒问,这时她已经恢复了仪态。

"斯蒂芬·马多克斯,联邦调查局。"我晃了晃证件,看出她眼中露出疑惑的神色,"你有时间聊聊吗?"

她仔细查看了我的证件,然后看向我,点了点头。"好,当然可以。进屋里聊吧?"她把门开大了一些。

她引我来到客厅。靠墙的位置上摆了一张旧沙发,一个剪草机玩具翻倒在角落里。我坐到松垮的沙发垫上,对面椅子上坐着一个衣衫褴褛的玩具娃娃,直勾勾地盯着我。

"薇薇安,外面还好吗?"屋子深处传来一个男人的声音,紧接着又是一阵锅碗瓢盆的撞击声。冰箱门打开,又关上。

"还好。"她喊着回应道。她没有细讲,没有提到我。而且,双眼一直没有从我身上挪开。

一个蹒跚学步的孩子走进了房间,她的注意力终于被吸引开了。"蔡斯，拇指从嘴里拿出来。"她命令道，一边伸手去抱那个孩子。但是她的声音很温柔。

这时，又走进来一个男孩。双胞胎？他们看起来年纪相仿，尽管这一个块头小一些。他朝着玩具剪草机走去，抓起来，扔到客厅外。第一个男孩咚咚地跑去追着他。我听到剪草机摔在厨房里，又伴着一阵丁零咣当的声响。

"抱歉，这有点乱。"她浅浅一笑，说道。她坐下来，双手搭在腿上。她穿着一件宽松的米色上衣，一条黑色修身裤子和一双黑色平底鞋。她的头发比上次我见到她时要短。"你有孩子吗？"

"一个，儿子。"

"多大了？"

"十七岁。"就好似昨天我还告诉别人他五岁。

"你看起来很年轻，不像是有个十七岁的孩子。"

"你的孩子多大？"

"一个九岁，一个六岁，还有一对双胞胎是三岁。"

"四个孩子。哇。"

我从她的表情能看出来，她经常听到别人这样说。

"薇薇安，你能——"一个男人进了房间。他个子高高的，黑发浓密，四方脸，一只手拿着一把小铲子。他看到我，停住了脚步。"哦，抱歉。我不知道……"他声音渐渐变小，疑惑地看了看薇薇安。

"这位是马多克斯特工。"她对他说，"来自联邦调查局。"

他冲我笑了笑，非常放松。有点太过放松了，就好似一名联邦调查局探员清晨来访是一件稀松平常的事情。"很高兴见到你，马多克斯特工。"另外一个房间传来一阵尖叫,是个女孩的声音。爸爸!卢克耍赖!

"抱歉,这里乱糟糟的。我们这里每天早上都这样。"

"没事。"

他露出大大的笑容,然后走出了房间。我听到他在调停孩子间的争吵,语气平静地应对他们的抗议。

"抱歉。好吧。"我从她的脸上看不出一丝恐惧,没有任何隐藏叛国之类秘密的迹象。但是她在很仔细地观察我。"能为你做点什么,马多克斯特工?"

"叫我斯蒂芬吧。"我犹豫了一下。厨房里又传来一阵丁零咣当的响声。"我们以前见过。多年之前。那天晚上——"

"我记得。"她目光镇定,语气坚决。她传递出的信息很明确:我不想谈论那晚的事情。

"你还在中情局工作吗?"

"在。"

"还在做与俄罗斯相关的工作?"

对话过程中,她的脸上第一次出现了一些变化。我也是胡乱猜想,但是从她的表情来看,我猜对了。我继续追问着。

"事情是这样的……有一位名叫玛尔塔·马尔科维奇的女人,不知道你认不认识?她也在中情局工作,是我的一位老朋友,我最近一直联系不上她。"

"玛尔塔,认识,当然认识。"她的疑惑稍显释然,但目光仍然充满警惕。

"她还好吗?"

"我想应该还好吧。"

"你不和她共事了?"

她拿起那个娃娃,抚平了衣领。"这些事我真的不能多讲。我相信你也能理解。"

是的。我和玛尔塔交谈时就明白了这个规定,当时谈论的就是她。厨房又传来一阵叮当声、脚步声、做早饭的嘈杂声。

"有什么能帮你的吗?"薇薇安问。

"说实话,有的。我想和你谈谈一位以前与你共事过的人。其实是我的一位同事。杰克逊副局长。"

我的话有没有令她吃惊?我看不出来。"我和他很熟。"

"你觉得他有没有可能涉嫌某种违法行为?"

厨房里突然安静了。

"杰克逊?"她说着,差点笑出了声,"肯定没有。"

她看起来像是说的实话,好似我的指控没有任何真实依据,至少在她心里是这样想的。

"我可以把性命都托付给他。"她语气坚定地补充道,"事实上,我确实这样做过。"

她看起来很真诚。这令我有些疑惑,因为我记得那天晚上的情景。我记得她脸上的表情,也记得他的表情。记得他的手指扣住我的胳膊——

我听到某种器皿撞到锅的声音。冰箱门又开了,然后猛地关上。

"在那所联排住宅里,那个晚上……那次意外事故……你有个秘密没有说出来。"我也不知道这样能聊出些什么。但是,我需要弄清楚她在隐瞒什么。"你和杰克逊在一起。自那以后——"房里似乎突然安静了。我打了个冷战,"自那以后,我就一直很担心你。"

虽然不知道她心里是否惊讶,但她脸上没有表现出来分毫。"我很好。"

她真的很好吗?我试图解读她的表情,但看到的只有深深的疲惫。一个女人,想尽办法协调孩子、婚姻、家庭和费心费力的工作。我记得那种感觉,扎卡里小时候,我也是这样的。感觉一天的时间根本不够用。"你为什么要出国?你和全家人都出去了?"

"你怎么会知道?"

"你为什么出国?"我追问道。

她打量着我,那一刻我以为她不会回答了。"有一个威胁。我只能说这么多。"

"现在你又回来了?"

"事态缓和了。"她的回答很简练,明显想要结束这次对话。她想要我离开她家,不要揭开旧伤疤。

我向前探了探身子。"你感觉安全吗?如果有人威胁你,如果出了问题……"我思索着恰当的词,最后还是直接说出了真实的想法,"我会相信你。"

她注视着我。我从她的表情能看出来,她记得我们上次的对话,每个字都记得。但是她没有回应我。

我伸手拿出一张名片,在背面写上我的私人手机号,然后又想了想,把我的地址也写了上去。"如果你想到了什么,"我轻声说,"或者遇到了什么麻烦,可以找我。"

厨房里变得安静了。薇薇安温柔地放下玩具娃娃，接过我的名片，然后向厨房看了一眼。声音又恢复了，谷类早餐倒进碗里时发出的哗啦声，还有垫脚凳在地板上被拖拽的声音，但是，当薇薇安再次看向我时，她眼中的疑惑又加深了。

这时，厨房里传出了音乐声。"如果感到快乐，你就会知道。"几个孩子一起拍着手，有一个孩子咯咯地笑着。

"照顾好自己，薇薇安。"我说着，站起了身，"也照顾好那几个可爱的孩子。"

第 48 章

我在办公室待了几个小时，但一直无法集中注意力，满脑子想的都是与薇薇安的对话，不断循环着。薇薇安·莱恩。她有了一个新的身份。所以我才一直都追踪不到她。

她出了国，现在又回来了，仍然在中情局负责与俄罗斯相关的工作。

我们的对话完全不符合情理。她显然还被那晚的事情困扰着。但是她说信任杰克逊的时候，听起来又像是真心的。我可以把性命都托付给他。

大概午饭时，我离开了办公室，开车来到中情局总部。我需要找到玛尔塔。和薇薇安聊过之后，我更加担忧玛尔塔的安全了。她不接电话，敲门也不开；如果想找到她，找到答案，最后只能来这里了。我向安检关卡处全副武装的警卫晃了晃警徽，然后开车进入一片树木繁茂的庞大基地。

下午很凉，我从停车场走向大楼时，紧紧地裹住外套，包住腰部。

风呼啸而来，带来一阵寒气，吹得我颤抖起来。春天难道永远都不来了吗？

我推开入口处的大门，看到那个绘在地板上的著名标志。这里有一排电子闸机，几名雇员刷了自己的工作证并输入了代码。右侧还有一个安全检查站。我向那边走去，告诉警卫，我是来找玛尔塔的。我从口袋里掏出证件，举到警卫面前，给她看。

她微微点了点头，然后将注意力投向电脑屏幕。过了一会儿，她拿起电话，拨了号码。她稍稍背对着我，我明白她的意思，就向后退了一步，看向别处。

我视线前方有一台电视，在警卫哨卡旁。屏幕上显示着华尔街的画面，滚动字幕是关于利率和失业率的内容。我假装津津有味地看着。

警卫挂了电话，转过身看向我。"先请坐吧，我们看看怎么安排。"

我谢过她，然后在靠墙的长椅上坐了下来。我面前是中情局领导团队的镶框照片。局长哈里森·德雷克。两位副局长，一位负责情报，一位负责执行。第一位看起来很眼熟，我记得读过一篇关于她的文章，心底还有一些嫉妒。埃莉斯·勃兰特，一位女性，年纪只比我略大，已经是中情局的二号人物了。

不停有人穿过大门，来到大厅，走向闸机。我看着他们，然后瞥了一眼墙上的钟。每过去一分钟，我就更加不安。我的手掌变得湿黏。我能感觉到额头也出汗了。

我转过身，另外一面墙吸引了我的注意力。一句格言镌刻在大理石墙面上。你们必晓得真理，真理必叫你们得以自由。

我盯着这些字，默默地读着，听着这句话在我脑中回响。我第一次对这句话产生了怀疑。我一直坚信真相将战胜一切，我的内心深处依然这样认为。但是已经不再是非黑即白。我知道关于杰克逊的真相，但是我根本没有因此得到自由。知道这个真相意味着我深陷其中。

电视上播放着最近土耳其地震的片段，人们站在废墟上的画面。顷刻间，他们的生活倾覆。他们的世界再也回不到过去。

我回头看了看钟，越来越焦虑。我已经失去了先手，出其不意的效果已经没有了。而且不仅如此，我在这里坐的时间越长，杰克逊就越有可能发现我在做什么。

我正准备过去问警卫有没有新情况，恰好这时她的电话响了。她拿起电话，听着，然后朝我的方向看了一眼，我知道电话是关于我的。"是的，"她说，"就在这里。"我毫不掩饰地听着她与对方的通话。我看着她，眼角余光瞥见电视屏幕变成了红色，闪出几个白色的字——突发新闻。

"是的。"警卫说。她又匆匆向我的方向瞥了一眼。电视上，主播出现。密谋！更多细节浮出水面。我内心隐隐有些不安。

另外一名警卫走向电视，把音量调大。

"……据未透露姓名的政府人士消息，恐怖主义袭击目标包括中央情报局局长和联邦调查局局长，同时还包括参议院多数党领袖。据称，多数党领袖要求加强对目标人员的保卫工作——"

"马多克斯特工。"我听到有人叫我，打了个激灵，转身向声音的方向看去。是警卫。

"嗯？"我站起身。

"抱歉，你要找的女人无法见你。"

无法见你。不是现在无法见你。无法见你。他们也对她下手了？就像伤害我妈妈一样，也伤害了她？

这中间肯定有问题。不管这句话是什么意思，中间肯定有问题。

"那薇薇安·米勒呢，抱歉，薇薇安·莱恩。我要见薇薇安·莱恩。"或许在这里，她会告诉我一些关于玛尔塔的事情。或许在这里，我才能知道她是不是真正安全。

"抱歉，但是你无权在这里停留。你必须离开。"

无权在这里停留？我感到了刚才那条新闻传递来的压力。"……中央情报局局长……联邦调查局局长……参议员多数党领袖……"

"马多克斯特工。"警卫反复叫着我，我一回神，目光落到她的脸上。可能是我的想象，也可能是经过训练养成的能力，我能看出她身体一侧的手微微向上抬起，好似要摆好预位，一旦有需要，可以快速拔枪。

"哎，抱歉。"我嘟哝了一声，转身拿起我的包，心里惴惴不安，"我马上走。"

我向外走时，又看到墙上那句格言。你们必晓得真理……

如果我不知道真相，那该多好；如果我没有看到杰克逊的手按在薇薇安的后背上，没有因为他动作的方式而倍感困扰，那该多好；如果不是我过去的经历说服我这其中肯定有更多隐情，那该多好。

我开始快步走向出口，像是怕无法及时出去似的。这个地方突然危险起来，一切都感觉危险起来。

那条突发新闻。它指出了目标。恰好我在那里等待时播出，恰好在警卫接电话时播出，这肯定不是偶然。

这又是一次警告。我忽然意识到，这可能是最后一次。杰克逊还有什么能够公布的？其他所有信息都已经公开了。自由团结运动的身份。潜在的暴力威胁。目标。这已经形成了完整的袭击策划。唯一缺少的就是扎卡里的名字。

我迫切地想要离开那座大楼，加快步伐冲向楼外冰冷的空气中。我走出大楼时，看见一辆黑色萨博班从路边开走。之前这辆车一直停在门口附近。萨博班从我身边经过时，我瞥见了后座上的男人。

我敢发誓，那个人就是杰克逊。

第 49 章

  周一剩下的时间一点点地挨过去了,然后周二大半天也是如此。两天我都花了几个小时,在妈妈的病床旁陪她。大部分时间我们都在看电视,或者等扎卡里来的时候与他聊天。我们两个人之间的对话很不自然,非常尴尬。

  我没有再联系其他任何人,没有做任何调查。我深信这样做也是徒劳无功。我的活动都被人监控了。没有私密,都不安全。会不会有更多的警告?或者下一步就是公布扎卡里的名字?

  昨天早上,我翻遍了办公桌抽屉,找出了巴克给我的那张照片,薇薇安的那张照片。我把照片放在身前的桌子上,盯着看。尽管听起来可能很荒谬,但是看着照片我真的很愤怒。这一切全是因为她。如果我早点放手,所有这一切都不会发生。我的儿子也就安全了。

  我依然随身带着录音设备,会看房内的录像,着了魔似的频繁检查安保系统。这其实和监视没有什么两样,多年来,我花费大量时间干这种机械性的工作，坐在车里，监视着房子，等待某人出现。这份工作的本质便在于耐心。只要有耐心，犯罪分子终会露出马脚。

但是至今为止，还没有谁露出马脚。我没有再见到杰克逊，也没有接到他的电话。我不停地看手机，看短信。你做好决定了吗？有时我会碰一下屏幕，调出键盘，想象着编辑一条回复，告诉他我接受条件。这样一切都简单了。

昨天晚上，扎卡里和我点了中餐外卖，然后我们一起坐在沙发上看电视——一个有障碍赛的比赛节目。"以后不住在这里会很奇怪。"他突然蹦出这么一句话，弄得我有些措手不及。"我的意思是说，如果我能去上大学的话。"他戚戚然地补充道。

"你能去的。"我说，然后我又更温柔地说，"对我们两个人都会很怪。"我真正的意思是说，我也会想你的。

今晚我们点的比萨外卖，餐后终于要下棋了。他走了"车"，和我想的一样。我吃掉了它。然后他又走了"皇后"，牺牲了她，因为这是保护"国王"的唯一方法。于是我们又陷入了僵局。

至少我奋勇战斗过。我还没有输。

扎卡里道了晚安，上楼后又放起那些低沉的男低音歌曲。我开了一瓶精酿啤酒，坐在客厅里喝着，眼睛盯着棋盘。为什么我不知道下一步走什么呢？

一瓶喝光之后，我把瓶子扔进可回收垃圾桶，又开了一瓶。我回身坐到沙发上，想到了斯科特。我闭上双眼，想象着他在这里，在我身边。

如果那一天，我让斯科特审问扎卡里会怎样？他就能看出真相，明白扎卡里没有参与，我的儿子从来就没有听说过自由团结运动。那样，我们或许能共同应对这一切,一起战斗。

天啊,我多希望有人能站在我这一边。我多希望自己不是孤军奋战。

我也不知道为什么,就想到了薇薇安·米勒。想到她那笑脸盈盈的丈夫,手里拿着铲子,拉着孩子吃早饭。

我喝下最后一滴啤酒,拿着瓶子来到厨房,把瓶子扔进可回收垃圾桶里。瓶子撞到了之前那一个,产生剧烈的碰撞,淹没了楼上传来的男低音,哪怕只有那么一瞬间。

如果还不算晚呢?如果我找斯科特谈一谈,把一切都告诉他呢?

如果我们还可以并肩作战,一起应对这一切呢?

内布拉斯加冷得没道理,比华盛顿特区还冷,积雪有三四英尺[①]厚,地上还有刚下的雪。我在奥马哈机场租了一辆车,开到斯科特家,我是从他的个人档案里找到的这个地址。

这是一所方形的房子,两层,屋顶白皑皑的闪着光。屋里的灯是关着的,车道上的积雪已经清理干净,车子开走了。我在车里坐着,观察这条街道,观察这所房子,等着斯科特出现。

五点二十,一辆黑色轿车驶来,停进车道里。

我看到斯科特从车里出来,便也下了车。他穿着一件长款羊毛外套,哈出的气变成了白雾。他看见我,呆住了。

"我们得谈谈,斯科特。"

"我跟你说过,不想参与到这件事里。"

[①] 1 英尺约合 30.48 厘米。

"先听我讲完。"

一辆除雪机在街道上隆隆地驶过，斯科特瞥了一眼，然后转身走向房子前门，靴子踩在雪地上，嘎吱作响。我跟在他后面，他也没有拦我。

他把钥匙插进锁里，我又注意到他的头发，那晚他来我家质问我扎卡里的事时，我第一次注意到那一绺灰色的头发。

我的目光向下落到他的左手上。光秃秃的。

他发现我在看他。他直视我的双眼，注视着，然后什么也没说，开了门，示意我进去。我不安地走了进去。

他跟着我进了门，打开灯，锁上身后的门。我脱掉外套，挂在门边的挂钩上。这所房子一看就像单身公寓，只是暂时栖身。里面家具很少，客厅里只有一张沙发和一台电视，一个暂且被拿来当咖啡桌的纸箱子。厨房用具看起来像几十年前的；操作台上什么都没有。他来奥马哈已经一周多了，但是从这所空荡荡的房子根本看不出来。

斯科特看了看我，好似在想应该说些什么。最后他抬起左手，看了看本该戴着戒指的地方。"不戴感觉还有些奇怪……已经一段时间了。调到奥马哈……"他摇了摇头，苦笑了一下，"成了致命一击。"

"对不起，斯科特。"我说，而且心里真觉得有些对不起他。我在这件事里有一些责任，而且我也不愿看他受到伤害。

"她说不准备辞职，也不打算让孩子离开现在的学校。"他瘫坐在沙发上，一张破烂的沙发，"那么到底是谁呢，斯蒂芬？是谁做的这一切？"

尽管无论怎么看我都不应该讲，但我需要把那个名字说出来。"杰克逊。"

"副局长?"

"是的。"

他皱着眉头,盯着我。但是他脸上还有一些别的什么,一种混杂的情绪。好奇和愤怒。沮丧。

但是已经没有怀疑。我的心跳开始加速。我如释重负,差点忍不住笑了出来。

他相信我。

"为什么?"斯科特很想知道。

我能行的。我就是为这件事而来的。

我回想起多年前那次对话,我们两人分手那一次。我不能和无法向我敞开心扉的人交往,斯蒂芬。不能相信我的人。

我相信斯科特;我真的相信他。我一生从未这样相信过一个男人,没这样相信过任何人。

于是,我把一切都告诉了他。完整的真相。从最开始到最后。

我讲完之后,感觉压在肩膀上的重担终于卸了下来。从这件事刚开始到现在,我从未如此轻松。说实话,多年来都没有这么轻松过了。

他倾听着,问了几个问题,不时地点头。我从他的表情能看出来,他相信我,虽然这一切听起来很疯狂。

我不确定,或许此时他对我的意义,比以往任何时候都更重大。

但是,不管我身上卸下怎样的重担,现在都压到了他身上。我能看出来。他的眼神惊慌,声音空洞。"天啊,斯蒂芬。"他听我讲完,开口说道,"我真希望你之前就把哈利迪的事情告诉我。很久之前。"

"我也希望之前能讲出来。"天啊,我真心希望。如果我从一开始就没有保留这个秘密,现在的生活或许会完全不同。

"这件事他参与了吗?"

"我不知道。我是说,肯定是杰克逊干的。但是这个时间点……太巧了。"

他扫视着我的脸,露出亲密又爱怜的目光。"那么我们现在该怎么办?"

他的话使我嘴角带笑,这一次我不再强忍,无法压抑。

我们。

斯科特和我一起分析了现在的形势,我们可做的选择并不多。然后一起谋划了下一步行动。我们该如何阻止一个被侵蚀的联邦调查局副局长,他为外国敌对势力工作,已经证明有能力影响我们的私人生活和职业生涯。

根本没有清晰的答案。

七点左右,我觉得饿了。他提议吃泰餐,说城里有一家很好的餐馆。"娘惹咖喱和泰式炒河粉?"他笑着问。

我也对他笑了笑,有些伤感。如果他一直没有离开,我的生活该是多么不同。我们本可以组建一个家庭,我们俩和扎卡里。

我们依然可以。

我不自觉地又看向他的左手。

"再来点啤酒?"他问道。

"度数最高的那种。"

他咧嘴笑了笑,这一次我敢说,看起来伤感的是他。他看起来满心遗憾。意识到这一点令我充满期待。有了希望。这种感觉很奇怪,因为我都不记得上次有这样的感觉是什么时候了。

他抓起外套,出了门,我则给妈妈打了电话。她正在睡觉,不过我和她的主治大夫简短聊了几句。他们很快就会安排她出院。我要说服她来同扎卡里和我一起住。我没告诉她我在奥马哈。然后我打了扎卡里的电话,告诉他我要在外面过夜,明早飞回家。"晚上在家吗?"我问他。

"在。"

"你吃了吗?门锁了吗?"

"是的,妈。"

"给外婆打个电话。有事给我打电话。爱你。"

他嘟哝了一句,我也爱你。

我打开电视,调成静音。电视上播着广告,人寿保险的。一对老年夫妇走在沙滩上,欢笑着,下面的字幕催促观众现在打电话,免费报价!

斯科特结婚了。这条红线我永远也不会越过。

但是他的婚姻不会一直持续下去。

我的思绪又转向杰克逊,还有我们的选择。思考着下一步行动。我调大了电视音量,以此保持清醒。我心不在焉地听着电视,突然一个句子打断了我的思绪。

"……今天下午,副总统萨姆·多诺里被问及当前的威胁……"

威胁?

屏幕画面转换成副总统接受采访的片段。他站在一家工厂的车间里,看起来像是临时组织的新闻发布会。镜头外有个声音提问:"多数党领袖要求更积极的保护措施……您说没有这个必要？"摄像机拉到近景，等待着他的回答。

"我看过情报，"多诺里回答说，"坦率地讲，我认为都是一堆废话。"闪光灯围绕着他，快门的声音在电视上都能听到。他是个天生的政客，此刻故意停顿了一下，环顾四周，然后目光投向摄像机。"我向美国人民保证，不会有袭击发生。"

听到他说这些话，在某种程度上给了我一些希望。因为他是对的，关于刺杀阴谋的风言风语根本就是胡言乱语。媒体大肆宣传完全不合情理。我能看出来，多诺里也能看出来。很快所有人都能看出来。那时真相就会浮出水面。而真相就是，自由团结运动的密谋完全是捏造的。

第 50 章

我不知不觉睡着了,醒来时发现阳光从窗外照进来,刚下的雪在阳光下闪闪发光。

电视还开着,但是现在播的是早间节目。欢快的主播,艳丽的色彩,喋喋不休地聊着中西部地区的暴风雪。

糟糕。我睡了多久?

我挣扎着坐起来,四处寻找着斯科特,但发现只有我一个人在屋里。我摸索着手机,看了一眼屏幕:上午 7:34。

该死,斯蒂芬。

屋里静悄悄的,斯科特肯定还在睡觉。我只能听见电视的声音和火炉呼呼燃烧的声音。我站起来,在厨房里游荡。想找点咖啡,却没有找到。他从来都不喝咖啡,是吧?

我的肚子咕咕叫着。咖喱和泰式炒河粉——我饿坏了,它们听起来很美味,早餐吃也可以。我打开冰箱,想找剩下的饭菜。

冰箱里有一盒果汁,一包熟食肉制品,一包没有开封的奶酪。

没有剩下的泰餐,没有啤酒。

我开始有些担心,但还是压了下去。他不是说饿了吗?肯定把带回家的食物都吃了。

我找到垃圾桶,向里面看了看。

没有餐盒。没有啤酒瓶。

我又想了些理由。餐馆因为大雪关门了,他没买到晚餐就回家了。

我悄悄上了楼。在一扇门外向里看去,屋里空荡荡的,一件家具都没有。我又来到一扇门前——是浴室。还有第三扇门,关着的。我听了听动静,什么声音都没有。

我轻轻敲了敲门,然后推开一条缝,刚好能看清里面。我想应该是斯科特的卧室。大床,没有整理,床单歪歪斜斜的。床头柜上放了一本打开的J.埃德加·胡佛①的传记。

"斯科特。"我谨慎地喊了一声,"你在这儿吗?"

一片沉默。

"斯科特。"

我又下了楼,打开地下室的门。我开了灯,向楼梯下瞥去。淡淡的霉味扑鼻而来。"斯科特。"

他的车没有停在车道上。雪上也没有轮胎印。我感到一阵不安。但总归得有个解释。斯科特原本在这儿,但必须要离开。他已经去上班了。

我找到手机,翻出他的号码,拨了电话。

---

① 美国联邦调查局改制后的第一任局长,任期长达四十八年。

电话铃响了四声,然后转入语音信箱。我挂断了电话。

我又找到另外一个号码。铃响了一声,扎卡里就接了电话。

"嘿,妈。"

"嘿,亲爱的。你那边一切都好吗?"

"好。"

"好的,很好。"小心点,我很有说出这句话的冲动。

但是他说自己睡过头了,马上就要迟到了,便挂断了电话。

我心里的不安愈发强烈,有了更不好的预感。但是应该不会这样。扎卡里没事。斯科特应该只是去上班了。

我又上了楼,进了浴室,准备冲澡,把水温调到最高。我脱了衣服,试了水温,还是不热。

我忽然想到,如果他去上班了,我可以打电话,在那里找到他。

我从架子上取下一条浴巾,裹在身上,下楼去取手机。我找到了地区办公室的电话,拨通了总机号。接电话的是个女人。"请接斯科特·克拉克特工。"我说。

"抱歉。"对方干脆地回答,"克拉克特工不在。"

"能帮我转接电话吗?"

"请问您是谁?"

我结束了通话,又拨了他的手机。

这一次直接转入语音信箱。

出了什么问题。

我找到工作用的电子邮箱。也不知道为什么,或许只是本能吧。

我浏览了邮件标题,然后目光停在一封邮件上。

令人心碎的巨大损失。

华盛顿特区办公室的头儿十九分钟之前发的。

我双击了标题,阅读了里面的内容。我的手颤抖着。内心嘶吼着,不敢相信我看到的内容,但我知道这是真的。

我怀着沉重的心情,向大家通报一位特工惨遭不幸,他在不久前还是我们的一员。

这不可能。

……昨晚一场交通事故……雪……路况……

求你了,苍天啊,不要这样。

……斯科特·克拉克特工……

我的视线停住,心跳也好似停了。

斯科特。

第 51 章

我读着这些字,但不相信这是真的。这肯定是一场噩梦,一场可怕的噩梦。

道路结冰……死于撞击……

不要。

这不是真的。

……没有目击证人……调查仍在进行……

不要是斯科特,不要。

手机从我手里滑落。我感到一阵阵惊慌、恶心。

我脑海中浮现出以前的画面。我们最初约会的时候,那时我们都还年轻,充满雄心壮志,爱得如胶似漆。我回想起他和扎卡里在一起的样子,他们在公园一起玩棒球,他总是扔一些扎卡里能接到的反弹球。还有昨天晚上,他去买晚餐之前,脸上开心的笑容,眼中的光芒。

是我把他卷进来的。是我又把他拉进来,大老远飞到奥马哈,求他帮我。是我害死了他。如果我不说自己饿了,他就不会出去。

我双腿无力,等发觉时已经迟了。我瘫倒在地上,不禁啜泣起来。

斯科特。我的斯科特。死了。

我在这里睡觉时,斯科特却死了。警察找到了他的尸体,通知了他的妻子和调查局,整个过程我都在睡觉。我感觉自己就要吐出来了。

怎么会发生这样的事情?斯科特怎么会遇害?

是杰克逊干的。

这个想法最初只是星星之火,逐渐蔓延扩散,最后变成熊熊怒火。

是杰克逊干的。因为我把真相告诉了斯科特。

因为他愿意帮我。

过了很久,我挣扎着站起来,又裹紧了浴巾,擦去脸上的泪水。淋浴还在流着。浴室的门虚掩着。我推开门,迎面冲来一股水蒸气,好似桑拿。

我第一眼就看见了镜子。

完全被雾气笼罩,只显出一条信息:

下一个就是"扎"。

第 52 章

　　水蒸气开始盖住这几个字了，水滴从镜面上滑落，就像血一样，模糊了镜面。用不了多久，这些字就会消失。这条信息就会消失。

　　我冲向淋浴，关上水龙头。水流停了下来；房子变安静了，只有最后几滴水流入下水道的声音。我紧张地听着有没有其他声响，有没有留下这条威胁的入侵者的声音。

　　我的枪。我的枪在客厅，放在壁炉架上。我昨晚就放在那里。现在还在吗？

　　我摸索着衣服，穿上它们。然后我走出浴室，心跳加速，耳朵竖起，注意着房里的任何声响，用尽一切办法搜寻着这个人。

　　我悄悄下了楼。我的格洛克手枪还在壁炉架上。我快步走过去，拿起枪，查看了一番，确保枪上了膛。双手紧紧握住。

　　后门大开着。我走近了一些，感觉冷风从外面袭来。

　　我举着枪，看向门外。新下的雪上有脚印，通向远处的树林。

冰冷的空气穿透了我的衣服，我不停地打着冷战。

不知道是谁来过这里，但现在人已经走了。

下一个就是"扎"。

几分钟后我已经上了车，在去往机场的路上。我脚踩油门，踩得特别用力。公路上积雪已经被清理干净，但很滑。我给扎卡里发了短信。给我回电话。几秒钟后，我的手机铃声响起。

"我要你今天特别小心。"我对他说。我知道我吓到了他，但是我现在离他太远，而且知道他处于危险中。我了解那些人的手段。

"发生了什么？"

我该怎么说？暴力？谋杀？"你之前是对的。现在就和在芝加哥的情况一样，而且更糟。"

他轻轻咒骂了一声。换作一周前，我可能还会因为他用咒骂的词批评他。"是不是他？哈利迪？"

有可能是，至少有一定的可能。但是真相——背后的深度——远比这个可怕。"扎卡里——事情很复杂。"

"你有危险吗，妈妈？"他直截了当地问。

我想象着斯科特的车，那辆黑色的轿车，被撞得扭曲变形。我用力闭了闭眼睛，想要驱散那个画面，却怎么也赶不走。我有危险吗？"我担心的是你。所以你要保证多加小心。"

"他不能就这样逃脱了惩罚——"

学校。华盛顿特区比奥马哈早一小时；扎卡里在学校，而他们知道他在哪里。恐惧如一记重拳，打在我身上。"我要你今天逃课。"

"什么？"

"离开学校。"我绞尽脑汁地想安全的地方，一时间想到的只有我的母亲。"去医院。今天和外婆待在一起。"

"真的吗，妈？"他的声音带着恐惧。我吓到他了。

"扎卡里，按我说的做。"

"我爱你，妈妈。"我能想象出他脸上担忧的神情。但我看到的不是他现在的脸，而是多年前在后视镜里那个孤单、恐惧的孩子的脸。

"我也爱你，扎卡里。"

天气影响了奥马哈的空中交通，我回家的航班延误了好几个小时。我终于回来了。华盛顿特区很冷，所幸没有下雪。我直奔总部，不能再等杰克逊找上我。我要做一些早几天前就该做的事情。我要主动出击，对付他。

他杀害了斯科特。我的斯科特。他把斯科特从我身边夺走。他伤害了我的母亲，现在又来威胁我的儿子。我不会再害怕了。

我大步走过大厅，通过安检，坐电梯上了他的楼层。我打开他办公室前厅的门，他的秘书坐在办公桌前，抬头看着我。她脸上闪过一丝惊讶的神情，接着又变得困惑。

"我要见他。"我单刀直入。没等她回应，我便穿过了接待室，向他关着门的私人办公室走去。她还没来得及回答我，我就已经把门打开了。

办公室里是空的。

"他不在。"秘书跟在我身后，弱弱地说。我深吸一口气，平缓了一下剧烈跳动的心脏,瞪着空空的办公桌,好似我愤怒地看着就能让他出现似的。然后我突然转过身去。

"他去哪里了?"

她的表情立刻从困惑变成了恐惧。这一点都不奇怪,我此时表现出来的精神状态明显不稳定。她转身回到办公桌前,注意力转到身前的几张纸上,翻看了一番,顿了一下,读了一些什么。

"马多克斯特工是吧?"她问道,头也没抬。

"是。"她非常清楚我是谁,她尽管可以去安保部门举报我。我要录下他供认罪行的话,我要把一切公之于众,而且今天就要去做。

"副局长拟参加今晚在大使大酒店举行的慈善晚宴——"她开始说道,我没听完就已经出了门。

大使大酒店距离白宫仅一步之遥。这是一座由十九世纪的地标建筑改建而成的豪华酒店,很有名。酒店正门有一条宽阔的环形车道,我把车开进去,靠边停了下来。我打开车门时,便有一名侍者上前迎接。"联邦调查局。"我轻声说,谨慎地亮了一下警徽。他瞥了一眼,便退到一边。

我总是不停地在想斯科特,想象着他的轿车,那辆扭曲变形了的车。愤怒令我无法呼吸。我知道现在需要清醒地思考,但是我做不到。

玻璃门通向巨大的中庭,这里铺着大理石地面,有水晶吊灯,厚重的金色窗帘挂在巨大的窗户上。中庭正中央有一座高高的钟塔。一边是服务台和巨大的钢琴,另一边是休息区。中庭远端是一排巨大的双开门,是通往舞厅的入口。

我环视大厅,没有发现杰克逊。这里只有零星几个人。我大步走过大厅,打量着每一个人,好似他们任何一个都有可能是威胁。

我快步走到中庭后面的双开门。门前有一块金色提示牌。我知道这个名字;这个活动总能吸引几位总统幕僚、参议员和众议员,还有一些想要与他们结交而挥金如土的人。

一个身穿无尾礼服,看起来很疲惫的男人从我身旁经过,手里拿着一个好似写字夹板的平板电脑。毫无疑问他是组织者之一。我拦下他,亮出警徽。

"杰克逊在这里吗?"我问道,"联邦调查局副局长?"

他先看了一眼我的警徽,然后看了一眼我的脸,眨了眨眼睛。"杰克逊?不在。"

他匆匆走开,我又回到大厅中央,来到休息区。我坐在一把小小的簇绒条凳上,可以清楚地看见正门到中庭,再到舞厅双开门的各个地方。

更多的人来到酒店,个个盛装打扮,但是我满脑子都是斯科特。他的笑脸。他抱住我,我的头靠在他胸脯上的感觉。看着扎卡里冲向他,和他一起咯咯地笑着,骑到他的肩膀上。

死于撞击。

我身后有一扇窗,挂着厚重闪光的窗帘。我轻轻拉开一点窗帘,看向外面。从这里能看到服务人员通道,门前是混凝土平台,两侧是白色栏杆。两个人站在外面,看样子像是厨房工作人员。两人都穿着黑裤子、黑衬衫,上身穿着白色围裙。其中一个人拿着香烟,正弹着烟灰,另一个人拿了一杯咖啡。他们靠在栏杆上,在寒冷中缩成一团,闲聊着。

我从窗户处转回身,又扫视了一遍大厅,特别注意了入口处。仍然没有杰克逊的踪影。我把手搭在衬衫上,偷偷摸了摸下面的录音设备。

我已经准备好了。等他来了，我就要录下他认罪的话。我会带着录音直接找李局长，把发生的一切都告诉他。扎卡里就没有危险了。妈妈也将安全了。杰克逊再也无法伤害任何人。他余生都将在牢里度过。

男男女女纷纷到来，男人穿着无尾晚礼服，女人穿着五颜六色的长礼服，上身套着保暖外套。他们穿过中庭，来到舞厅，有说有笑。拿着平板的男人向他们打招呼，引导他们进到里面。

到时间了，一位身穿黑色蕾丝长裙的女人坐到大钢琴前，开始演奏。更多的宾客涌来。但是依然没有杰克逊的踪影，我的神经开始有些紧张。

警卫队护送着一位银发男子抵达酒店。他看起来有些眼熟，我想应该是某位议员。随后又来了一位议员，田纳西州的参议员。大厅里的人多了起来。更多的宾客到来，更多的酒店住客驻足观看这盛大的场面。我瞥了一眼中庭正中央的那个大钟，然后盯住了玻璃门。他肯定很快就到。

更多的高官抵达。有的闲庭信步，微笑着向旁观者点头示意。有一些头也不抬，快步走过。在宾客到来之间，我观察着大厅里聚集起来的住客，还有大钟旁边一群喧闹的记者。

我又向身后的窗户外面瞥了一眼，但这时平台上已经空了。厨房的工作人员已经离开，显然是去准备晚宴了。时间一点点地过去，但是杰克逊还没有到。我拿出手机，思索着能不能给他的秘书打个电话，弄清楚他现在到底到哪儿了。

然后我又回头看了一眼大门，心下一惊。一张熟悉的面孔出现在那里，向中庭走来，他挽着妻子的手。来者是联邦调查局局长 J. J. 李，随行的还有三个男人，洁白的衬衫，外加西装，一人在前，两人在后。几个人迅速穿过大厅。李对一位参议员笑了笑。

我彻底紧张起来。这不是我第一次扳倒有权有势的人,但这次感觉不同。我观察着每个人的面容,寻找可疑的人,寻找可能也在监视的人,在监视我的人。没有人像是危险人物,但是我并没有放松警惕。

我回头看了看身后的窗外,不禁倒吸了一口凉气。

外面又出现一个男人,同样的黑色制服,但是没有穿围裙。他靠在栏杆上,盯着远方,抽了一口烟。他的脸我很熟悉。我认识他。

迪伦·泰勒。

他懒洋洋地吐了几口烟,弹掉香烟末端的烟灰。他在寒冷中缩着肩膀,但整体看起来放松而平静。

我后背一阵发凉,有一种强烈的本能,意识到可能要出大问题。我感觉好像所有拼图都在我脑中,但是顺序不对,没能拼到一起,想不通道理。

迪伦是一名服务生,是特别活动的临时服务人员。他周四上班,在酒店工作。他在这里出现不算稀奇事,道理讲得通。可是我为什么会感觉有问题呢?

他扔掉烟头,用脚后跟碾了碾,然后走回酒店里,服务人员通道的门在他身后关上。然后他站的位置就空了,好似他根本没有在那里出现过,好似一切都是一场不好的梦。

我的大脑还在努力消化刚才的所见,思考其中的意义,思考到底有没有什么特别的。或许根本没事,或许只是个巧合。但是依我的经验,这样的事出现肯定是有问题的。这应该是一场更大事件的一部分。一切都是某个更大事件的一部分。

我把注意力又拉回现实,努力专注于当下。杰克逊。这才是我来这里的目的。杰克逊随时都可能会来。我又将目光投向玻璃门。

有个人站在那里,一个如此熟悉的身影,但又显得陌生,因为他不应该出现在这里,他不属于这里。但是他就在这儿,穿着厚厚的连帽运动衫和牛仔裤,背包挂在一侧肩膀上,他四处张望,显得尴尬且格格不入。

我全身都凉透了。

那人是扎卡里。

第53章

他一动不动地站在那里，四处张望着，好像在找什么人。他的头发垂到额头前，挡住了左眼。他调整了一下肩膀上的背包。

我不明白。我的大脑拼命地想要把各个点连到一起，又或许是在抗拒即将出现的画面，不敢相信这一切是真的。

扎卡里，在这里。

迪伦·泰勒，也在这里。

我向我的儿子靠近，我甚至都没有意识到自己站起身开始往外走。他拿出手机，低头皱着眉看着。

他再次抬头时，我已经离他很近了。他看见我，一时间脸上露出见到熟人的喜悦之色。但随后立刻变得困惑。"妈？"

我拉住他的胳膊，向大厅里的服务台走去。我端详着他，仍然抓着他的胳膊，没有放开。他的眼睛瞪圆了，显得更加困惑了。他看起来很焦虑。但是除了焦虑之外似乎还有别的什么情绪，是愧疚吗？

扎卡里和迪伦·泰勒出现在同一个地方。到底发生了什么？

"你在这里做什么？"我问他，声音很大。一个穿着粉色褶边礼服的女人抬头瞪了我一眼。"你为什么不在医院里？"

"来见一个人。"他立刻变得有些抵触，"别紧张，妈。"

"见谁？"

我的心怦怦地跳着。他在这里，和迪伦出现在同一个地方，杰克逊本应该来的地方。

这不是巧合。

这时，我发现他又看了一眼手机，忽然想明白了。

有人引诱他来这里。有人想要扎卡里来这里，就在这个时候来这座酒店。

我的注意力从他身上转开，环顾了大厅四周。我甚至都不知道自己在寻找什么。我的目光掠过一张张面孔，他们看起来似乎都有可能在监视我，尽管我知道他们并没有。我搜寻着杰克逊，但是并没有看到他。

"妈，发生了什么？"

两个身穿亮片礼服，套着毛皮外套的女人走过玻璃门，大笑着。她们身后跟进来几个人。一共四个，穿着黑西装，戴着便携式头戴耳机，围绕在一个银发男人和一个女人周围，跟着他们，步调保持一致，好似一个保护盒。我看清了那个银发男人的面容，正是中情局局长哈里森·德雷克。

这时德雷克局长已经来到舞厅门口。我目不转睛地盯着他，看着他的黑色外套的背部。李局长走过大厅的画面在我脑中闪过。

而后，我又在无意识间走了起来，跑了起来。妈。我听到扎卡里在身后叫我。但是我正迅速穿过大厅,向舞厅大门走去。德雷克局长消失在舞厅里。和李局长在同一个地方。

我又来到那个手拿平板、身穿无尾礼服的男人面前。"我需要一份嘉宾名单。"我说。

他点了点头,把平板递给我。我扫视了屏幕上的名单,心怦怦地跳着。然后我的目光停了下来。

在这里。

他在名单上。参议院多数党领袖希尔兹。

三个目标人物,全在这里,在同一个地方。

萦绕在我脑海中的信息碎片,在这一刻汇聚到一起,组成了一个可怕的真相。

将有一次袭击发生,而他们会栽赃到扎卡里身上。

希尔兹的名字前面有一个小小的方块。未签到。参议员还没有抵达。

如果我能拦住他,或许还能赢得一点时间。

我把平板塞回到身穿无尾礼服的男人手里,拿出手机,找到快拨键,拨通了联邦调查局指挥中心的电话,然后把手机贴到耳边。

"联邦调查局特工斯蒂芬·马多克斯。"电话接通后,我说,"我需要参议院多数党领袖的安保人员详细信息。很急。"

对面顿了一会儿,我则冲过大厅,挤过宾客,回到扎卡里身边,电话依然贴在耳边。周围人都在看我。我看见扎卡里在我前面,就在之前我离开他的地方,正看着我。

我要把扎卡里带离这个地方。他现在有危险,比我之前想象的要危险得多。

"快走。"我来到他身旁,对他说。

"妈——"

"你必须离开,马上。"我紧紧抓住他的胳膊,拉着他向大门走去。他开始站在那里不动,有些抵抗,但后来还是跟着我走了起来。

"妈,我不明白——"

"亲爱的,这次只管相信我。你必须离开。"我的语气透着绝望,我自己都能感觉出来。我肯定他也能听出来。

我们挤到门外,来到冰冷的空气中,来到酒店门口宽阔的人行道上。一切都看似正常。几名侍者,一辆行李车,路边停了几辆车。看起来不像是即将发生袭击事件的场景。

但袭击确实要发生,是吧?

三个目标人物都将出现在这里。

"发生了什么?"扎卡里又问道,我这才意识到,他正盯着我。我感到无比愧疚,因为他肯定能看出我很恐惧,以前即使情况危急,我也总是尽力隐藏这种恐惧,让他以为一切都没问题,以此保护他。

我一时思绪万千。他还太小,不应该面对这一切。"对不起,亲爱的。"

"为什么道歉?怎么了,妈?"

"该死,扎卡里,按我说的做就好。"我厉声说。

听到这些,他脸上闪过伤心的表情,那种痛苦的神情看起来如此熟悉。有多少次我没跟他道明原委?有多少次我没给过他任何解释?

并不是我不愿意,我想。是我不能。

"希尔兹的安保人员详细信息如下。"我耳边的手机里传来一个声音。

"扎卡里,这次不要再和我争了。赶紧走。"我猛地转过身去,大步跑回玻璃门内,心中默默祈祷扎卡里能听我的。"你们的大概抵达时间?"

"还有三分钟。"

"掉转车头。"

"警官?"

"掉转车头。不要靠近场馆。重复一遍,不要靠近场馆。"

我挂掉电话,把手机塞回兜里。恐惧席卷我的全身。我冲过大厅时,能感到有几个旁观者在看我,但我看不见他们。我眼中只有大厅尽头的那些双开门。通向舞厅的门,李局长坐在那里,还有德雷克局长、多名国会议员和很多无辜的人,他们完全不知道将要发生什么。

我快到双开门了,我看见穿无尾礼服的男人在登记台旁。"谁负责安保?"我厉声说。

"谁?"我看他没有回答,几乎吼了出来。他脸上一下没了血色,变得有些结巴,可是我已经没有时间等他了。时间紧迫。我猛地转过身去,伸手拉住门把手。谁负责都无所谓。我要把这些人疏散出去。天啊,就由我负责宣布要他们离开。

我刚拉开门,就听到第一声尖叫。

第 54 章

我太迟了。

我拼命想要弄清门另一侧发生了什么,是什么引发的尖叫,里面出现了什么危险。但是我说不清,我不知道。

我拔出枪。里面发生了什么已经不重要了。不管是什么,我都要进去。我需要帮忙。

我推开门,看到一片混乱。穿礼服的女人和穿无尾礼服的男人,个个惊慌失措,都朝我、朝着门口冲来,大逃亡开始了。

我向前迈了一步,想要看清他们周围和身后的情况。我竖起耳朵听有没有其他声音,可以帮助我判断前方有什么危险——枪击声,还有痛苦的嘶吼——但是我只听到舞厅深处的尖叫,惊慌失措的尖叫。

人群跑到我身边时,我牢牢站住,让他们从我身边跑过。人们推搡着,穿着高跟鞋和长礼服跌跌撞撞地,拼命往外逃。一个穿鲜红色衣服的女人看到我手里有枪,吓得尖叫一声,赶紧躲开了我。

尖叫声停了下来，取而代之的是哀号声。我开始向前走，好似逆流而上的鱼，在人群中挤过去，不顾逃跑的人群，不看恐惧的面孔，一心朝哀号传来的方向走去。

我能看到舞厅前面有两群人，几张桌子分开在两边。两圈人，蹲着，各自围着地板上的某种东西——更可能是某个人。我很熟悉这种场景，他们应该是围在受害人周围。

受害人。天啊，他们动手了，是不是？中情局局长，联邦调查局局长，参议院多数党领袖……他们真的是目标。

希尔兹还没到，但是德雷克已经到了，还有李——

我走向比较近的一圈人，绕开一把翻在地上的竹节椅。一群人的外围站了两个男人，外套已经脱掉，露出枪套，枪对准我的方向。我的本能和经过的训练告诉我，他们是自己人，是安保队伍的成员。

"联邦调查局！"我边向前走，边大喊道。

他们犹豫了一下，但还是放下了枪。我已经走到近前，能看到他们脸上的恐惧和犹豫。

我又向一圈人靠近了一些。地上躺了一个男人，穿着无尾礼服。另外一个男人蹲在他身旁，正好挡住我的视线，看不见地上男人的脸。他正在按压地上男人的胸部，给他做心肺复苏。其他人惊恐地看着，有些人捂住了嘴。有的则在号啕大哭。

一个女人哀号起来。我终于看清受害人的脸。他的鼻子下面有血，嘴边的血也往下淌着。他绿色的眼睛变得空洞无光。

李局长。

房间好像忽然旋转了起来。我往后退了一步，又退了一步。

联邦调查局局长死了。

联邦调查局局长、中央情报局局长、参议院多数党领袖。德雷克局长就在另一圈人中央,是不是?

女人哀号得更厉害了。我跑向另外一圈人。

一个男人四肢摊开,躺在一群目瞪口呆的人中央。他那雪白的礼服衬衫前襟上溅上了血迹。他身上有个女人在俯身为他做心肺复苏。

我隐约听到附近有人喊:"……凶杀目标……赶紧带他离开这里!"

房间尽头,有个银发男人被一群特工簇拥着,向一扇服务人员通道门走去。德雷克局长。

德雷克还活着。

我转过身,回头看向那一圈人,有些困惑。

凶杀目标。

那一圈人围着的是另外一个人,一个本不该死的人。

我向前迈了一步,又迈了一步,终于看清人群中央受害人的脸。血从他的鼻子和嘴里流出来。

我非常熟悉那张脸,因为它困扰了我很多年。

哈利迪。

他死了。这个禽兽死了。

他罪有应得。

这个想法势不可当。他在我眼中又变成了那个年轻的参议员,我的上司,他双手抓住我的双臂,紧紧地抓着……

我快速眨了眨眼,把自己拉回现实,看向眼前的受害人,四肢摊开躺在我的脚下。我感到一阵愧疚。我怎么能那么想？没人应该以这种方式死去。

哈利迪是被谋杀的。他是否罪有应得并不重要。他被谋杀了。就和李一样。联邦调查局局长死了。

我感觉胆汁上涌，喉咙里都有胆汁的味道。

这就意味着杰克逊掌控了调查局。他现在是代理局长了。

一个俄罗斯特工，现在成了联邦调查局的局长。

我感觉双腿都软了。我伸手扶住一张桌子，才稳住了身体。

俄罗斯人掌控了联邦调查局。

而且还有一名杀手逍遥法外。

又传来一阵哀号声，人群又动起来。整个舞厅一片混乱，所有人都惊慌失措。哈利迪漂亮的妻子有些歇斯底里。我把注意力放在眼前看到的东西上。一张桌布从桌子上被扯了下来，堆在地板上。一个花瓶倒在地上，里面的花都被踩烂了。香槟杯碎片散落在铺着地毯的地面上。

德雷克和他的安保人员已经从服务人员通道离开，进了厨房。厨房。

我想到阿林娜。我能看到她那瘦小的身躯，我能看到她眼神中的恐惧。你永远也不能了解。他们有……手段。在食物上……你根本不知道什么时候才是放心的。

这些人是中毒而死。

我的双脚动了起来。我向厨房门跑去，不假思索地推开了门。厨房里也一片混乱，有人在喊叫着。

在厨房里，烤箱旁的地砖上又有一具四肢摊开的尸体。

迪伦。

我有一种不祥的预感，耳朵也嗡嗡鸣响。我走出厨房，抓起手机，用颤抖的手指拨出一个号码。我一生中从未如此恐惧。

迪伦是今晚宴会的一名侍者，对吧？他负责端着开胃小菜和香槟游走在众人之间做服务。他们杀了他。

他们要毁掉一切不稳定因素。

他们要杀掉扎卡里。

下一个就是我的儿子。

"妈。"

我听到他的声音，感到如释重负。"扎卡里，你还好吗？你有感觉难受什么的吗？"

"没有啊。怎么了？"

他很好。

他们还没有对他下手。

"你现在在哪里？"

"在回家的路上。"

"锁上门。不要吃喝任何东西。"

"发生了什么？"我能听出他声音中的慌张。

我的脑海中浮现出母亲的样子，她被人推下楼梯。斯科特在路上遇到了车祸。

我感到一阵愤怒席卷全身，满脑子想的都是杰克逊。是他干的。

"照我说的做就好。"

有一名特工赶来，手里端着长枪。李的安保人员之一，我在总部见过他。"杰克逊呢？"我喊道。

"杰克逊？"

"他在哪里？他本应该来这儿的。"

"他没有计划来这里。只有李局长。"

我努力地体会着这句话。秘书对我撒谎了。

杰克逊也把我引诱到了这里。

我回头看向舞厅，看向那两圈人。

扎卡里之前在这里，出现在有三人死亡的谋杀案现场。当局需要多久能发现这一点？

在他房间里安排的枪。自由团结运动的电子邮件和极端主义者论坛。现在又出这件事。看起来就像我的儿子谋划了这一切。他还有多久就会被逮捕？

如果他入狱，就会变得危险。我又想到了阿林娜，她那皮包骨的样子，因恐惧而不敢吃饭。然后我又想到了浴室镜子上的字。下一个就是"扎"。

我没有多想便又动了起来，这一次冲向了大厅。我看到那一排玻璃门，我就是在那里发现扎卡里的。我在脑中回顾了当时的场景。我记得自己冲向他，把他拉到一旁，和他说了几句话，然后给希尔兹的安保人员打了电话。之后我把我儿子拉出了酒店，远离危险。

这一切都发生在第一声尖叫之前。

在所有人知道有一场袭击之前。

我的双眼投向天花板，看向安装了监控摄像头的角落。单这里就有六个。很隐蔽,但是我能看出摄像头的形状和镜头的样子。

有了那段录像就足够证明扎卡里在现场。有它就可以让陪审团相信,我预先知道了这场袭击。我们看起来就会像同谋。

我需要在调查局之前拿到那段录像。

第 55 章

大厅里混乱不堪。我扫视了房间，终于在钟塔底座附近找到了那个拿平板的男人。他现在已经惊慌失措，头发凌乱，领结也不见了。我艰难地在流动的人群中向他的方向穿行。他注意到我时，我已经快到他身边了。他瞪大了眼看着我。

"我需要安保录像。"我说。

"录像。"他重复了一遍，然后迅速肯定地点了点头，好似终于有了一个目标，也因此感到安心，"这边走。"

他带着我上了一段破旧的楼梯，走到一条走廊尽头。他在一台密码器上输入了密码，然后推门进入一个小房间。

屋里有一张长桌，四台显示器摆成一排，播放着不同摄像头传回的现场录像。显示器旁边有一台笔记本电脑，墙上都装备着录像设备。

他坐到一把转椅上，滑动轮子，向电脑的方向靠近了些。他唤醒了屏幕，开始输入命令。他操作的时候，我看着显示器屏幕。其中一台显示的是骚乱的大厅；另外一个显示的是舞厅，现在有医护人员和救护车担架在里面。还有一些便衣警察，但他们都很无助，漫无目的地四处乱转。调查局此时本应该已经抵达现场，全力以赴维持现场秩序，但是我没有看见任何熟悉的面孔，没有看见任何人指挥现场。

他停下了输入，我转头看了一眼笔记本电脑。屏幕上跳出了一个新窗口，上面是某种消息。

赶紧，我焦躁地催促着。再快点。

他犹豫了一下，关上那个窗口，又开始输入代码。

我需要这段录像。我需要仔细研究，在调查局将这次袭击与我儿子联系起来之前，先有所发现。

一旦当局拿到这段录像，一旦他们发现了扎卡里和我，就来不及了。

他又停止了输入。同样的窗口又跳了出来。我开始忧虑起来。

他久久地盯着屏幕，然后转头面向我。其实没等他说话，我已经知道他要说什么了。

"摄像机……没有录像。"

"你确定吗？"我质问道，但是我心里已经确定了。

他们当然不会录像。

不管是谁动的手，不管是谁做的这件可怕的事，肯定都会消除他们出现在这里的证据。

"我确定。"他疑惑地低声说。

从某种意义上讲，这算是一种解脱。至少是暂时的解脱。这就意味着没有录像证明扎卡里来过这里。没有录像显示我在第一声尖叫之前的举动。

但是，调查局最终还是会将蛛丝马迹联系到一起。他们会发现那封发给招募人的电子邮件，他们会定位扎卡里的手机。他们会知道他在凶杀案之前出现在这家酒店。他们会发现我具体是什么时间给希尔兹的安保人员打的电话。

他们最终会将我们两个与袭击联系起来。

但是真正实施这些袭击的人呢？没有录像，他的行踪被隐藏了。

我的目光又回到那些屏幕上，从一个屏幕跳到另外一个。实时画面，但是没有录像。不管是谁干的，他肯定在这里。他肯定在某个屏幕画面里。

这里是舞厅，两圈密密麻麻的人。这里是大厅，挤满了人。人们都冲向前门，挤出前门。

没有围栏。所有人都在离开。天啊，真是个灾难。没有人控制现场，没有人阻拦目击证人离开。

这时我看见了他。

屏幕上出现了一个身影。

深色帽子，低着头，与妈妈公寓楼里监控录像拍下的那个人一样。

我又靠近了一步，凝视着他，心跳开始变得剧烈。

"能把这里放大吗？"我指着屏幕上那个男人说。

我隐约能听到背后有敲击键盘的声音，然后那个男人在屏幕上变大了一些。我还是看不清他的脸，只能看到帽子。

他离玻璃门不远，正向酒店外走去。准备逃走。

"再放大。"我催促道。

屏幕上的男人抬起胳膊,推开门。我看见了它。

一个文身,熟悉的文身。

两把刀,交叉组成了一个 X。

第 56 章

这里没有围栏,没有人阻拦任何人离开。他就要逃走了。

我拿着枪,冲向大厅,下了一段楼梯,回到大堂,陷入混乱的人群中。我拼命地搜寻着他的踪迹。

我在人群中蛇形穿行,最终来到门前,我被挤在人群中,推开了门。我终于出来了,但还是没有看见他。我搜寻了停车场,任何移动的东西都会留意一下。他不可能走远。他肯定在这里的某个地方。

然后我看到了它。在停车场远端,从一排车中出来,开向出口。

一辆红色的掀背车。

我看到它,一时间呆住了。

然后我转身,跑向我的车,停在门口的巡洋舰。我钻进车里,发动了引擎,寻找着出口。掀背车向南转去,上了主路。

我踩下油门。

我从停车位出来，也上了主路，同样的方向。我已经看不见那辆掀背车了，需要把它追到视线范围内。

我要阻止这个禽兽，拿到我需要的证据。

我超过一辆车，又超过一辆。车载广播的声音断断续续地传入我的耳朵里。"……联邦调查局局长……资深参议员……"

汽车尾灯，就在前方。我敢说，就是那辆掀背车。我松了一点油门，保持着距离。不能让他知道我在这里。

"……丑陋的袭击……"

如果他知道有人跟踪，就可能把我引入埋伏。设好某种陷阱等我去跳。但是我能有什么选择呢？我不能让他逃走。

"……据推测，中情局局长德雷克是另外一位凶杀目标……"

德雷克。我在舞厅里想到的问题又冒了出来。中情局——是不是也掌握在俄罗斯人手里了？如果德雷克死了，谁将被任命为代理局长？我脑中浮现出兰利办公大楼墙上的那几张人像。

还有参议院。今晚希尔兹也本该出席的，他也应该会遇害的。谁会是多数党领袖的继任者？老天啊。俄罗斯人真的像渗透调查局一样渗透到参议院和中情局了吗？

我们来到了不那么拥堵的街道，树木更多了——也更昏暗了。我离得有些远，只能勉强看到车尾灯。我打开导航地图，监视着路线和我们前进的方向。我不熟悉这个区域，至少熟悉程度还不够。

前面的刹车灯闪了一下。

"……为他们的安全考虑，已转移到保密据点……"

掀背车放慢了速度，我也慢下来。然后它向右转了弯。

我看了看地图。它转进了一条通往树林的死路。一条死路。

我把广播静音,关上了车灯,猛地向右转去,进入了一条差点错过的街道。这条街也通往同一片树林。我透过树丛勉强能看到那辆掀背车。看到的基本上都是车大灯的光。他停在半路,恰好在另外一辆车后面,从我的角度看去,另外一辆车基本全部被挡住了。

他也关了车灯,然后就剩下一片黑暗。

我把车停在路边。从后座抓起监视背包,拿出我的相机,有长焦镜头的相机,斜挎在胸前。我又从枪套里拿出了格洛克手枪。然后我关上车顶灯,轻轻打开车门。

我要步行过去。我必须要看一看是谁在第三辆车里,看看他们在做什么。

我穿过树林,心剧烈地跳着,冷空气吹透了我的衣服,我的手紧紧地握着枪。光秃秃的树枝划着我的脸,但是我没有放慢速度。我不能靠得太近;不想让他们听到我,或看到我。我只要靠得足够近,能够看到他们、拍到他们就可以。

枯叶在我脚下嘎吱作响。我停了下来。现在已经足够近了;再靠近,他们就能听到我的声音了。我顿了顿,相机对准他们的方向,尽量拉长镜头。

该死。太暗了。

我站起来,又往前走了几步。现在更近了。每走一步都感觉好像有回音。

我又透过相机看去。这次我能看见两个人影,但是看不清模样。尽管如此,我还是按下了快门。

对准了他们的车，尽管只能看见一点点，还是拍了下来。咔嚓。咔嚓。

我也不知道有没有拍到有用的东西。我想再往前一点，就能拍到清楚的人像。我又开始走起来，向左边，轻轻地踏过灌木丛。

然后我站住了，又把相机对准了他们。

就在那里。那个有文身的男人。

我把镜头倍数放到最大。对准他对面的那个男人——

他的头稍微背离了我一些。如果他能转——

他回头看了一眼。

咔嚓。

然后又只能看到他的后脑勺了。该死。

他打开车门，钻了进去，又关上门。

我对准车窗，但是上面贴了膜。我什么都看不见。

我听到另外一辆车开门和关门的声音。

引擎发动起来，第一辆，然后另一辆。

车大灯亮起来。我紧紧地靠到一棵树上，躲开他们的视线。我僵在那里，等待着，第一辆车掉转车头开走了。然后第二辆。

我绕过树，看着他们驶上主路，开往我们来时的方向。第二辆车是小型蓝色轿车。我想可能是一辆卡罗拉。

我的巡洋舰离得太远。跟上他们也徒劳无益。

我低头看了看相机屏幕，按着箭头，找到我要看的那张照片，就是他回头时拍的那张。如果我按快门的时机合适，或许——

拍得非常好。恰好拍到正面，他的面容极其清晰。

薇薇安的丈夫。

我的目光无法从屏幕里的照片上挪开。

是他。那天我在她家看到的那个男人。和她的孩子在一起。

他也参与进来了。杰克逊，这次袭击，所有的事情他都参与了。那她呢？

我关上相机，开始往车的方向走，浑身颤抖不已。

不。她不可能。那天在她家里，她的表情，她的反应……她很困惑，甚至有些害怕。这点我确认。

至少我认为她是这样的。

但是，如果她没有参与，那就很危险。她和敌人生活在一起，而且她还一无所知。她的丈夫是不是也为俄罗斯人工作？他们在利用她吗？他们会不会威胁到她？

我现在该怎么办？

逃跑。这种欲望进入我的大脑，挥之不去。我每走一步，它都会在我的脑海中回响。

我们可以逃跑，不是吗？今晚就收拾东西，离开城里，从此消失？

天啊，这种想法真的很诱人。这样就能保证扎卡里的安全。我们以前这样做过，我们还可以再来一次。

但是这很难。这一次更糟。这一次的敌人不会对我们善罢甘休。

而且妈妈的状况也不适合出行。我不能把她留下。我不敢冒险，我不知道他们会对她怎样。

另外，俄罗斯人控制了联邦调查局。几乎控制了中情局和参议院。

我不能让这样的事情发生。我不能逃跑；那是不对的。我宣过誓，要维护法律，保卫国家。

　　我快走到街上时，又听到一个声音，我立刻停了下来，吓得浑身上下都凉透了。

　　枪上膛的声音。

第 57 章

我听到脚踩树叶的嘎吱声,脚步声从背后向我靠近。

我的格洛克手枪在右手边。这个人正在靠近——他看见我的枪了吗?即使现在没看见,也随时都可能看见。我通过他的脚步声判断了他的具体位置。

然后,我朝着声音传来的方向,猛地转身,举起手枪。

"开枪打我,你儿子就得死。"那个人说。我发现他已经进入了我的视线范围。他的双手落在身体两边。

我没有开枪。这是在电光火石之间做的决定,是经过多年训练形成的能力。如果有武器对着我,我在听懂对方说什么之前就已经扣动扳机了。

但是对方没有拿武器,所以我也没有开枪。这短暂的停顿,足够我听明白他的话了。开枪打我,你儿子就得死。

我透过瞄准镜看向他,手指扣在扳机上。我的耳朵充血,嗡嗡地响着。他举起右手,这时我看见他手里的枪。他对准了我。

开枪,斯蒂芬。你需要开枪。

但是我的手指没有动。你儿子就得死。

"你知道这件事并非我说了算,斯蒂芬。"

他现在双手都拿着枪,枪管对着我。他瞄准了我,我瞄准了他。僵持着。他的面色平静,太平静了。

"放下武器,斯蒂芬。"

我没有听他的。我要扣动扳机,对他开枪,杀死他,消除威胁。

即使这样也无法消除威胁,是不是?

你儿子就得死。

他开始向我走来。我一直把他控制在视线范围内,枪对着他,手指扣在扳机上。他已经来到我面前,只有几步的距离。

"不要犯傻,斯蒂芬。这么久了,我都没有杀你。"杰克逊抬起枪对准我的心脏,"不要逼我现在动手。"

我扔掉了枪。枪落在树叶上,发出一声轻响。

他面无表情,枪一直对着我。"上车。"他朝马路的方向努了努嘴。

我麻木地开始往前走,听到他紧跟在我身后。

我们穿过树林,我的车出现在眼前。还有一辆黑色的越野车,停在马路更远处。我停了下来。

"走。"他催促道。我能感觉到他的枪管抵在我的脊柱上,于是我又继续走下去,因为我现在知道了。

他们终于做了决定,认为杀掉我是最安全的选择,就像对斯科特一样。

这么久,我都没有杀你。不要逼我现在动手。

如果他想要我死,早就可以动手了,不是吗?或者可以找其他人替他下手。他还想要别的东西。

什么呢?

我们已经快到车旁了。我还戴着那套监听设备,只需要打开电源……

我想象着设备在衣服下面的位置。用身体感受着它。我需要透过衣服,按下按钮,我得不知不觉地做,不能让他发现。

他要杀我了。

这个想法冒了出来,在黑暗中回荡。

他用一只手打开了副驾驶的门,另一只手仍然握着枪。"进去。"

我身体的每一寸肌肉似乎都在抗拒,好似尖叫着让我不要这样做。这样太危险了。这就意味着与一个杀手一起进入了密闭空间。一个叛国者。

但是我需要证据。此刻我非常需要这些证据,比以前任何时候都更需要。

"上车。"

我带动肌肉动起来,爬上车。我爬上副驾驶位的时候,转身避开他,透过衣服按下了录音键。

他上了驾驶位,关上了车门——片刻之后,我听到了上锁的声音。我转头看向他。他脸上的表情和多年前在那栋联排住宅里一样,和在我家里他与我正面遭遇时也一样。

他发动了汽车,从路边驶出。

我们上了主路。路上空荡荡的,一片漆黑。我等着他说话。等着他供认自己的罪行，从而拿到我需要的证据。但是他什么都没有说。唯一的声音就是引擎的轰鸣，还有断断续续的收音机片段——关于这次袭击的新闻报道，记者没完没了地分析着凶手是谁，报道现场情况，介绍哈利迪和李的职业生涯。

"你想要怎样？"我的声音听起来很陌生。

他一直看着路，嘴唇紧闭。他在向南开，开向河边。这里的车更多一些，有更多的灯光。我记下每一块路标，在脑海中勾画出路线图，试着推测出我们的具体位置。思考着在恰当的时机如何逃跑。

"告诉我。"我坚持道。

他调大了广播的音量。广播中说话的是参议院多数党领袖。"副总统向美国人民承诺不会有危险。他应该立刻递交辞呈……"

我观察着杰克逊的表情，等着他说些什么，随便什么都行。我已经准备好了。我只需要他认罪，然后就可以逃跑了——

我们在西南部蜿蜒行驶，穿过商业区。电台主播的声音传到我耳朵里。"对自己所属政党直言不讳地发起攻击，"她说，"史无前例……他们需要一个替罪羊，一个承担罪责的人……"

杰克逊又把广播的音量调小，我们之间只有沉默。他慢慢停下了车。这条路人迹罕至，一侧靠水。

这时路上什么都没有。没有人，没有车。我能看到另一边的河，暗影沉沉，闪着波光。

这里是弃尸的绝佳地点。他带我到这里就是要杀我。

他把车停好，拿起手枪。

扎卡里。我儿子的模样在我脑中闪过。他人生的各个阶段，所有那些转瞬即逝的时刻。刚出生时,他粉色的小手倔强地抓住我的大拇指。蹒跚学步时,他摇摇晃晃地迈出最初的几步。他在秋千上荡得高高的,脸上露出灿烂的笑容。他自豪地骑着自行车,从我身边骑走。还有现在的他,已经渐渐长大成人,大步走过舞台,与校长握手,他的未来还有很多机会。我还记得在舞厅外面,紧紧地抱住他,好似永远也不能让他离开。

不。我不能让这种事情发生。我在座位上调整了姿势,方便把枪从他的手里踢开,但我刚扭动身子,他就拧住我的腿,疼得我直喘粗气。

"放松。"杰克逊说,"我不会伤害你。"

我的腿不能动了,枪在他另一只手上,我够不到。

"只要你没有什么鲁莽的举动。"他补充道,按在我腿上的力度也小了一些。他的手又在我的腿上悬了一会儿,好似在等我的下一步动作,但是我顺从地没有再动。

我完全按照他的想法,一动不动——一秒钟,两秒钟,然后……

我朝他的脸挥出右拳,用尽全力打在他的颧骨上。他像一只受了伤的狗,痛苦地尖叫一声。我已经压在了他的身上,从他手里抢夺着手枪——

咣。我弯下腰,喘息着,身子蜷作一团。他的拳头正中我的胃部。他把我按回到座位上,我被困在那里,大口喘着气,痛得有些发晕。

他伸手拿过我的相机,打开底部,拿出记忆卡,掰成两半。那是令人厌恶的声音。

不过也没关系。我知道自己看到了什么。我知道自己看见了谁。

"把录音设备给我,斯蒂芬。"

"我……没有。"我谎称。

"你有。"他目光冷酷,面色不容置疑。我又感到一阵寒意,他总是先我一步,永远都会先我一步,"要么你主动给我。要么我把你扒光,自己找。"

我盯着他,知道自己别无选择。我真希望能带上第二套设备。但是从他看我那洞悉一切的眼神,我有种感觉,即使有第二套设备,他也会知道的。不管我带了几套设备都没用,他都会知道的。

我又迟疑了一会儿,然后把手伸到衬衫下面。我把设备递给他,心中既愤怒又沮丧。

他接过设备,打开车窗,把录音设备扔进河里。录音设备扑通一声落入水里,那声音令人绝望。窗户再次被关上时,车内的空气变得非常冷。

他把枪插进枪套里,重新发动了汽车,从路边驶出。我看着前方的路,但什么都没有看到。我试图推测他的下一步行动。绝望地思考着我的下一步行动。

杰克逊开始轻声哼起了歌曲。哼的是我没听过的曲调,听起来充满不祥之感。我感到一阵寒意。我关注着周围的环境——我们正穿过大桥,通向弗吉尼亚。他要去哪里?

街道开始变得熟悉起来。我们来到了一片社区,我以前来过这里。

他在迪伦家的街道转了弯,我看见这里到处都是车。警车,有标志的、没标志的。警灯闪烁着。

杰克逊把车停在路边。这座房子就在我们前面,成群的穿着冲锋夹克的特工在四处搜查。

他伸手从驾驶位和中央控制台之间掏着什么东西,我呆呆地看着。

他把东西掏出来，递给我。"打开。"

我照他说的做，知道自己就要死了。

那是一沓照片，黑白的。最上面一张是扎卡里，他站在酒店大厅外面，是从远处用长焦镜头拍摄的。我记得他的姿势，他把背包随意地挂在肩膀上。

杰克逊的人手里有照片。有人在酒店里，等着拍照，搜集证据。是带文身的那个男人吗？

我知道情况有多糟，知道这意味着什么。

"我只是想让你了解一下，我们手里都有什么。"

我翻到下一张照片。扎卡里转过半截身子，回头看着。他的面部拍得很清晰。

"这根本算不上什么证据。"

"你确定吗？"他轻声奚落道。

我已经不太敢翻下一张照片了。我不想看，但又必须看。

第二张照片。扎卡里和我，在玻璃门附近，激烈地交谈着。

我的特写照片，指向酒店外，明显是在叫扎卡里离开。我脸上惊慌的表情显而易见。

"你今晚到底在做什么，斯蒂芬？看起来你明显知道你的儿子在那里做什么。"

第三张照片。又是我，朝酒店跑去。

"照片时间显示，这时恰好在第一个报警电话之前。你怎么会知道？"他在玩弄我，好似这就是一场游戏，一场可怕的游戏，"当然还有你给希尔兹参议员的安保人员打的电话。情报热线。去见死前的迪伦·泰勒。这些事放在一起看会怎样？"

他是对的。看起来我和我的儿子一样有罪。

"没有时间了，斯蒂芬。"杰克逊说。

我没能将我们两人从这个泥潭救出来。没有时间了。

"如果我们公布这些照片，不管你说什么都没有用的。没有人会相信你的。没有人。"

这句话。这句话。和他闯入我家那天对我说的一样。和多年前哈利迪对我说的一样。我相信了这句话，被迫筑起了一道心墙，改变了我的人生。

我关心的人都身陷危险。我想到斯科特。车轮下面致命的冰块。妈妈，她痛得脸上没了血色。我说出真相就招致了这样的后果。我合上文件夹，伸手抓住门把手，才稳住了身体。

"并不一定要曝光。这完全取决于你。"

斯科特的面容又浮现在我脑海中。还有李局长。我看到俄罗斯国旗，想象着旗帜后面的人，精心策划这一切的人。

我用力闭上双眼，想要摆脱这些画面。

我感觉杰克逊向我转过身来。我睁开眼睛，看到他冲着我腿上的文件夹点了点头。"继续，为什么不看了？"

我低头看了看文件夹，又打开了，因为照片有太多的诱惑，因为我需要知道。

这一张照片是在近处照的，比头几张要暗一些。照片上是一个我不熟悉的地方，好像是某个街角。扎卡里在那里，还有一个高个男子，脸部有些模糊。他们在交换着什么，扎卡里手里明显有一把钱。

"这是你的儿子购买这次袭击用的毒药。"

"放屁！"

他轻声笑起来。

我用力盯着照片看。上面肯定是扎卡里。针织帽、连帽运动衫。金牛座轿车停在前面的街上。街道标牌清晰可见。我想应该是胡桃街和卡佛街的拐角处。在华盛顿特区东北部。肯定是处方药？我不敢确信。但是我确信肯定不是杰克逊说的东西。

恐惧令我动弹不得，我惊恐地意识到，我低估了这些人，他们为达目的不择手段。

我翻到下一张照片，因为我必须看看他们都拿到了什么证据。

照片上是迪伦的房子外面，又是晚上。前门开着，迪伦在屋里。扎卡里在门廊里。

"那座房子里到处都是扎卡里的指纹。"杰克逊说。恐惧在我的全身蔓延。

我不明白。这些都讲不通。

他们在迪伦家里布置了我儿子的指纹？在他们公开这些证据前，我还有多长时间？

杰克逊又开动了车。车子从街边驶出之前，我又最后看了一眼那座房子。到处都是特工。

里面真的有指纹吗？

调查局的系统里没有扎卡里的指纹记录。至少现在还没有。但是如果他被捕，事情就变了。

"继续。"杰克逊说。

我又翻到下一张照片。这一张更明亮，更清晰。照片上是扎卡里。我认出了位置：是酒店服务人员通道外面的平台。他在那里做什么？

他也在那里，迪伦·泰勒。他们在手递手传递着什么。这次是一个纸包。

照片看起来是真的，看起来很真实。足够说服陪审团，是吧？迪伦和扎卡里，一起出现在犯罪现场。交换着某种东西。

他们真的有过交集吗？

不。他们不可能有。这些是伪造的，全部都是伪造的。

但是伪造得很逼真。

哦，天啊。

我朝风挡玻璃外瞥了一眼，隐隐注意到我们正在回华盛顿特区的路上。

"到明天中午，"杰克逊对我说，"针对扎卡里的证据将公之于众。购买毒药，意图杀害美国政府官员。三起谋杀指控。通常是一级谋杀。除非你同意为我们工作。"

他伸手去取某样东西，一瞬间我甚至希望他拿的是枪。如果是枪，他就会杀了我，他们就会放过扎卡里，是吧？

不是枪。是一部手机。他递给我。

"拨打预设号码，斯蒂芬。让他们去处理，指纹就会从调查局的系统里删除。那些照片就永远都不会被公开。"

他们想要我打这个电话，从而拿到我的录音。录下我的犯罪请求，叛国行为。这样一来，他们就有足够的证据毁灭我，使我不敢忤逆他们。

他们会把我交给间谍管理者，未来这个人会给我指派更多任务。远远不只是保持沉默和保护杰克逊那么简单。我会成为他们的人，他们会提出更多要求。

但是他们有扎卡里的指纹。我知道这意味着什么。指纹便是一切。指纹意味着可以定罪。

我们又转进那个树木繁茂的小巷子，我的巡洋舰就停在这里。杰克逊慢慢把车停在旁边。

"我知道你爱你的儿子，我知道你不会背叛他的。"他说。

为了更多人的幸福背叛我的儿子，还是为了世上对我最重要的一个人，背叛很多其他人？

"中午，"杰克逊又说了一遍，"如果你还没有打这个电话，那些照片就会被公开。"

我听到他锁上车门的咔嗒声，我知道自己自由了，但是我也知道，我比以往任何时候陷得都深。

我上了自己的车，关上车门，落了锁。我不由自主地颤抖着。那辆越野车开走了，只剩下我一个人，孤零零的。

明天中午。

到明天中午，我能做点什么，能证明什么？

我伸手拿起副驾驶位上的手机，看了一下时间。

三个未接来电。

都是医院打来的。

我解锁了屏幕，回拨了未接号码。我满脑子想的都是妈妈。他们把扎卡里的事情告诉她了。他们永远也不会放过我的家人。

"我是格林医生。"

格林医生。那位年轻漂亮的女医生,就是她指出妈妈可能是被推下楼梯的。"我是斯蒂芬·马多克斯。我打电话来查看——"

"马多克斯女士。"她打断了我,"我很抱歉。"

她也知道扎卡里的事情了吗?是妈妈听说了有关扎卡里的流言,然后瞎说给——

"你的母亲心搏停止。她经历过那种内伤之后,这种情况时有发生。我们已经尽力了……"

不。

"……但是没能救活她。"

第 58 章

寂静的夜里,透过顶层套房的窗户向外看,几乎什么都看不到。波托马克河上一片漆黑,华盛顿被笼罩在黑暗中。只有少数几处建筑可见,像灯塔一样闪着光。

杰克逊脱掉外套,挂在一张低矮的硬质沙发背上。他后胯部的枪套露了出来,警徽反着光。他走到窗前,向外看了一会儿,然后又转回来。

"我给她看了照片。"他说。

韦斯站在房间的另一侧,观察着他。他松开了脖子上的领带,将衬衫衣袖挽到了胳膊肘处。"然后呢?"

"我觉得她不相信。"

韦斯什么都没有说。

杰克逊伸手捋了捋头发,快步来到窗前。"我们不应该这么着急。我当上局长是迟早的事。"

"不要担心了。"

"如果她坦白真相呢？"

韦斯从旁边的桌上拿起一个杯子。他把杯子举到唇间，屋里只有冰块碰撞杯壁的声音，像是在回应杰克逊的问题。

"一切尽在掌握。"韦斯说。

"我看不出来。这些都太——"

"老板自有安排。"

"没有道理。另外两个目标——"

"暂时不能动。他们受到了保护。动动脑子，我的朋友。要预见未来。"

两人互相盯着对方。最终杰克逊叹了一口气，看向窗外，看向下面冰冷的河。"如果她说出真相呢？"

韦斯穿过房间，站到杰克逊身旁。他看向外面的城市，远处有一点闪光。"她不会的，她永远都不会这样对她的儿子。"

"她有可能会，为民众的利益之类的。"

两个人并肩站着，默默无言，看着窗外的城市。

"那样是正确的选择吗？"韦斯问。

"很可能。你不觉得吗？"

韦斯走到沙发旁，坐了下去。棋盘就在他身前。棋局有了一些进展，他们的动作与他预料的一样。他饥渴地看着棋盘，目光在棋子之间游移。这场游戏的关键便是预见未来。最终唯一重要的棋子只有国王。

第 59 章

远处传来低沉的雷声,天空阴云密布,我把巡洋舰停在家门前的路边。天气寒冷,我不知道云里会下雨还是会冻住下起冰雹。期许的春天似乎遥遥无期。

妈。我来到门前的台阶底,双手抱住头。我啜泣起来,头痛剧烈。

哦,妈妈……

我的心很痛,好似身体的一部分被夺走。

这怎么可能?她怎么会就这么走了?

我能看到她的笑容。她的胳膊向我敞开,拥抱住我。我们在晚餐时一起咯咯地笑,只有我们两个人。那时我们还很亲密。在哈利迪出现之前,在我筑起那道心墙之前。我一直没有时间推倒那道墙。

时光宝贵,斯蒂芬妮。

我为什么不听她的?我还有机会的时候,为什么不和她聊一聊。那场意外——本该是个警醒,是修复我们之间关系的契机。相反,我直到最后还在疏远她。我说了可怕的事，那根本不是我的本心。现在覆水难收，连道歉的机会都没有了。已经没有时间了。

她已经走了，斯科特也走了，扎卡里在坐牢的边缘——甚至更糟。我从未如此孤独，如此无助，如此害怕。

我听到脚步声，便抬起头，看到一个女人从人行道向我走来。她穿着睡裤，外面套了一件厚外套，一只短腿达克斯腊肠狗晃着身子跟在她腿边。是那位新邻居，我们之间隔了两户人家。她一脸关切地打量着我，我这才意识到自己在啜泣。我挣扎着站起身，跌跌撞撞地上了台阶。

门前的樱桃树上，花骨朵已经变成了圆球状，显出淡粉色。有一些已经开出丝柔的花瓣。早春的风欺骗了它们，未承想冬天还在垂死挣扎。我想要告诉它们停下来，等一等，因为现在还太冷，太潮湿，它们无法生存。

怎么会发生这样的事？

妈妈。

斯科特。扎卡里。

下一个就是"扎"。

杰克逊不知怎么伪造出的那些假照片。扎卡里的指纹已经落入联邦调查局的手中。

杰克逊伪造了足够的证据，确保能把我的儿子送进监狱，坐穿牢底。

而且他还有足够的证据把我也送进大牢。

我开了前门的锁，检查了警报装置，输入密码。我擦干泪水，在门口犹豫了一下，倾听着。屋里很安静。

我需要把关于杰克逊的真相说出来。但是每次到这个时候，我都会想到扎卡里穿着囚服的样子。想到阿林娜,害怕得不敢吃饭。扎卡里在牢里永远也不会安全。

我不能让他坐牢。

但是会有什么代价呢?

我伸手从口袋里拿出杰克逊给我的那个手机。我只需要打出这个电话,找到预设的号码,点击拨打,让他们处理这个问题。这基本等于同意与国家为敌,为他们工作。献祭我的命运,保留儿子的未来。他的人生。

楼上扎卡里的卧室门关着。我轻轻敲了敲门,没听到回应,我便开了个门缝。他怎么还能睡得着呢?他躺在床上,床单绞在长腿上。我轻手轻脚地坐到他的床边,看着他的胸脯起起伏伏,只有他还是婴儿时,我才这样看过他。

如果我们就像母亲警告过的那样,再也没有机会变得亲密该怎么办?我和她的关系一直都没有理顺。如果历史重演该怎么办?

泪水刺痛了我的眼睑。我不该疏远她。我应该对她敞开心扉,消除我们之间的隔阂,为我说过的伤人的话道歉。我应该告诉她,我爱她。

今晚早些时候的一些画面在我脑中闪过。李局长衬衫上鲜红的血,他那无神的双眼。他妻子的哀号,他的遗孀。我紧闭双眼,却赶不走这些画面。它们刻在我的脑中,我永远也摆脱不了。

扎卡里在睡梦中受了些惊扰,翻了个身,面向我侧躺着。我端详着他的面容,脑海中又浮现出那个躺在这张床上的男孩。那时我会给他读睡前故事,他会紧紧抱住我的脖子,轻声对我说晚安。他生病时,我会试试他额头的温度,他做噩梦时,我会把他抱在怀里。

一切都宛如昨日,又恍如隔世。自那以后一切都变了,一切都不再相同。以后一切也都不再相同。

　　我伸手触碰了他的脸颊，以前我给他晚安吻时总是吻在这里。他的皮肤温暖。我有一种奇怪的感觉，好像这将是我最后一次在这张床上看见他。想到这里，一股恐惧的洪流在我身体里激荡。恐惧、绝望，还有愤怒。这不公平。这一切都不公平。

　　我来到客厅，瘫坐到沙发上。一定有解决办法。一定有办法既说出真相，又不危及扎卡里。但是该怎么做呢？我不知道这件事背后的水有多深。昨天，即使做梦我也不会想到，中情局和国会都被渗透了，至少没想到会渗透到这个深度。

　　我不知道该做些什么，我不知道下一步该怎么走。

　　我试着找到脑中的心理医生，唤醒她，但是她不愿出来。我脑海中她的那把椅子是空的。我孤零零的一个人，没有个说话的人，没有个可以求助的人。

　　扎卡里的未来全在我手上。

　　我盯着棋盘。我们永远也下不完这盘棋了，是不是？

　　我内心产生一种奇怪的冲动，想要扔一些东西，想要摔碎一些东西，就为了看破碎的那一瞬间。

　　我最终决定掀翻棋盘。棋子飞得到处都是，洒落了一地。

　　楼上传来一些声响。我愣住了。

　　扎卡里的房门开了。可恶，我吵醒他了。

　　他迈着重重的脚步下了楼。他穿着篮球短裤和长袖T恤，右脸颊上还有枕头印。他看了看散落一地的棋子，然后斜眼看向我。"你还好吗？"

"还好。"我躲闪着他的目光，但躲闪得还是稍慢了一些。我们陷入一阵尴尬的沉默。我得把妈妈的事告诉他。我需要告诉他外婆去世了。

他坐到双人沙发上，伸开大长腿。"今晚发生了什么？"

我根本无法集中注意力。我想为母亲哭泣，为我自己哭泣。但是我必须思考，专注于眼前的危险。我只剩下扎卡里了。我必须保护我的儿子，之后再去为母亲哀悼。"你都听说了什么？"

"发生了一场袭击。"

我点了点头。

"某个重要人物死了——新闻上一直这么说。"

"三个人被谋杀了。"

"三个？"他眨了眨眼，"我没听详细报道就上床睡了。"他伸手拿起遥控器，打开了电视。电视上是一个本地频道，正在报道这次袭击事件，虽然过去了几个小时，报道热度反而更高了。

电视上有一段酒店外的视频录像，还闪过一些受访人的镜头。我逼迫自己看下去。屏幕画面换成了一张从社交媒体上截取的手机照片：一个礼服皱巴巴的啜泣女人，一个穿着无尾礼服的惊恐男人，一个盖着布、被抬进救护车里的担架。电视屏幕上跳出了李局长的照片，旁边是哈利迪的照片。

扎卡里的目光紧锁屏幕，惊得脸色惨白。

他不知道哈利迪是受害人之一。

该死。

虽然哈利迪是个禽兽，但毕竟是他的父亲。他在我儿子的生命中出现过，虽然很短暂，而现在他死了。他在同一天失去了外婆和父亲。

"扎卡里——"

"他们是怎么死的?"他仍然惊讶地盯着屏幕。

"某种毒药。"

扎卡里又拿起遥控器,换了台。节目里又在赞扬李的职业生涯,然后是一条抗酸剂的广告。

"肯定是我刚到那里就发生的吧?"

他认为这才是我让他离开的原因。他不知道,我在这件事发生之前就已经拼出了全貌,而他正是整个谜团中关键的一部分。"我想是的。"

"可怕。"他嘟哝着。

电视台重新播放着副总统发誓不会有袭击的讲话。还有一段关于自由团结运动的介绍,我们目前了解的内容并不多。新闻不断重复说闭路监控系统的录像缺失。迪伦·泰勒的照片出现在屏幕上。一张老照片——头发剪得很短,脸上笑容灿烂。有粗体字写着:恐怖分子嫌疑人?

屏幕上,画面转换到酒店外的现场,到处都是摄像机和记者,泛光灯照亮了整片区域。现场记者流利夸张地讲述着关于迪伦·泰勒的调查,以及其同伙的搜寻情况。与自由团结运动有关的人都被带走问询了。暂时没有人被逮捕。

明天中午。

"天啊,妈,怎么了?"

我摇了摇头,因为我不知道该如何组织语言。"抱歉。"我结结巴巴地说。

他眼中闪过一丝恐惧。"他们认为是我干的?"

暂时还不会。我摇了摇头。

"那到底怎么了？"他脸上疑云密布。

"只是……一切。"

"妈，该死，就这一次，能告诉我到底发生了什么吗？"

他的愤怒令我惊愕。

他的表情忽然变得柔和。"哦，天啊——是外婆吗？"

我有些哽咽，不知道能不能说出口。外婆。我想起以前她总给扎卡里熊抱。每当看到扎卡里，她脸上都会露出灿烂的笑容。天啊，她爱我的儿子。

"她去世了，扎卡里。突发心脏病。他们没能救活她。"我说着这些话，但脑海中浮现的却是她在那节楼梯上，一个看不见脸的男人在她身后，把她推了下去。他们试图杀死她。他们是不是在医院得手了？

这有关系吗？不管是哪种情况，都是他们谋杀了她。

我满心愧疚，泪水灼痛了我的双眼。

"她死了？"他的声音像是耳语。

"她非常爱你，扎卡里。"一滴泪流过我的脸颊。

"我也爱她。"

"我知道，亲爱的。她也知道。"

他捂住脸，肩膀开始起伏。我有一种冲动，想要抱住他，安慰他，但是我坐在那里没有动。如果是妈妈，就会抱住他的。

"她一直陪伴在我身边，支持着我。"他哭泣着，抬起布满泪痕的脸。

妈妈的指责在我耳边响起。工作是你的生命。扎卡里只排在第二位。他一直都是第二位的。

我盯着电视屏幕，主播的嘴在动。然后我的目光却转向翻倒在地的棋盘上。一场游戏，只不过是一场游戏。最重要的就是要保护国王。但是我的儿子是脆弱的那一个，而且他面临着实在的危险。

电视屏幕突然变成了空白的。屏幕上显示出"突发新闻"几个粗体大字。

主播又出现了。"我们即将播放来自海军气象天文台的现场直播。"她播报道，"副总统将发表演讲。"

电视画面再次切换，出现了一个没有特点的房间，近景拉到一个空演讲台上。副总统走上演讲台，鞠了一躬，他的妻子站在身旁，两人牵着手。他抬头看向镜头。他带着黑眼圈，眼中噙着泪水。

"美国同胞们，"他开始说道，"今晚……今晚一场可怕的恐怖袭击夺走了两位伟大的爱国者的生命。两周前，我在你们面前保证不会有此类袭击发生，对此我深表歉意。"

他的声音变得模糊不清。他顿了顿，擦掉眼泪。"我决定，我已无法继续担任副总统，真诚为你们服务。我注意到有人要求我下台。我已向总统递交了辞职申请。他已经接受我的辞呈。"

记者席里传来一阵叹息。

"今生有幸为各位服务。"他一只手按在胸前，直视着摄像头，"谢谢，天佑美利坚。"

他拉住妻子的手，下了演讲台。一周的时间，他的脸苍老了几十岁，我特别能理解他。我感觉自己的感情都在他的表情中体现了出来。我看到了那种巨大的、难以忍受的、无处不在的愧疚。

主播惊得有点结巴了，搜肠刮肚地不知道该说些什么。画面突然切给了一位分析人士，他推测只有在总统的要求下，才会发生这种事，而总统肯定受到了多数党领袖的影响。

我关掉电视。满脑子只有副总统脸上的那个表情。他认为没有威胁,所以说了真话。我也没有看出威胁,因为那都不是真的。威胁不是来自无政府主义组织,而是来自俄罗斯人。他们只是利用极端主义者做掩护而已。

威胁并不存在。他说了真话,现在他将永远被钉在耻辱柱上,事业被彻底毁掉了。

"我都没来得及把好消息告诉外婆。"扎卡里说。

我缓了一会儿才意识到他刚才说了话。"什么好消息?"

"我被录取了。首选的学校。"

我的心头涌起无尽的忧伤,但还是勉强对他笑了笑。不管接下来发生什么,我们相聚的时间都不多了。突然间,我极度渴望生活能变得普普通通。我想把记忆中所有和他在一起的宝贵时光镌刻在心底。

"伯克利。"我轻声说。我想到自己曾经担忧他会离家太远,现在却要担忧他的自由,他的人生。

"乔治敦。"他说。

"乔治敦?"

他看起来有些羞怯。"我想离家近一些。"

我想离家近一些。这或许是他说过的话中,对我意义最重大的一句了。天啊,要是一周前,听到他说这些,我不知道会有多欣喜。

我拉他坐到双人沙发上,然后一把抱住了他。这真的是一种本能,我们两个人都很惊讶。最开始他的身子有些紧绷,但是随后他也伸出胳膊,紧紧地抱住我,而我则把脸埋在他的肩膀里。

"我的工作，"我坦白说，因为我需要告诉他发生了什么，但是又不知道从哪里说起，"我从没想过它会对你的生活产生这样的影响。"

"你的工作恰好证明了世界上有好人。做正确事情的人。最终取得胜利的总是好人。外婆不总是这么说吗？"

我泪流满面。"对我来说，你比世上其他任何东西都更重要。"我对他说，心中欢喜他这么天真无邪，"为了保护你，我愿意做任何事情。你知道吧？"

他对我笑了笑，那是甜蜜而惆怅的笑容。"为了保护你，我也愿意做任何事情，妈妈。"他站起身，俯身吻了我的额头，"我知道你不相信，但我说的是真的。"

我看着他上了楼，从我的视线中消失。他没有回头看。我在令人痛苦的寂静中独自坐着，满心悲伤和愧疚。

打那个电话，同意做间谍。保护我的儿子，背叛我的国家。背叛我的一切信仰，我所支持的一切。

或者讲出真相。但是没有证据，没有人会相信我。那样扎卡里和我都会进监狱。他很有可能无法活着出狱。

我拿出杰克逊给我的那个手机。我只需要拨通手机里预设的那个号码，扎卡里就能拥有未来。只有这样扎卡里才能拥有未来。

我一生中从未如此绝望。

这时我听到了敲门声。

是他们，对吧？是警察。他们来逮捕我的儿子。

我的时间应该是到明天中午。杰克逊告诉我，我的时间可以到明天中午。

他们不会现在就来的。

如果他们来了,就说明时间到了。

外面的人又敲了几下门,这次更急迫。

我放下手机,逼着自己站起来,走向前门。

我从猫眼向外看去,看到的人令我大吃一惊。

我关掉警报,开了门锁,打开门。我盯着这个女人看了很久。然后薇薇安开口了。

"我们能谈谈吗?"

第 60 章

我没有说话，把她让进屋里，关上门，上了锁。我重新设置警报时，她走了两步来到客厅。

"有什么事？"我质问道。我脑海中浮现出树林里的景象，想到那个带文身的男人。想到那张偷拍的、她丈夫的照片。这件事他也参与了。她呢？

她环顾房间，看着散落在地上的棋子，然后看了看我。她很憔悴，带着黑眼圈。她看起来有些焦虑，又害怕。"我们能出去说吗？"

我从衣帽架上拿了一件外套，带她来到屋后的露台。

外面非常冷，这是一个无比静谧的夜晚，没有风，没有车。到处都静悄悄的，一切都静止了。

"你从我家离开之后，"我们在露台桌前面对面坐下之后，薇薇安开口说道，"我一直在想你说的话。思考其中的含义……"她摇了摇头，好似在摆脱烦人的想法，"你提到过玛尔塔……嗯，我和她聊过。"

"真的？"我的脑子一片混乱，不知道该如何反应。她在哪里？她还好吗？

玛尔塔在为俄罗斯人工作吗？

"她出国了。"薇薇安说，好似能读懂我的心思一样，"没法用手机。她说——"

她环顾四周，然后向前探了探身。"她说如果你怀疑杰克逊，那确实是合理的。她说相信你，即使没有证据也无所谓。她还说，我们需要继续深入全面调查。于是我就按她说的做了。"

她相信我。

"我们有一个重要资产，"她继续轻声说道，"在俄罗斯政府身居高位，非常可靠。"

正义游侠。我回想起自己曾和玛尔塔一起坐在奥尼尔酒吧里，听她提及过一位新的间谍，很重要的一位。

"他此刻正在美国。我去见过他。我给他看了一系列照片，其中包括杰克逊的。"

"他认出来了吗？"我的心都跳到嗓子眼了。

她点了点头。"他严肃地看了很久，说之前见过他。多年之前，在莫斯科。我得到消息说，有人打入了美国政府高层。但是我们至今还不知道是谁。"

至今。

"杰克逊在为俄罗斯人工作，斯蒂芬。"

噢，谢天谢地。薇薇安也知道真相。

"这些并不能作为呈堂证供。"她提醒道。

"但至少有一些东西了。"足够让人倾听,"那么现在呢?"

"一场正式的汇报。消息源正在赶往安全屋。德雷克局长也在赶往那里。"

正在赶往。终于开始了,而且正是从现在开始。

"我们需要弄清楚有没有比杰克逊潜伏得更深的人,"薇薇安继续说道,"弄清楚他们到底有多少筹码,到底在内部安插了多少人。"

"嗯。"我嘟哝了一声。我脑海中浮现出其他凶杀目标。德雷克和希尔兹。他们在内部有人,在中情局和参议院里。肯定不只是杰克逊。肯定有隐藏得更深的人。"他们确实有些筹码。"

"这也是我害怕的。"她的黑眼圈看起来更明显了。我想到她的丈夫,忽然好奇她对真相是否真的那么惊讶,还是她也怀疑他并不忠诚,"我希望你也参加那次正式汇报,斯蒂芬妮。我需要你把知道的一切都告诉我们。你会和我一起去吗?"

她相信我。但是她的丈夫搅在这件事里,而现在她又知道了杰克逊的真面目。

她有危险,而我正是造成危险的人,是我把她拉进这件事里面的。她的丈夫在这场阴谋中扮演了什么角色?他会造成怎样的威胁?对她?对她的孩子?

"会的。"我当然会去,我会把一切都告诉他们,这将彻底改变她的一生,"但是我需要我儿子一起去。这件事也和他有关。"

我想要他们从我儿子的眼中看到,他说的是真话。我想要他和我一起。我也要保证他的安全。

她好像一点都不惊讶,点了点头。"我在车里等你。"

我们一起回到屋里。她从前门走了出去，我则上了楼，走进扎卡里的卧室。

"扎卡里。"我叫了他一声。他在床上受到些惊扰，但并没有醒来。

我的思绪又回到多年之前的那一天。我们的车正往城外开，疲惫的男孩坐在汽车后座上。

妈妈，我们安全吗？

那一天，我们离开了家，再也没有回去。全都是为了逃避一个敌人。我们真的逃掉了吗？

而现在。现在的敌人更加致命。妈妈和斯科特已经遇害。我们又要逃走吗？我们还能回来吗？

我走进他的衣帽间，四处看了看。我看到底层衣架，我之前发现那把枪的位置，这一切都是从那时开始的，感觉好似已经过了一生。地板上放了一个露营包。我会帮他打包一些东西，以防再也回不来。

我伸手拿起包，回想起多年前打包的情景。

妈妈，我们安全吗？

"扎卡里。"我又叫了他一遍，这次声音稍微大了一些。

我从架子上抓起几条牛仔裤和几件衬衫。

我能听到他的床单发出沙沙的声响。他终于醒了。

我拉开露营包的拉链，匆匆向包里看了一眼，发现里面不是空的；我打包之前要先清空。我从里面掏出一件连帽运动衫，然后又掏出一顶针织帽。

下面还有更多东西，在包的底部。一张银行卡。妈妈的银行卡。

他需要钱，斯蒂芬妮。妈妈的声音在我耳边响起。

另外还有一张碎纸，上面是扎卡里潦草的字迹。胡桃街/卡佛街。

我又回想起杰克逊给我看的那张照片，扎卡里在街角用一把钱换了什么东西。胡桃街和卡佛街的拐角处。

我恍然大悟，但恐惧袭来，令我感到一阵恶心。

我耳边回响着扎卡里的声音。为了保护你，我也愿意做任何事情，妈妈。

他不能就这样逃脱了惩罚。我们要让他付出代价。

不。

"妈。"我身后传来扎卡里的声音。我转过身去，看到他站在那里，比我还高。他看了看我，又看了看包，东西都堆在我身前。衣服、地址和银行卡。他看起来很脆弱，好似一头被车大灯照到的鹿。他再次看向我时，满眼都是愧疚。

我的耳朵嗡嗡地响。这些都不是真的，不可能。因为我看到儿子脸上的表情，我明白这个表情的意思。

"扎卡里。"我喘着粗气，"你做了什么？"

第61章

"你做了什么?"我又问了一遍。

他向我伸出了手,好似在索要拥抱。

"是你。"我的心好似被别人握在手里。这不是真的。不可能,"我之前那么信任你。我还相信你。"我不知道自己为什么要说这些,说了又能有什么意义。

"妈,我——"

"有人被害死了。"我等着他否认,我需要他否认。

"原本死的应该只有哈利迪那个浑蛋。"我的儿子说。

我耳边又响起母亲的话:你对他了解得不够。

还有斯科特的话:你并没有想象中那么了解他。

我的耳朵又嗡嗡地响起来,我感觉自己就要晕倒了。

是扎卡里做的。

我的儿子是个杀人犯。

"为什么，扎卡里？"

"他罪有应得。"

"不只是哈利迪——"我低声说。

"我不知道发生了什么，妈！迪伦——他肯定搞砸了。"

我回想起杰克逊给我的那些照片。他认识迪伦，之前就认识。我想到这个男孩在那间厨房里四肢摊开、躺在地板上的样子。"告诉我发生了什么。告诉我，扎卡里。"

"我那次去做基因检测时，发现……还有其他家庭成员。同父异母的兄弟，迪伦。"

我感觉自己就要吐了。

"我还调查了哈利迪。你懂的，在网上。做了一些……追查。"

黑客行为。真的不是什么大事。特别是和其他的罪行比起来。

"我发现……我知道……我知道他对你做了什么。他的竞选……他在做调查，调查我们，还有迪伦。他请了私家侦探。"

我能回想起扎卡里笔记本电脑里输入的搜索词条。华府私家侦探。一切都联系到一起了。"你黑进去看他都在做什么。"我的声音听起来冰冷且平静。

"那个家伙在追踪你，妈妈。追踪我们。我看过哈利迪的电子邮件。他认为你是个负担。他们准备抹黑你，毁掉你。"

他为什么不告诉我？为什么我们不能一起应对这件事？"扎卡里——"

"我必须做点什么。于是我开始和他会面。而且我——"

天啊。"那把枪——真的是你的？"

他坚定地摇了摇头。"我见过一个卖枪的,但是并没有买。"

"你打算开枪打死他?"

"没有!"他没想到我会这么说,非常惊讶,"是为了防身。为了保护我们。"

我感到一阵宽慰,但很快这种感觉就荡然无存。现在不是自卫,是谋杀。

"上周,有人联系了我。那个卖枪的人的朋友,说他拿到了一些……毒药。"

我根本什么都不该跟他说。根本就不应该让他知道发生了什么。"于是你买了毒药。用你外婆的钱。那迪伦呢?"

"我在加密论坛上发现了他的名字——DTaylor——当时就明白了。那个哈利迪在设计陷害我们。想要毁掉我的人生,毁掉迪伦的,还有你的。我不能让他做了坏事还不受任何惩罚,妈。特别是他对你做过的那些事。"

他脸上露出哀求的表情。他想要我理解,需要我理解,但我怎么可能理解这些?

"于是我和迪伦取得了联系。他害怕极了。联邦调查局的人去过他家,妈。他想要帮忙。他知道哈利迪会出席这次慈善晚宴……"他痛苦地耸了耸肩,"我帮他买了毒药,在酒店……事情不知道怎么就出了问题。"

有人制造了这个事件。有人在协调。有人耍了他——耍了我们。

但是扎卡里参与了。扎卡里试图杀害哈利迪。一项一级谋杀指控,两项——

"妈，我犯了个错误。"

"这不止错误那么简单，扎卡里。"

"我要坐牢了，是不是？"他语气中的恐惧令我有些畏缩。

我们安全吗，妈妈？这个问题在脑中回响，声音巨大，我头都要晕了。

我紧闭双眼，做着深呼吸，又回到了那辆车上，在后视镜中看着他，听着我自己的承诺。

我会一直保你安全。

我说的是真的。我一直坚信，为了他的安全，我可以做任何事。但是这件事？

如果我现在背离真相，那么一切都成了徒劳。这么多年一直努力做正确的事，不惜代价。立志成为蒙冤之人的脊梁。为那些不敢说话的人发声。

但是我又怎么能弃儿子不顾呢？

我看了看手机，杰克逊给我的那一个。

然后又看了看对面这个吓坏了的年轻人。这个罪犯。我的儿子。

我知道自己该怎么做了。

尾声

杰克逊在家，正在床上睡觉，这时加密的手机铃声响起。

"都结束了，"说话的是个不熟悉的声音，"会面点。马上！"

他一跃下了床，突然彻底清醒了。他穿上运动鞋，毛衣外面套了一件外套，他把手机塞进口袋，径直向门口走去。他打开门，冲过走廊，下了楼梯，从后门出了大楼。

出门之后，他在冰冷的细雨中低下头，快步走去。他双手揣在口袋里，耸肩弯腰，顶着雨。

路灯投下幽灵般的一湾光亮，光照着水雾，云烟氤氲。每经过一个路灯，他就显出身形，然后他又走回黑暗中，从光里消失了。

一辆车驶来，这是他看到的第一辆车。车前灯在街道上投下一道光束，引擎声打破了夜的宁静。杰克逊有点紧张，但车开走了，于是又只剩下静谧和黑暗。

前方有一个垃圾桶，很大的蓝色垃圾桶。垃圾桶在大路外的一条小巷子里，桶盖开着。杰克逊拿出加密手机，身手矫捷地把它扔进垃圾桶里，脚步一直没有放慢。手机碰撞着垃圾桶的侧壁，然后落到桶底。

他虽然没有看到任何人，却知道自己并非一人。他有点第六感，也是因为多年的训练。他放慢了脚步，然后猛地停了下来，他听到了声响，证明了自己的猜疑。某人给枪上膛的声音。

他的枪落在家里了。他将身体两侧的双手握成了拳头，等待着。

一个男人从阴影中走进了其中一湾光亮。杰克逊的目光落在他身体一侧手里的枪上。然后落在他小臂的文身上。两把刀，交叉组成了一个 X。

他回想起在那家饭店里，一个带文身的男人走向餐桌。韦斯向他微微点头，几乎难以觉察。

这一刻，一切都变得清晰了。

他被暗算了，被人骗了。为了更大的利益被牺牲了。

那个男人举起手枪，杰克逊闭上了双眼。他深吸一口气，专注于雨水的甜味。冷冰冰的雨水落在皮肤上，像海雾一样。

然后一切都归于黑暗。

杀手站在尸体前。他看着血汇入水流，变成了墨黑色。看着雨水打在杰克逊的皮肤上和毫无生机的双眼上。然后他把枪塞回枪套里。

他伸直小臂，抓住文身上一把刀的边缘，慢慢地、小心翼翼地从皮肤上撕掉了图案，最后只剩下光洁的胳膊。他把贴画揉成一团，紧紧地握在手里。

然后他拉下袖子，盖住胳膊，转身大步离去。

河对岸，在顶层套房里，韦斯站在观景窗前，俯视着整座城市。雨节奏稳定地落下，天边偶尔亮起一道闪电。他的目光落到城里的某处，他知道杰克逊在那里有一套公寓。

有过一套公寓。

他低头看了看手表。此时应该结束了。这是必须做的，不惜一切代价保护国王。

他们知道斯蒂芬·马多克斯已经怀疑杰克逊很多年了。换作其他任何情况，他们都会消灭她。这明显是杰克逊想要的，他也乞求过。她是行动的一大威胁。但是那个秘密——那个秘密。

他们通过监控哈利迪的搜索记录以及进一步的追查，了解到了他的秘密。他们观察着他，就像观察着所有总统候选人一样。不管怎样，大选都将向有利于他们的方向发展——这一点是确定的。

他们发现了斯蒂芬。他们知道了他的弱点，可以对其勒索。他已经是他们的了。

这也就意味着要让斯蒂芬活下去。他们以后可能会利用她，来恐吓哈利迪。他们不能杀了她，所以别无选择，只能策反她。

他们观察着她，观察着她的儿子，了解到基因检测的事情，了解到黑客行为。这一点还真引起了他们的兴趣，因为可以使他也变得有价值。他们发现这个孩子和一个枪支贩子会面。知道他也有自己的秘密。所有的秘密都是筹码。

就在这时，那个想法诞生了。确保马多克斯会为他们工作的想法。

他们会用她儿子的未来做要挟。将他与杰克逊的上位紧密联系在一起，如果她想阻止这一切，就必须背叛她在这个世上最爱的人。

他们本来就有铲除联邦调查局局长的计划，让杰克逊接任。他们只不过需要把扎卡里安排进去。然后加入了第二个目标。

之所以加入第二个目标是因为其他人——他们向媒体透露的那些人——都是幌子。即使真相曝光，"预定目标"也将永远免受叛国罪的指控。

他们只需要在慈善晚会前恰当的时机，用毒药诱惑扎卡里，其他的自然水到渠成。他和迪伦的行动与他们预测的完全一样。他们只需要确保下毒的鸡尾酒被送到联邦调查局局长的手里。然后被送到迪伦的手里。

如果斯蒂芬能闭嘴不多说话，一切都将完美实现。但是，她一直不放手，他们只能调整计划。而她与薇薇安分享了自己的怀疑之后，他们就别无选择了。

韦斯自己的行踪隐藏得很好——这一点他可以确定。那个杀手是莫斯科最优秀的几人中的一个，美国当局并不知道这个人。全城各处的闭路摄像头都拍到了他跟踪杰克逊和斯蒂芬，他身上的文身总是清晰可见。当局会特别关注那个文身。

他们会得出结论，认为是黑帮袭击，因为这样答案比较简单，有现成的证据。那时，杀手早就离开，回到莫斯科了。如果斯蒂芬决定坦白真相呢？他们会设计得像是她下令袭击的，利用多年前在芝加哥工作时结交的关系。

这当然不是他的想法。是他的管理者，美国人称作正义游侠的那个人想出来的。他所有事情都想到了。韦斯可以想象，他听到行动取得巨大成功时，那双浅蓝色的眼睛将会闪着怎样的光芒。

他走到棋盘前，看着扎卡里的"兵"，还有斯蒂芬的"兵"。游戏里有那么多的"兵"。然后他移动了扎卡里的"马"，做好了牺牲的准备。

所有的棋子都就位了。棋盘恰好变成了应有的模样。斯蒂芬讲出真相，孩子就要坐牢了，她不会这样做的，对吧？他们拥有了她。这当然不及拥有局长，但是他们可以继续提升她的级别。就像薇薇安一样。揭露杰克逊是俄罗斯特工——这将是一件大案。足够帮她升职。她很有可能升任反情报中心的主任。她在不知不觉中嫁给了他们中的一员，时机合适的时候，这个人就可以操控她，万不得已还可以利用他们的孩子。另外他们还有一大资产，一个可以赢得中情局和调查局完全信任的人。

他拿起斯蒂芬的"皇后"，走到棋盘远端。

"将军。"他低声说。

手机铃声响起，平稳地振动着。韦斯看了一眼屏幕，嘴角露出一丝笑容。他一直在等这个电话。这个电话肯定会打来的，他没有丝毫怀疑，其他人也一样。

他平缓了一下呼吸，按下绿色按钮。"我是韦斯·希尔兹。"

他倾听着。

"是，总统先生。"他顿了一下，"一定，总统先生。这是我莫大的荣幸。"这一次顿了很长时间。韦斯的目光依然集中在城里的同一点。

"噢，参议院没有我一样会很好的，总统先生。他们会找到一位新领导。"韦斯轻笑了一声，然后又恢复了严肃，"我将竭力尽忠，做好副总统的工作。"

过了一会儿，他按下手机上的红色按钮，小心地放在茶几上。然后他看向窗外，目光落在远处的一点光亮上。

白宫。

致谢

一本小说的诞生真的是一个团队努力的结果，我有幸能与一个了不起的团队共事。无比感谢巴兰坦的朋友们，特别是凯特·米夏科、米歇尔·贾思明、奎恩·罗杰斯、金姆·霍维和卡拉·威尔士。还要感谢格纳特公司的优秀团队，特别是大卫·格纳特、安娜·沃洛、艾伦·卡福特里、丽贝卡·加德纳和威尔·罗伯茨，还有环球出版社的萨拉·亚当斯，以及所有负责全球发行的人。我非常感激核心的编辑团队以及早期读者——凯特、萨拉、大卫、安娜和艾伦，是你们塑造了这本小说，并使它变得更好。

我非常幸运，家人都是极好的人。我笔下的角色和丈夫、母亲还有儿子关系复杂，但所幸这些都是虚构的。我与丈夫、母亲还有小儿子的关系一点都不复杂，非常好，实属人生一大幸事。非常感谢我的家人，不管是直系亲属还是旁系血亲——在这里，我还要特别对B、J和W讲一句：爱你们！

Copyright © 2019 by Karen Cleveland.
Published by arrangement with Gernert Company, Inc.,
through Bardon-Chinese Media Agency.
Simplified Chinese Edition copyright © 2021
by China South Booky Culture Media Co., Ltd.
ALL RIGHTS RESERVED

©中南博集天卷文化传媒有限公司。本书版权受法律保护。未经权利人许可，任何人不得以任何方式使用本书包括正文、插图、封面、版式等任何部分内容，违者将受到法律制裁。

著作权合同登记号：图字18-2020-108

图书在版编目（CIP）数据

伪装游戏 /（美）卡伦·克利夫兰著；宋伟译 . -- 长沙：湖南文艺出版社，2022.1
书名原文：Keep You Close
ISBN 978-7-5726-0428-7

Ⅰ. ①伪… Ⅱ. ①卡… ②宋… Ⅲ. ①长篇小说—美国—现代 Ⅳ. ①I712.45

中国版本图书馆 CIP 数据核字（2021）第 224255 号

上架建议：畅销·悬疑

WEIZHUANG YOUXI
伪装游戏

作　者：	［美］卡伦·克利夫兰
译　者：	宋　伟
出 版 人：	曾赛丰
责任编辑：	刘雪琳
监　制：	吴文娟
策划编辑：	董　卉　李甜甜
特约编辑：	包　玥　罗雪莹
版权支持：	辛　艳　张雪珂
营销编辑：	闵　婕　傅　丽
封面设计：	梁秋晨
版式设计：	李　洁
出　版：	湖南文艺出版社
	（长沙市雨花区东二环一段508号　邮编：410014）
网　址：	www.hnwy.net
印　刷：	北京中科印刷有限公司
经　销：	新华书店
开　本：	875mm × 1270mm　1/32
字　数：	274千字
印　张：	11.5
版　次：	2022年1月第1版
印　次：	2022年1月第1次印刷
书　号：	ISBN 978-7-5726-0428-7
定　价：	49.00元

若有质量问题，请致电质量监督电话：010-59096394
团购电话：010-59320018